RAYON D'ESPOIR

E. L. TODD

Rayon d'Espoir

1

RAE

Dès que je passai la porte, Rex fut sur mon dos.

— Putain, tu vis là-bas maintenant ?

Il se tenait dans la cuisine, près de la porte, et il était clair qu'il attendait que je rentre. Il portait un jean et un sweat, prêt à sortir en ville.

Zeke était assis à la table de la cuisine, derrière lui. Il leva sa bière pour me saluer et leva les yeux au ciel pour me signifier que bien que Rex soit son meilleur ami depuis vingt ans, il le gonflait autant que moi.

— Rex, on appelle ça un travail.

Safari apparut dans le couloir, remuant la queue d'un air excité. Comme toujours, il était bien plus accueillant que mon frère.

— Je sais que tu as du mal à le comprendre parce que tu passes tes journées à glander et à parler à un chien, mais nous autres les adultes, c'est ce qu'on fait tous les jours.

— Comment va mon homme préféré ? demandai-je en me

penchant pour embrasser Safari, avant de le gratter derrière les oreilles.

Rex nous observait, les bras croisés.

— Je dirai à Ryker que tu as dit ça.

Je caressai la tête de Safari avant de me redresser.

— Tu peux. Je dormais avec Safari bien avant de dormir avec lui. Je vais me changer.

Je me dirigeai vers le couloir pour mettre fin à cette conversation débile.

— Pouah ! dit Rex en se tournant vers Zeke. On dirait qu'elle veut vraiment que je vomisse dans sa cuisine.

J'entrai dans ma chambre et passai un vieux jean et un t-shirt. Mon sweat bleu favori était étalé au bord du lit, et je l'enfilai également. Il était couvert d'épais poils de chien.

Je regardai Safari d'un air accusateur.

Il baissa la tête, honteux, et refusa de croiser mon regard.

— Safari, je t'ai déjà dit de ne pas te coucher sur mes vêtements.

Il gémit.

Impossible de rester longtemps en colère en regardant ses yeux chocolat. C'était vraiment un amour, le meilleur chien dont on puisse rêver.

— Allez, ce n'est pas grave. Mais ne le fais plus.

Il redressa les oreilles.

Le bowling avait été en rénovation pendant tout un mois. L'extérieur avait été repeint et une grande enseigne affichant HIPPIE BOWLING avait été installée, ainsi qu'un énorme signe de la paix en néon rose qui illuminait le toit.

Nous nous arrêtâmes tous les trois sur le trottoir pour l'admirer.

Rex se tenait au milieu, les bras croisés et la tête penchée en arrière pour voir le toit du bâtiment.

— Merde, ça a vraiment l'air cool, dit-il.

Zeke avança de quelques pas, les mains dans les poches, son t-shirt moulant son torse musclé. On pouvait distinguer les veines de ses avant-bras même à distance.

— C'est vraiment class. Ça me donne envie de jouer au bowling, déclara Zeke.

— Moi aussi, acquiesçai-je. Ça ressemble à un endroit respectable.

À peine un mois plus tôt, c'était un vrai taudis. Plutôt qu'un endroit à la mode, c'était le coin idéal pour rencontrer son dealer et acheter de l'herbe. Ou une litière géante pour chats errants. Je n'arrivais pas à comprendre comment Rex avait réussi à ne pas fermer boutique. Peut-être que les lycéennes venaient jouer pour le draguer. Il n'avait que son charme pour lui.

— Entrons, dit Rex en sortant les clefs de sa poche et en ouvrant la porte d'entrée.

Elle était en bois massif, comme dans les années 70. De l'autre côté pendait un rideau en perles, qui nous caressèrent lorsque nous entrâmes à l'intérieur.

Rex s'emmêla dedans, et le fil de perles s'enroula autour de son cou.

— C'est quoi ce bordel ? s'exclama-t-il.

— Ton cou, dit Zeke en pointant le nœud du doigt.

Rex se retourna, ce qui empira la situation car un autre fil de perles s'enroula autour de son bras.

— Ahh !

— Je n'arrive pas à y croire..., dis-je en me passant la main sur le visage.

Rex tira son bras, mais les perles se resserrèrent.

— Aidez-moi !

— Déroule-les, c'est tout, intervint Zeke. Le fil est enroulé autour de ton bras.

— Mais putain, comment les clients sont-ils censés traverser ce piège mortel ? C'est une idée vraiment stupide. Ça vient de Rae ?

Rex continua à se débattre et faillit décrocher le rideau. Son visage devint rouge tomate, et lorsqu'il essaya de se retourner, il se retrouva encore plus entortillé, au point de ne presque plus savoir bouger.

— Je vais mourir comme ça !

Je me couvris le visage des deux mains et inspirai profondément pour ne pas hurler.

— Mon pote, tu vas m'aider, ou quoi ? Ton meilleur ami est en train de crever, et tu t'en fous ? continua Rex en fixant Zeke d'un air trahi.

— Tu n'es pas en train de crever, dit Zeke en soupirant.

Zeke finit par s'approcher et l'aida à se débarrasser des perles. Elles étaient enroulées autour de ses deux bras et de son cou. Il les retira une par une. Lorsqu'il put enfin bouger, Rex s'éloigna si rapidement qu'il trébucha et tomba par terre.

— Enfin libre !

Il se redressa et épousseta ses vêtements comme s'ils étaient imprégnés d'un virus mortel.

— Il faut qu'on se débarrasse de ces trucs. C'est vraiment dangereux, ajouta-t-il.

Un enfant de cinq ans n'aurait même pas rencontré de problème.

— Je te promets que personne ne va s'emmêler dedans. Tu es juste débile, Rex, sifflai-je.

Un gros débile.

Rex mit les mains dans ses poches et lorgna les perles comme si elles venaient tout droit de l'enfer.

— Ouais, c'est ça. Ces trucs vont tuer quelqu'un. Tu n'es pas d'accord ? demanda-t-il en se retournant vers Zeke,

la personne vers qui il se tournait toujours lorsqu'il avait besoin de soutien.

ZEKE FIT UNE GRIMACE DISCRÈTE ET SECOUA DOUCEMENT LA TÊTE.

Rex tapa du pied, comme un enfant.

— Oh, allez ! Je ne suis pas le seul à qui ça va arriver.

Cette conversation nous donnait à tous l'air débile.

— Allons faire un tour pour découvrir le reste..., suggérai-je.

Rex regarda les perles par-dessus son épaule comme si elles allaient le poursuivre. Il frissonna visiblement et continua à marcher.

Zeke et moi échangeâmes un regard incrédule signifiant « Ouais, ça vient vraiment de se passer. »

LE BOWLING ÉTAIT UN TOUT AUTRE ENDROIT. ON NE DEVINAIT PLUS du tout le taudis qu'il avait été. Tout avait été rénové, des pistes aux toilettes. Il possédait désormais une arcade, ainsi que des tables de billard, un snack et un bar accueillant.

Zeke alluma les lumières et la stéréo, et le bowling prit vie. La salle entière se tamisa jusqu'à ce qu'il fasse presque noir, puis les pistes s'illuminèrent de lumières vives. Des images de signes de la paix et de vieilles Volkswagen apparurent sur les murs et tournoyèrent. Un morceau des Beatles nous ramena dans le passé.

Rex regardait tout avec un air émerveillé, enfin remis de son expérience de mort imminente. Zeke se tenait près de lui, la même expression sur le visage.

— Cet endroit est vraiment génial. J'arrive pas à y croire ! s'exclama Rex.

— Moi non plus. Cet endroit va tout déchirer. J'en suis certain, renchérit Zeke.

Zeke et moi avions investi beaucoup d'argent dans ce lieu, et même si tout le monde m'avait dit que ce n'était pas une bonne idée, je n'avais aucun regret. Même si ça ne marchait pas, ça m'était égal. Je préférais avoir des remords que des regrets. Je préférais prendre un risque et espérer que Rex réussisse plutôt que d'accepter son échec.

— C'est parfait, dis-je.

Je me sentais si fière en voyant les transformations. Je pouvais déjà imaginer les familles qui viendraient jouer au bowling tous les week-ends.

Rex tournait sur lui-même en examinant chaque détail.

— Tu sais quoi ? Il manque quelque chose.

— Les danseuses ? demanda Zeke en lui lançant un regard entendu.

Rex claqua des doigts.

— Ouaip. Je pense vraiment que ce serait la touche finale.

— Peut-être qu'elles pourraient danser sous un rideau de perles, suggérai-je en levant les yeux au ciel.

Rex me jeta un regard douloureux.

— Ce n'est pas drôle. Elles pourraient mourir.

Je croisai les bras et secouai la tête.

— Rex, elles ne risqueraient rien.

— J'ai failli crever ! s'écria-t-il en pointant l'entrée. Il faut se débarrasser de ces trucs. Sinon, on aura un cas de pyromanie sur le dos.

J'échangeai un regard avec Zeke, ne comprenant pas ce qu'il voulait dire.

Ce fut Zeke qui prit la parole.

— De pyromanie ?

— Tu sais, quand quelqu'un meurt, répondit Rex avec une assurance qui le rendait convaincant.

— Rex, un pyromane est quelqu'un qui met le feu.

Pourquoi prenais-je même la peine de lui expliquer ?

— Non, pas du tout, me contredit Rex. Je l'ai appris à la fac.

— Tu veux parler de quand tu as passé ton permis ? demanda Zeke en parvenant à ne pas lever les yeux au ciel. Désolé, mon pote, mais ce n'est pas vraiment la fac.

— Et s'ils t'ont dit ça, ajoutai-je, ça doit être la pire auto-école du pays.

Et je me méfierais davantage la prochaine fois que nous prendrions la route.

— Les intellos, je sais que vous vous foutez de moi, dit Rex. Ça ne prend pas.

— Ouais... on essaie toujours de t'avoir, dis-je.

S'il voulait raconter aux gens que les personnes coupables de meurtres étaient des pyromanes, je n'allais pas l'en empêcher. Peut-être qu'il ramènerait moins de filles bizarres dans mon appartement, comme ça.

— Je suppose qu'on ne peut pas te la faire, renchérit Zeke en me jetant un coup d'œil, les lèvres pincées, comme s'il se retenait de rire.

— Oui, c'est bien fait pour nous.

Parfois, il valait mieux laisser croire Rex ce qu'il voulait. Lorsque ça se retournait contre lui, c'était toujours un grand moment.

— Et si on allait manger quelque chose ? proposai-je.

— Ouais, dit Rex. Je meurs de faim.

— Moi aussi.

Zeke éteignit les lumières et nous nous dirigeâmes vers l'entrée.

Rex s'arrêta devant les perles. Il les regarda comme si elles étaient des serpents venimeux. Il fit trois pas en arrière.

Zeke et moi échangeâmes un regard en coin.

— Vous savez quoi... je vais passer par l'entrée de service.

— J'y crois pas !

Il allait passer tous les jours par l'entrée de service ?

Rex avait déjà fait demi-tour et se dirigeait vers l'entrée située de l'autre côté du bowling.

Lorsqu'il fut hors de vue, Zeke éclata de rire.

— Bah, laisse-le faire. Il finira par surmonter sa peur un jour, dit-il.

— Comment est-il possible que tu sois son meilleur ami ?

Zeke était intelligent, drôle, et n'était pas un casse-couille de première.

— Je considère ça comme un travail d'intérêt général, dit-il en haussant les épaules.

Je souris à sa réponse parfaite.

— Dans ce cas, j'en ai fait toute ma vie.

Je sortis Safari puis sautai sous la douche. J'aurais dû être chez Ryker depuis une heure, mais nous avions passé plus de temps au bowling que prévu. Puis nous étions allés manger des ailes de poulet, et le repas avait bien duré une demi-heure. J'avais tenu à y aller tant j'étais affamée.

Alors que je finissais de m'habiller, mon téléphone s'illumina.

Pourquoi mon lit est-il vide et froid ? Je pouvais deviner l'irritation de Ryker dans son message.

Tu devrais sans doute adopter un chien. Oh, j'adorais le taquiner.

Je devrais sans doute t'enchaîner au lit.

Ça ne me paraissait pas si terrible. *Nan, je finirais par avoir faim. Et tu sais que je vais aux toilettes tous les quarts d'heure.*

Je te détacherais pour que tu puisses te soulager.

Quel grand prince ! Nous pouvions continuer ainsi toute la nuit, donc je décidai d'arrêter là. *Je suis en route. On se voit bientôt.*

Cours.

Je fourrai le téléphone dans ma poche et embrassai Safari.

Comme chaque fois que j'allais passer la nuit chez Ryker, il me regarda comme si j'étais une mère indigne. Son regard chocolat désespéré me fit vraiment culpabiliser. Lorsqu'il gémit doucement, ce fut encore pire.

— Je reviens demain.

Il baissa la tête et s'allongea par terre, comme le chien le plus déprimé du monde entier.

Je passais beaucoup de temps chez Ryker dernièrement, au moins la moitié de la semaine, et Safari dormait seul dans ma chambre. Il ne dormait pas avec Rex parce qu'il préférait mon lit, probablement à cause de mon odeur. En y repensant, je me sentis vraiment mal. Je sortis mon téléphone et envoyai un message à Ryker. *Ne te mets pas en colère, d'accord ?*

Trop tard.

Je vais rester ici cette nuit.

Je vais défoncer ta porte.

Je savais qu'il ne plaisantait pas. *Désolée...*

Qu'est-ce qui te retient ?

Je savais qu'il serait encore plus agacé en apprenant que c'était mon chien. *Safari. Je n'ai pas beaucoup dormi ici dernièrement, et il est vraiment malheureux.*

Tu préfères dormir avec un chien qu'avec moi ? Je pouvais deviner le sarcasme dans son message.

Ce n'est pas ça. Mais j'ai l'impression de l'avoir abandonné.

C'est un chien.

Toi aussi. Je ne voyais pas tant de différences.

Il ignora ma pique. *Alors je viens dormir chez toi.*

Je n'en avais pas envie non plus. *Je n'ai pas envie que tu passes la nuit ici trop souvent. C'est trop bizarre, avec mon frère dans la chambre d'à côté.*

Tu sors avec moi ? Ou avec ton frère et ton chien ?

Continue comme ça, et le choix sera vite fait.

Les points disparurent du fil de discussion, et je ne reçus plus de réponse.

Ouaip. Il devait être furieux à présent. Je comprenais sa frustration, mais il devait aussi comprendre qu'il n'était pas la seule personne dans ma vie. J'avais des amis, et un frère qui avait besoin de moi en ce moment. Ryker avait l'habitude d'obtenir tout ce qu'il voulait d'un claquement de doigts, mais ça ne marchait pas avec moi. *Bonne nuit.* Je jetai le téléphone sur le lit et regardai Safari.

— Grâce à toi, je ne vais pas baiser ce soir.

Safari avait compris que je restais à la maison, et il se dressa pour poser ses pattes avant sur ma poitrine. Il remua la queue et sa langue sortit de sa gueule dans un sourire canin. Il poussa des petits glapissements joyeux.

— Au moins, j'aurais quelqu'un pour me câliner.

Je le caressai et le serrai dans mes bras, consciente qu'il

faisait partie des êtres que j'aimais le plus au monde. Je l'avais sauvé sur la route, mais il m'avait sauvée lui aussi.

— Je croyais que tu allais chez Ryker ?

Rex était calé dans le canapé, une bière posée sur sa cuisse. La télévision diffusait un match, mais il ne le regardait qu'à moitié. Son coude était posé sur l'accoudoir, sa tempe dans sa main. Les épaules affaissées et l'air anxieux, il semblait déprimé.

Je me postai de l'autre côté du canapé, Safari à mes pieds.

— J'ai décidé de rester pour Safari. Je le néglige, ces derniers temps.

Rex ne me lança pas de pique comme il l'aurait fait d'ordinaire. Il resta assis en silence.

Je compris que quelque chose n'allait pas.

— Tout va bien ?

— Ouais, dit-il.

Il but une gorgée de bière pour masquer sa gêne.

Clairement, quelque chose n'allait pas.

— Je vois bien que quelque chose te préoccupe. Évite-moi l'interrogatoire, et dis-moi ce que c'est.

Il posa sa bière sur la table basse et se pencha en avant.

— Je m'inquiète juste pour demain.

— L'inauguration ?

Je m'assis en laissant de l'espace entre nous.

— Ouais...

— Qu'est-ce qui t'inquiète ? Tout est prêt. Tu n'as qu'à ouvrir les portes.

— Et si personne ne vient ?

Zeke et moi avions mis sur pied une grande campagne promotionnelle pour le bowling. Nous avions publié des encarts dans les journaux, imprimé des flyers et organisé un événement sur Facebook. Je ne craignais pas que ce soit une petite inauguration. Je savais que ce serait un succès.

— Rex, tout va bien se passer.

— Mais, et si ce n'est pas le cas ?

— Si ce n'est pas le cas, nous trouverons une solution. Ne t'inquiète pas.

Il secoua la tête, comme si quelque chose lui échappait.

— Je m'en fous si le bowling coule, et que je perds l'argent que j'ai investi. J'ai accepté cette éventualité il y a longtemps. Mais je ne veux pas perdre l'argent que vous avez investi. C'est ce qui m'inquiète.

— Ça n'arrivera pas, Rex.

— Tu ne peux pas en être sûre.

— Si.

Je n'étais pas une femme d'affaires, mais j'étais certaine que ce serait un succès.

— Qu'est-ce que tu en sais ?

— Je le sais, c'est tout. Et même si ce n'est pas le cas, ça ira pour Zeke et moi. On n'a pas investi tout notre argent dans le bowling.

— Ce n'est pas la question, répondit-il d'une voix grave et empreinte de colère. Vous vous êtes cassés le cul pour gagner cet argent. Zeke a ouvert son cabinet, et il a déjà pris un risque. Tu as dû rembourser tes prêts étudiants. Je ne veux pas dilapider vos économies durement gagnées.

Quoi que je lui dise, il restait déprimé.

— Peu importe comment les choses se passent, s'inquiéter ne changera rien. Et peu importe ce qui arrive, nous avons la santé, de quoi manger et un toit. L'argent, c'est juste de l'argent, Rex. Rappelle-toi des choses importantes dans la vie.

Je me rappelais l'époque où Rex et moi avions été à la rue. Il n'avait pas d'emploi, et nous avions connu des difficultés pendant un temps. Nous avions eu de la chance que Zeke nous héberge le temps que Rex retombe sur ses pattes.

Lorsque je lui présentai les choses sous cet angle, il ne sut pas quoi répondre.

— Détends-toi, d'accord ? Bois une autre bière. Mange un morceau.

Il finit par glousser.

— À t'entendre, on croirait que je suis un homme des cavernes.

— C'est parce que c'est le cas.

Il rit à nouveau.

— Oui, parfois.

— Je sais que—

Quelqu'un toqua à la porte et Safari se mit immédiatement à aboyer. En bon chien protecteur, il s'approcha de la porte pour savoir qui était l'intrus derrière.

— Zeke ? demandai-je.

Rex haussa les épaules.

— Je ne pense pas.

Je m'approchai de la porte et vis Ryker à travers le judas. Je levai les sourcils, surprise, et lui ouvris.

— Hum, salut.

Lorsque Safari eut reconnu Ryker, il s'éloigna et retourna dans le salon avec Rex.

— Salut, répondit-il.

Il portait son jogging et des baskets avec un sweat à capuche gris. Même habillé de manière décontractée, il était à tomber. Il aurait pu entrer dans n'importe quel bar et ramener la fille de son choix.

— Tout va bien ?

Lorsqu'il n'avait pas répondu à mon message, j'avais supposé qu'il était en colère. Mais je savais que ce serait passé d'ici le lendemain.

— Je suis venu te chercher. Va prendre tes affaires.

— Je t'ai dit que je restais avec Safari.

— Et c'est le cas. Il vient avec nous.

Je le regardai, surprise.

— Tu veux faire entrer un gros chien poilu dans ton palace ?

Il haussa les épaules.

— Je sais qu'il est important pour toi. Et puis, tu laisses des cheveux partout, de toute manière. Ça ne fera pas une grande différence.

Je plissai les yeux.

Un sourire étira les coins de sa bouche.

— Prends tes affaires et Safari, et allons-y.

J'en mourais d'envie, mais je savais que je ne pouvais pas abandonner Rex.

— J'aimerais beaucoup, mais vraiment, il vaut mieux que je reste ici...

Je me penchai vers lui et collai ma bouche contre son oreille.

— Rex est vraiment stressé à cause de l'inauguration demain.

Il sembla à nouveau agacé, mais il n'insista pas.

— Je comprends.

— Je suis désolée...

Rex apparut dans le couloir et salua Ryker d'un signe de tête.

— Quoi de neuf, mec ?

— Je passais juste voir Rae.

Rex alla chercher une autre bière dans le frigo.

— Tu vas passer la nuit chez lui ? me demanda-t-il.

— Non, répondis-je immédiatement. Il est juste passé me dire bonne nuit.

Rex n'étant pas aussi stupide que je l'affirmais, il ne me crut pas une seconde.

— Je ne sais pas ce qui se passe ici, mais j'ai l'impression que c'est en rapport avec moi.

Ryker cracha le morceau.

— Je voulais la ramener chez moi avec Safari, mais elle veut rester ici avec toi, ce que je comprends.

Rex s'apprêtait à boire une gorgée de bière, mais il baissa sa bouteille.

— Rae, ça va. Vas-y.

— Ça ne me dérange vraiment pas—

— Mon pote, je vais bien, dit-il en me tapotant l'épaule. Tu m'as aidé à prendre du recul. Va vivre ta vie au lieu d'être une ringarde qui passe trop de temps avec son frère et son chien.

Ryker hocha la tête. Il se tourna vers moi, et je pus lire l'irritation dans ses yeux.

— Je n'aurais pas pu mieux le formuler.

— On se voit demain pour l'inauguration, dit Rex en retournant dans le salon.

— Prends ton sac et on y va, dit Ryker en me lançant un regard victorieux.

Pensant que Ryker venait m'enlever à lui, Safari baissa les oreilles.

— Tu viens aussi, Safari, dit Ryker en tapotant sa cuisse. Viens-là, mon pote.

Safari courut vers lui et manqua de le renverser.

Ryker rit en se redressant.

— Je ne crois pas l'avoir déjà vu aussi excité.

— Moi non plus.

Ryker ferma la porte de la chambre pour que nous puissions

nous isoler un peu de mon chien gâté. Il passa son t-shirt par-dessus sa tête et retira son jogging. Il ne portait rien en dessous, et sa queue apparut, dure et dressée, alors que nous venions à peine de rentrer.

— Putain, tu es déjà chaud, hein ?

— Qu'est-ce qui te fait dire ça ?

Il s'approcha de moi, son long membre dressé fièrement. Il s'assit au pied du lit puis ramena les coussins vers lui pour poser sa tête dessus. Sa queue était posée sur son ventre, et sans prononcer un seul mot, il me fit comprendre ce dont il avait envie.

— Tu essaies de me dire quelque chose ?

— Ouaip.

Il prit son membre en main et commença à se masturber lentement.

— J'ai pensé à ta jolie bouche toute la journée. Et comme tu as été une belle casse-pieds ces deux dernières heures, tu me dois bien ça.

— Je te dois bien ça ?

Je fis mine d'être agacée, même si je n'en ressentais rien. Je l'aurais volontiers sucé sans même qu'il me le demande. Sa bite était absolument sublime et elle me procurait des sensations incroyables. Ça ne me dérangeait pas de la vénérer avec ma langue.

— Ouaip. Mais quand tu auras fini, c'est moi qui te devrai quelque chose. Penses-y de cette manière.

Il me regarda intensément.

— C'est assez tentant...

Je retirai mon pull et mon jean, en prenant mon temps jusqu'à me retrouver en sous-vêtements. Ses yeux ne quittèrent pas mon corps, et son regard était brûlant sur ma peau. Je le vis avaler sa salive avec difficulté. Sa queue tressauta, et je sus qu'il appréciait mon mini strip-tease. Je dégrafai mon soutien-gorge et le laissai tomber au sol. Puis je me retournai pour qu'il puisse voir mes fesses. Je baissai lentement ma culotte le long de mes cuisses, exposant progressivement chaque centimètre de peau, en prenant tout mon temps. Lorsque je dévoilai ma fente humide, je l'entendis gémir doucement.

Je souris et finis de me débarrasser de mon string noir. Je m'accroupis entre ses jambes, mes seins venant caresser ses couilles. Elles étaient chaudes et tendues, impatientes de libérer la semence qu'elles avaient emmagasinée toute la journée.

Ryker me regardait avec des yeux noirs de désir. Sa main caressa mon épaule et vint empoigner mes cheveux. Il avait l'habitude de m'agripper la nuque, comme un prédateur avec une proie. Il posa la main sur la base de sa queue et la souleva jusqu'à ce que son gland vienne frotter contre mes lèvres.

— Maintenant, je ne sais plus si je veux baiser ta bouche ou ta chatte.

— Pourquoi pas les deux ?

Je pressai les lèvres sur son gland et l'embrassai doucement, avalant la goutte de lubrifiant produite par son corps.

Il gémit doucement en me regardant d'un air fasciné.

Je pris sa queue entre mes mains et repoussai la sienne, puis j'entrepris de lécher son membre comme une sucette. Je pris mon temps, faisant glisser ma langue autour de son gland, là où c'était le plus sensible.

— Mmm..., lâchai-je.

Il tira mes cheveux plus fort.

— Tu aimes ça, ma belle ?

— Non. J'adore ça.

J'ouvris la bouche et avalai sa queue jusqu'au fond de ma gorge. Je ne pouvais faire entrer que la moitié, parce qu'elle était vraiment longue. Si j'allais plus loin, je risquais de vomir – et c'était tout sauf sexy. Je massai ses couilles tout en imprimant un mouvement de va-et-vient.

Ryker mit les mains derrière la tête et me regarda, appréciant le spectacle autant que l'expérience. Sa bite était incroyablement dure dans ma bouche, tant il prenait de plaisir. Il remua doucement les hanches pour venir à ma rencontre.

— Putain, tes pipes sont incroyables !

Je sortis sa queue de ma bouche pour lui répondre.

— Seulement quand j'aime vraiment ça.

Je lui lançai un regard torride avant de continuer.

— Tu aimes sucer ma queue, ma belle ?

— Oh oui.

Il replaça sa main dans mes cheveux.

— J'aimerais que ça dure pour toujours, mais j'ai vraiment envie de te baiser.

Je continuai, le mettant au défi de m'arrêter.

Il n'en fit rien. Il continua à guider ma bouche le long de son membre. Il me poussa plus bas que ce que je ne l'aurais voulu, mais je n'éprouvai pas le besoin de vomir. La sueur commença à perler sur son torse, et son souffle s'accéléra. Je sentis sa queue tressauter dans ma bouche, et je sus que l'orgasme approchait.

J'aimais lui procurer du plaisir autant qu'en prendre. Son regard s'assombrit et devint vitreux, et son esprit s'envola ailleurs. La raison l'abandonna alors qu'il se laissait aller à un plaisir intense. Il voulait jouir, et il luttait à moitié.

— Je vais jouir !

— Donne-moi tout.

Il inspira brusquement et enfonça sa queue dans ma gorge en se vidant.

— Putain...

Il agrippa ma nuque et donna de petits coups de reins, s'assurant que je n'en perde pas une goutte.

Je léchai toute sa semence avant de le retirer de ma bouche. Sa queue encore à moitié dure atterrit sur son estomac avec un petit bruit mouillé. Elle était trempée de ma salive, et ses couilles étaient molles après cette explosion.

— Dis-moi quand tu seras prêt.

Je m'allongeai sur le lit, la tête posée sur les coussins. J'écartai les jambes et l'attendis.

Sans hésitation, il vint placer sa tête entre mes jambes. Il darda sa langue et commença à me procurer un plaisir indescriptible. Il me lécha avec application, ne voulant pas être en reste après la pipe que je venais de lui tailler.

Je ne le quittai pas des yeux, mes doigts glissés dans ses cheveux. Les cuisses écartées, je profitai de la chaleur intense qu'il me procurait. Je n'épargnai pas une pensée pour toutes les femmes qui s'étaient trouvées dans son lit avant qu'il me rencontre. Je ne pensais qu'à l'instant magique que nous étions en train de vivre. Aucun homme ne m'avait autant comblée avant lui. Ryker ne me laissait jamais sur ma faim, et il se débrouillait pour que chaque expérience soit meilleure que la précédente. Il ne saurait jamais à quel point je lui en étais reconnaissante. Il me regarda dans les yeux en léchant mon clito.

— Jouis, mon cœur.

Son toucher savant et le désir dans son regard firent obéir mon corps. Je plongeai mes doigts dans ses cheveux et sentis mes hanches se contracter alors qu'un orgasme puissant s'emparait de moi.

— Oh mon Dieu...

Il me lécha encore plus fort, décuplant mon plaisir.

— Oui... Ouiii...

Je me lavai le visage et me préparai pour me coucher, même si l'aube pointait déjà. J'enfilai un de ses t-shirts et une autre culotte, celle que je portais étant trempée. Puis j'ouvris la porte de la chambre et laissai entrer Safari.

— Tu es prêt pour le dodo, Safari ?

Il sauta immédiatement sur le lit et se mit à l'aise.

Ryker était couché, les mains derrière la tête. Il observa Safari avec une expression amusée.

— Mais ne pisse pas partout, d'accord ?

— Aucun risque. C'est un bon toutou, dis-je en caressant la tête de mon chien.

— Parfois, je me demande si tu l'aimes plus que moi, dit Ryker en observant notre interaction.

— Bien sûr, répondis-je sans hésiter. C'est mon meilleur ami depuis des années. Il ne peut pas être remplacé si facilement.

— Alors il va falloir que je me démène.

— Vraiment, oui.

J'éteignis la lampe de chevet et me mis au lit.

Ryker se blottit immédiatement contre moi, son bras passé autour de ma taille. Je sentis sa respiration dans ma nuque, et son torse dur comme la pierre pressé contre mon dos. Il venait se coller contre moi à chaque respiration, me rappelant que ce n'était pas un rêve. Ce que je vivais était bien réel.

— Merci de laisser Safari dormir ici.

— Je ferais n'importe quoi pour être avec toi, Rae. Mais je pense que tu le savais déjà.

2

RAE

Dès que les portes s'ouvrirent, l'endroit fut bondé.

Des familles et des groupes d'amis envahirent le Hippie Bowling. Certains se rendirent directement sur les pistes et commencèrent à jouer. Les plus jeunes se rendirent à l'arcade et à la pizzeria, pendant que les parents visitaient le petit bar installé dans le coin.

Je n'étais absolument pas surprise.

— Les gars, on a des clients ! Les gens sont vraiment venus, s'exclama Rex.

Rex portait un t-shirt Hippie Bowling. C'était un t-shirt tie-dye avec une boule de bowling au centre de l'image.

— Bien sûr que oui. Cet endroit en jette, même de l'extérieur. Pourquoi les gens ne voudraient pas venir y passer leur samedi ? déclara Jessie.

Comme d'habitude, Jessie ressemblait à une top-modèle, ses cheveux raides et vêtue d'un jean de marque qui moulait ses cuisses.

Kayden regardait la salle avec émerveillement. De nous tous, c'était elle qui semblait la plus impressionnée.

— C'est vraiment cool, dit-elle. Je peux acheter un t-shirt ?

— Non, répondit Rex. Mais je veux bien t'en donner un.

— Allez, laisse-moi l'acheter, insista-t-elle.

— Non, répéta Rex d'un ton ferme. Je ne veux pas de ton fric.

Il alla chercher un t-shirt derrière le comptoir.

— On dirait bien qu'on a réussi, dit Zeke en se retournant vers moi.

— Je pense qu'on peut affirmer sans risque que cet endroit va avoir beaucoup de succès.

Dans quelques semaines, l'engouement serait passé, mais après une telle inauguration, la clientèle resterait fidèle. Zeke et moi avions eu l'idée d'attribuer des trophées aux meilleurs joueurs chaque mois, et nous nous attendions à ce qu'ils motivent encore plus les gens.

— Maintenant, Rex va enfin pouvoir se calmer.

— Et déménager de chez moi.

C'était ce qui me réjouissait le plus. Ryker pourrait venir loger chez moi, et ma vie serait plus simple. Il pouvait aller travailler quand bon lui semblait, mais moi, je devais m'y rendre à la même heure tous les jours. Lorsque je dormais chez lui, je devais me lever encore plus tôt pour être prête, alors que je n'étais pas du matin. Et puis, Safari préférait être chez moi. Il ne s'était pas plaint chez Ryker la nuit précédente, mais je savais qu'il n'était pas à l'aise.

Zeke rit doucement.

— Tu pourras enfin reprendre ta vie normale. Que comptes-tu faire quand il sera parti ?

— Stériliser l'appart.

Il éclata de rire.

— Il va te falloir beaucoup de Javel. Certaines taches ne partiront pas comme ça.

— Peut-être que je vais déménager. Plus simple.

— Je pense que c'est une bonne idée.

— Et si on achetait des pizzas ? proposa Jessie. J'ai faim.

— Moi aussi, dit Kayden en se frottant l'estomac, comme si elle n'avait pas mangé depuis des jours.

— Bonne idée, dis-je.

Alors que nous nous dirigions vers la pizzeria, Rex revint avec des t-shirts plein les bras. Il nous les distribua.

— Ils sont trop mignons, dis-je en posant le mien contre ma poitrine.

Zeke retira son t-shirt, révélant ses pectoraux musclés et ses abdos durs comme du béton.

— Putain ! s'exclama Jessie en sifflant.

— Ouah, dit Kayden. Voilà quelqu'un qui passe tout son temps à la salle de sport.

Zeke sourit et enfila le t-shirt Hippie Bowling. Il était trop humble pour répondre, mais vu son petit sourire satisfait, je sus qu'il était flatté par les compliments.

— C'est de la bonne qualité. Ils sont très doux, dit-il pour changer de sujet.

— Tout paraît doux quand tu es dur comme de la pierre, fit remarquer Jessie.

Zeke lui sourit.

Rex plissa les yeux, comme s'il se sentait oublié.

— Hé, moi aussi, je suis canon !

— Prouve-le, dit Jessie.

— Ouais. Prouve-le tout de suite, renchérit Kayden, dont les yeux s'illuminèrent comme des décorations de Noël.

— Non, s'il te plaît, dis-je en levant la main. Cette journée est géniale, vous ne voudriez pas que je gâche tout en vomissant sur le nouveau carrelage.

Rex m'ignora et retira son t-shirt.

Jessie siffla à nouveau.

— Putain... Je ne saurais pas dire qui a le corps le plus sexy.

— Mesdames, je suis hors compétition, dit Rex en contractant un biceps, montrant ses muscles.

Kayden continuait à le fixer, la bouche ouverte.

— C'est clairement Zeke, dis-je, la question ne se posant même pas à mes yeux.

Zeke se tourna vers moi et me donna un petit coup dans les côtes.

— Tu apprécies la vue, hein ?

— Tu vaux bien mieux que M. l'albinos.

— Hé, s'exclama Rex en fronçant les sourcils. Il a beaucoup plu dernièrement.

— Zeke ne ressemble pas à un fantôme, lui, fis-je remarquer. Et il habite dans la même ville.

Le corps de Zeke était bronzé, mais je me demandais comment c'était possible. Je savais qu'il faisait beaucoup de vélo, mais je ne l'imaginais pas en faire torse nu.

— Il est dermatologue, répondit Rex. Il se tartine probablement de produits chimiques pour bronzer.

— Ouais, dit Zeke, impassible. On appelle ça de la vitamine D.

— Où tu achètes ça ? demanda Rex. À la pharmacie ?

Sans nous concerter, nous nous dirigeâmes vers la pizzeria comme un seul homme.

— Allons manger, dis-je. Je brûle beaucoup trop de calories à essayer de comprendre ce que dit cet idiot.

REX MONTRA LE BAR AUX FILLES, L'ENDROIT QU'ELLES VOULAIENT visiter le plus. Zeke et moi mangions plus que tout le monde, et nous étions toujours les derniers à finir. Je me servis une autre part de pizza et la dégustai avec plaisir en essayant de ne pas penser aux dix kilomètres que je devrais courir le lendemain pour compenser ce repas. Imaginant déjà à quel point j'aurais mal aux pieds avant la fin, je soupirai.

Zeke but son soda en me regardant.

— Tu vois quelqu'un en ce moment ? demandai-je avec curiosité.

Il m'avait dit avoir eu un plan cul peu de temps auparavant. Peut-être qu'il avait enchaîné.

— Je suis sorti avec une fille hier soir.

— Comment ça s'est passé ?

— Pas mal. Mais je ne pense pas la revoir.

— Pourquoi pas ?

Il haussa les épaules.

— Je n'ai rien ressenti de spécial.

— Tu as couché avec ?

Je savais que je pouvais lui poser ce genre de questions sans prendre de gants. Il faisait de même avec moi. Il assumait totalement ses relations.

— Ouais. C'était bien, mais je ne sais pas... je ne suis pas plus intéressé que ça.

Zeke était un mec en or. Il était gentil et attentionné, en plus d'être sincère et loyal. Un jour, il ferait le meilleur des maris et des pères. Celle qui finirait avec lui serait une des femmes les plus chanceuses sur Terre.

— Tu finiras par trouver la bonne. Elle est quelque part...

Il détourna le regard et but une gorgée de soda.

— Ouais... J'en suis sûr.

— On dirait que tu n'es pas vraiment à la recherche d'une histoire sérieuse.

Il but une autre longue gorgée.

— C'est vrai. Je m'amuse, en ce moment. Je traîne dans des bars après le travail, et j'avoue avoir été plutôt chanceux.

— Ce n'est pas de la chance. Tu es canon, Zeke.

Il posa son verre et me fixa intensément.

— Tu le penses vraiment ?

— Putain, ouais. Je le penserais même si j'étais lesbienne. Quand tu ne rappelles pas ces femmes, elles doivent être hyper déçues. Tu peux me croire.

Il hocha la tête, l'air un peu mal à l'aise.

— Comment ça se passe avec Ryker ?

— Bien.

Le dernier mois s'était écoulé dans une certaine routine. Nous sortions parfois dîner, mais la plupart du temps, nous allions simplement baiser chez lui. Ça ne me dérangeait pas, parce que le sexe était incroyable, mais je commençais à m'inquiéter un peu que notre relation soit trop superficielle.

— On dirait que ce n'est pas si simple que ça.

— Qu'est-ce qui te fait dire ça ?

— Le fait que tu aies répondu en un seul mot. En général, tu en dis plus.

Il repoussa son assiette vide et posa ses coudes sur la table.

— Je suppose... que je m'inquiète un peu, dis-je.

— Pourquoi ?

— C'est une question en un seul mot.

Son sourire s'agrandit.

— Ne joue pas à la maline. Réponds à la question.

— Je m'inquiète parce qu'on ne parle pas beaucoup.

Je n'entrai pas dans les détails. Zeke pouvait lire entre les lignes.

— Je le connais, mais pas beaucoup, en fait. Il semble m'apprécier, je pense que c'est le cas, mais je me demande aussi où ça nous mène. Mais c'est beaucoup trop tôt pour poser ce genre de questions.

Zeke resta silencieux, attentif.

— Alors... je ne sais pas vraiment, conclus-je.

— Peut-être que ce n'est qu'une amourette. Peut-être que vous êtes censés en profiter, et puis que vous passerez tous les deux à autre chose. Il n'y a aucun mal à ça.

— Oui, mais c'est précisément ce que je voudrais éviter.

Zeke, sachant très bien pourquoi, ne dit rien.

— C'est juste que je n'ai pas envie d'avoir à nouveau le cœur brisé. C'est nul.

En me remémorant ce que j'avais traversé par le passé, je soupirai.

— Il ne peut pas te briser le cœur, sauf si tu le lui permets. Alors ne le laisse pas faire, suggéra-t-il.

Je ris d'un air sarcastique.

— Tu dis ça comme si c'était facile.

— Je pense aussi que si tu pars du principe que cette relation va échouer, ce sera probablement le cas. Alors, tu devrais peut-être changer certaines choses, dit-il en haussant les épaules, comme s'il ne savait pas quoi ajouter.

— Comme quoi ?

— Essaie d'apprendre à mieux le connaître. Plus de sorties et moins de sexe.

— Mais je ne veux pas moins de sexe...

Nos ébats étaient vraiment incroyables, les meilleurs que j'aie connus.

D'ordinaire, Zeke aurait ri à ce commentaire, mais pas cette fois.

— Ou alors, tu pourrais lui parler de tes inquiétudes.

— Ryker n'est pas le genre de mec à avoir des conversations sérieuses...

— Alors, peut-être que ce n'est pas le bon mec pour toi. Les relations amoureuses sont basées sur la communication. Si vous ne pouvez pas vous parler, vous ne vous comprendrez jamais.

Zeke était bien plus sage que moi, probablement parce qu'il était plus vieux et plus intelligent. Lorsqu'il disait quelque chose, en général, il avait raison.

— Tu n'as pas tort.

Il haussa à nouveau les épaules.

— Fais ce que tu veux. Je suis sûr que tu prendras la bonne décision.

— Ouais, je l'espère.

Son regard se posa sur la télé au coin de la pièce.

— Les Mariners mènent.

Je regardai le score par-dessus mon épaule.

— Oh que oui. Je savais qu'aujourd'hui serait une bonne journée, dis-je en me retournant vers lui pour prendre une autre part de pizza.

Un petit sourire étira les lèvres de Zeke.

— Quoi ? Tu me juges ? demandai-je.

— Pas du tout. Je trouve juste intéressant que tu manges autant sans jamais prendre un gramme.

Je ris tant ce commentaire était absurde.

— Ha ! Crois-moi, je grossis. Je prends tout dans les hanches. C'est pour ça que je ne porte jamais de short.

— Je croyais que c'était parce que tu avais tout le temps froid.

— Ben non. Maintenant, tu connais la vraie raison.

— Tes jambes sont très bien, Rae. Je les vois tous les jours.

— Mais tu ne les *regardes* pas vraiment.

Il reporta son regard sur l'écran.

— Tu penses acheter bientôt une maison ? demanda-t-il.

— Rex pourra nous rembourser dans l'année, alors je vais attendre. Mais j'en ai très envie. Ton quartier me plaît beaucoup.

— Il est tranquille. C'est agréable, dit-il en hochant la tête.

C'était un quartier huppé, et je n'aurais jamais les moyens d'y vivre, mais j'aimais l'admirer. La maison de Zeke était beaucoup trop grande pour une seule personne, mais elle lui correspondait vraiment bien. Lorsqu'il serait marié, ce serait l'endroit idéal pour fonder une famille. Je l'enviais un peu parfois, puis je me souvenais à quel point il avait travaillé dur pour obtenir tout ça, et je réalisais que je n'avais aucun droit d'être jalouse. Si je voulais les mêmes choses que lui, il fallait que je travaille plus dur.

— Je vais bientôt commencer à chercher sérieusement. Les prix sont bas en ce moment, je devrais en profiter, ajoutai-je.

— C'est vrai. Dis-moi si tu as besoin d'aide. J'ai beaucoup appris de mon agent immobilier.

— Merci. J'aurais probablement besoin de toute l'aide possible.

— Bien sûr que non. Tu es beaucoup plus intelligente que tu ne le penses. En fait, tu es une des personnes les plus intelligentes que je connaisse.

J'appréciais que Zeke n'ait pas dit que j'étais une des « femmes les plus intelligentes qu'il connaisse ». La plupart des gens disaient des choses du genre, comme s'ils étaient impressionnés par ce que j'avais accompli, et ce malgré la tare de mon sexe. Zeke me traitait toujours en égale.

— Merci. Mais je ne suis pas aussi intelligente que toi.

— Je ne suis vraiment pas aussi intelligent que les gens le disent.

— Tu es juste modeste.

Il secoua la tête.

— Un jour, j'ai quitté la station essence en oubliant d'enlever le pistolet de mon réservoir. Alors, tu me trouves toujours aussi intelligent ?

Il sourit jusqu'aux oreilles à ce souvenir.

— C'est arrivé quand ?

— Il y a environ un an. Je ne l'ai raconté à personne, parce que je savais que j'en entendrais parler jusqu'à ma mort.

— Combien ça a coûté en réparations ?

— Quelques milliers de dollars. La poisse, quoi.

Même si c'était hilarant, je m'abstins de rire, parce qu'il semblait vraiment gêné.

— Maintenant, j'ai un dossier sur toi.

— Et j'en sais des tonnes sur toi que je pourrais balancer à Ryker.

— Fait chier..., dis-je, pensant être coincée.

IL GLOUSSA PUIS REPRIT SON VERRE DE SODA.

— Je ne suis pas un adversaire à ta taille, Rae.

Je ne le savais que trop bien.

Rex et les filles revinrent à table avec leurs bières et leurs cosmos.

— Où sont les nôtres ? demanda Zeke.

— Je suis pas ton mec, aboya Rex. Va le chercher toi-même.

— Mais c'est ton investisseur, lui rappelai-je. Tout comme moi.

— Ce n'est pas parce que tu es mon investisseur que je dois te lécher le cul.

Rex s'installa à côté de Kayden.

Zeke et moi le fusillâmes du regard, le faisant culpabiliser en silence. Rex finit par craquer sous la pression et se leva.

— Très bien. Je vous ramène deux bières.

3

RAE

Je venais de recevoir un message de Ryker. *Tu veux passer chez moi ?*

Il ne perdait pas de temps, comme toujours. *Et si on allait dîner quelque part ?*

Je peux commander une pizza.

J'aimerais essayer le nouveau restaurant chinois près de chez moi depuis un moment. Et puis, tu dis toujours que tu vas commander une pizza, mais tu ne le fais jamais.

Je le ferai vraiment cette fois. Elle sera là quand tu arriveras.

Non merci. Passe me chercher à dix-neuf heures si tu veux manger au resto chinois.

Il y eut une longue pause sans qu'il ne tape quelque chose. Au bout d'une minute, il répondit. *À très vite.*

Je souris de triomphe.

Ryker passa me chercher et nous conduisit au restaurant

chinois. Nous nous installâmes à une table avec une nappe blanche et une bougie au centre. Ryker ne dit pas grand-chose. Il fixa son menu et fit son choix. Puis il le posa et se mit à me reluquer.

— Comment était ta journée ?

Je ne le voyais pas au travail sauf quand il passait au laboratoire, ce qui était rare. Jenny travaillait aux mêmes horaires que moi, et si elle le voyait trop souvent, elle deviendrait soupçonneuse. Je ne voulais pas que nos collègues sachent que nous étions ensemble, parce que je savais qu'ils me mépriseraient – surtout Jenny.

— Chiante.

Il me répondait toujours la même chose quand il parlait de son boulot.

— C'est tout ?

— Plus ou moins. Je suis noyé dans la paperasse toute la matinée, je sors déjeuner, et je me retape de la paperasse jusqu'à quinze heures. Ce n'est pas aussi excitant que toutes les découvertes scientifiques que tu fais au labo.

— Malheureusement, je n'ai pas encore fait de découverte scientifique.

— Ça viendra. Comment s'est passée ta journée ?

— J'ai bien travaillé. J'ai terminé une étape de mon expérience et obtenu de bons résultats. Mais maintenant, je dois la répéter encore deux fois.

— Parce que... ?

— Pour qu'une expérience soit valide, il faut pouvoir obtenir les mêmes résultats plusieurs fois.

— Tu ne comptes pas publier un article dans le *Journal de Biologie de Yale*, si ?

J'aurais bien aimé.

— Non, mais pour demander les financements nécessaires

pour continuer mon projet, je veux être totalement certaine de mes résultats.

Il hocha la tête.

— Mon père avait raison à ton sujet. Il a dit que tu étais une des meilleures employées de l'entreprise.

M. Price était un homme bon, et je ne l'oublierais jamais.

— Comment va-t-il ?

Ryker ne répondit pas immédiatement.

— Bien. Il joue au golf, finit-il par dire.

Il ne parlait que très rarement de son père, même si je le connaissais. Parfois, j'avais l'impression qu'il ne l'aimait pas beaucoup. Il lui en voulait peut-être d'avoir dû prendre la suite de l'entreprise lorsqu'il était parti à la retraite. Je voulais lui poser la question, mais je doutais qu'il apprécie ma curiosité.

— Que faisais-tu à New York avant de revenir ici ?

Je réalisai que je l'ignorais. J'avais sauté dans son lit pour son visage et son corps bandants. C'était tout ce qui m'avait importé à l'époque.

— Je vivais dans mon penthouse près de Central Park.

Ça ne répondait pas du tout à ma question.

— Où travaillais-tu ?

— Je ne travaillais pas.

— Oh...

Mais alors, que faisait-il de ses journées ? Vivait-il de la fortune de son père ?

Il répondit à ma question sans que je la pose. Il la devina dans mon regard.

— Mon père m'a donné de l'argent et je l'ai investi dans des actions et dans l'immobilier. J'ai vécu de ces intérêts depuis. Je passais mon temps à jouer aux jeux vidéo, à voyager et à profiter de la vie nocturne.

Je compris le sous-entendu.

— Je comprends mieux pourquoi tu étais si malheureux en revenant ici.

— Lorsque mon père m'a demandé de reprendre la direction de l'entreprise, je n'étais pas ravi. Mais je n'ai pas eu le choix. Et puis, il a fallu que je revienne ici pour te rencontrer. Donc, tout est pour le mieux.

Il me lança un regard sincère et sulfureux à la fois.

C'était une phrase agréable à entendre, et je la gravai dans mon esprit pour chérir ce souvenir.

— Oui, tu as raison.

— J'avoue que j'aime bien ce climat. Il fait doux presque toute l'année. À New York, le temps est soit glacé, soit ultra humide. Tu y es déjà allée ?

— Non.

Je n'avais jamais quitté l'état de Washington.

— Je t'y emmènerai un jour. Je pense que ça te plairait.

— J'aimerais beaucoup découvrir cette ville.

— Tu as bientôt des vacances ?

— J'ai trois semaines de congés par an, et je ne les ai pas encore prises cette année. On pourrait prévoir ça.

— Je te donnerai plus que trois semaines. Tu peux prendre autant de congés que tu veux.

Sa proposition était charmante, mais je refusai.

— Je respecte trop ton entreprise pour profiter de toi. Je suis reconnaissante pour tout ce que COLLECT fait pour moi, et je ne veux pas de traitement de faveur parce qu'on sort ensemble. J'espère que tu comprends, et que tu ne le prendras pas mal.

Ryker me regarda sans réagir.

— Si c'est ce que tu veux, je comprends.

— Merci.

J'avais craint qu'il n'insiste, mais il laissa tomber le sujet.

Ryker redevint silencieux, mais son regard caressait mon visage. La tournure coquine de ses pensées était évidente. Dans ses yeux, je nous voyais déjà en train de baiser dans son lit. Pensait-il parfois à autre chose ?

Nous passâmes commande, ce qui atténua la tension entre nous. Mais plus j'essayais de discuter avec lui, d'apprendre à le connaître, plus l'ambiance était tendue. Ryker était du genre fort et silencieux. Ne pas parler toute la soirée lui convenait parfaitement. Si je ne disais rien, il n'alimentait pas la conversation.

— J'aimerais te poser une question, dis-je.

Il pencha légèrement la tête. Son visage était si beau que c'en était douloureux.

— Je t'écoute.

— Ça ne t'ennuie pas qu'on ne parle pas beaucoup ?

— Je ne comprends pas ta question. Je te vois presque tous les jours.

— Je sais qu'on se voit souvent. Mais on ne se connaît pas vraiment. J'ai l'impression que les seuls moments intimes qu'on partage, c'est quand on baise.

— N'est-ce pas la forme d'intimité la plus importante ? demanda-t-il en haussant un sourcil.

Même lorsqu'il était confus, il restait sexy.

— C'est important, oui. Mais on ne fait que baiser chez toi. On ne sort quasiment jamais.

— Qu'est-on en train de faire ? me demanda-t-il avec un petit sourire.

— Uniquement parce que je t'ai forcé la main.

Et il ne m'avait pas facilité les choses.

Il soupira tout bas, mais sans cacher son agacement.

— Rae, je ne comprends pas. Es-tu en train de me dire que je n'en fais pas assez pour toi ? Parce que j'ai fait davantage pour toi que pour n'importe qui d'autre. Je reconnais que je suis un peu réservé, mais je n'ai pas grand-chose à dire. Je suis comme ça. Je l'ai toujours été et je le serai toujours. Je pensais que ça nous convenait à tous les deux, mais apparemment, tu n'es pas heureuse. Si c'est le cas, tu veux quand même qu'on continue à se voir ?

— Bien sûr. Je n'ai pas envie qu'on se sépare. C'est juste que… j'ai peur de ne pas faire les choses comme il faut.

— Si tu extrapoles sur comment les choses devraient être, alors oui, tu risques d'être déçue. J'aime qu'on reste chez moi parce que je peux profiter de ta présence en privé. Ce n'est pas seulement une question de sexe. Mais comme ça, je peux te toucher, t'embrasser. Je peux être avec toi de la manière la plus intime qui soit. Je ne cherche pas à te cacher, et je n'ai pas seulement envie de coucher avec toi. Je veux plus que ça. Mais en public, je dois me retenir. Je ne peux pas te toucher quand j'en ai envie. Je ne peux pas t'embrasser quand je veux. Tu réfléchis trop.

— Peut-être…

— Non, c'est sûr.

— J'ai juste l'impression que je ne peux pas parler avec toi comme je le fais avec mes amis. Entre nous, on se raconte tout. Mais nous deux, on ne partage pas grand-chose.

Il me regarda fixement.

— C'est parce que je ne suis pas ton ami, Rae. Notre relation est différente de celle que tu as avec eux – et c'est une bonne chose. Nous avons une relation physique et romantique. Nous sommes proches d'une autre manière – physiquement.

Il avait peut-être raison. Peut-être que je cherchais une excuse pour mettre fin à notre relation avant que quelque chose ne vienne tout gâcher. Je savais que j'étais en train de tomber amoureuse de lui. Chaque jour, je m'attachais un peu plus. Chaque baiser, chaque caresse, chaque fois que nous couchions ensemble, j'étais un peu plus accro. Je ne savais pas pourquoi je ressentais tout ça pour Ryker. À certains moments, j'avais l'impression que c'était trop beau pour être vrai. Et parfois, je craignais qu'il ne soit avec moi pour de mauvaises raisons – parce que je lui tenais tête, contrairement à toutes les autres.

— Alors, tout va bien entre nous ?

Sa voix me tira de mes pensées.

— Oui.

Il se pencha vers moi et parla à voix basse.

— Tu es sûre ?

— Oui.

— Tu serais en colère si je demandais qu'on nous emballe ces plats, pour pouvoir les manger sur ton ventre ?

— La nourriture chinoise, ce n'est pas très sexy...

Il parla encore plus bas.

— Crois-moi, je peux la rendre sexy.

LE TÉLÉPHONE DU LABORATOIRE SONNA ET JENNY DÉCROCHA.

— Allô ? Oui, elle est là. Rae, c'est pour toi, dit-elle en posant le combiné sur la table.

— QUI EST-CE ?

— Kayden.

— Cool.

Je retirai mes gants en caoutchouc et les jetai avant de prendre le téléphone.

— Salut ma belle. Quoi de neuf ?

— Tu es occupée ?

— Pas vraiment. Je viens de transférer mes échantillons dans les boîtes de pétri. Ils doivent incuber...

— Tu sais que je ne comprends rien à ces galimatias.

— Et tu sais que je ne comprends pas ce que galimatias veut dire. Alors, qu'est-ce qui se passe ?

— Je voulais savoir si Ryker avait des amis célibataires avec qui il pouvait m'arranger le coup. Il est magnifique, il connaît peut-être d'autres canons.

Kayden ne sortait pas souvent draguer, et ça ne semblait pas l'intéresser plus que ça. Elle en avait peut-être eu marre et réalisé qu'elle avait besoin de baiser.

— Ça sort d'où ?

— Hum… Peut-être que te voir avec Ryker me donne envie d'avoir un mec.

Il donnerait envie de sexe à n'importe quelle fille.

— Je peux lui demander.

— Merci. Ce serait super. Et s'il te plaît, ne m'arrange pas le coup avec un taré, comme Jess l'a fait avec toi.

— Tu veux parler du pompier à la langue un peu trop vagabonde ?

— Ouais. Pouah !

— Je ne ferais jamais ça à une de mes amies. Je ne sais pas ce qui a pris à Jess.

— Elle n'était probablement pas au courant. Mais assure-toi d'en savoir un peu plus qu'elle.

— Ne t'inquiète pas. À plus tard.

— À plus tard. Je t'aime.

— Je t'aime aussi, dis-je en raccrochant.

— TU DIS À TES AMIS QUE TU LES AIMES EN RACCROCHANT ? demanda Jenny.

— Oui. On gagnerait tous à avoir un peu plus d'amour dans nos vies.

Certaines personnes trouvaient peut-être ça bizarre, mais ce n'était pas mon cas.

Jenny me lança un regard étrange avant de s'éloigner.

Elle penserait probablement que j'étais lesbienne, mais peu

importe. Je préférais ça plutôt qu'elle pense que je couchais avec Ryker.

J'APPELAI RYKER DANS LE TAXI QUI ME RAMENAIT CHEZ MOI.

— Salut, ma belle. Je pensais justement à toi.

— Tu as les mains dans ton slip ?

Je jetai un coup d'œil au chauffeur, mais je me fichais qu'il m'écoute. Il avait probablement déjà entendu bien pire.

Ryker gloussa.

— Non. Mais ce sera bientôt le cas, à moins que tu ne passes me voir.

— Tu veux toujours que je passe te voir.

— Ça se comprend, non ? Tu es tellement belle.

Je souris involontairement et vis mon reflet dans le rétroviseur. Je ressemblais à une adolescente amourachée.

— En fait, je n'appelais pas pour ça.

— Tu veux que je passe chez toi ? C'est possible. Au fait, Rex déménage quand ?

Je ne répondis pas à sa première question.

— Je ne sais pas, mais j'ai hâte. Kayden aimerait savoir si tu as un ami canon à lui présenter.

— Je ne saurais pas dire si mes amis sont canons.

— Arrête ton char, dis-je. Pas besoin d'être un génie pour savoir si quelqu'un du même sexe que toi est séduisant.

— Non. Mais je ne suis pas homo.

— Ce genre de commentaire à la con est pénible. Je sais que Jess et Kayden sont des bombes, et je suis totalement hétéro.

— Ma queue est d'accord avec toi.

Je ne répondis rien, et le silence s'étira.

— À propos du fait que tu es hétéro, clarifia-t-il. Tes amies sont jolies, mais elles ne m'ont jamais donné la trique.

Au moins, il avait dissipé le malaise.

— Je vais voir ce que je peux faire. J'ai quelques potes qui habitent dans le coin. Je vais me renseigner.

— Merci.

— Elle ne peut pas se trouver un mec toute seule ? Ça me surprend.

— Elle est magnifique, mais très timide.

— Honnêtement, emmène-la dans un bar et fais-lui porter une jupe moulante, elle aura l'embarras du choix. N'importe quelle fille peut y arriver avec la bonne attitude.

— Je pense qu'elle cherche plutôt un mec bien.

— Hum... Mes amis ne sont pas exactement des mecs bien, si tu vois ce que je veux dire. Si elle veut s'amuser une nuit, je peux arranger ça. Mais si elle cherche un petit ami, pas vraiment.

— Honnêtement, je ne sais pas ce qu'elle cherche.

— C'est ta meilleure amie. Tu devrais lui poser la question.

Rex et Zeke étaient installés sur le canapé quand je rentrai à la maison. Safari était en train de somnoler dans l'autre canapé. La télévision diffusait un match de basket.

Je jetai mon sac sur la table de l'entrée avant de les rejoindre dans le salon.

— Tu déménages quand ?

— Hum, bonjour à toi aussi, me répondit Rex avant de boire une gorgée de bière.

— Salut, dis-je. Alors, tu déménages quand ?

— Merde, Hippie Bowling n'a ouvert qu'il y a trois jours.

— Et les affaires marchent du tonnerre. Donc, maintenant, tu devrais être en mesure de te barrer d'ici.

Safari et moi avions besoin de notre espace. Je donnerais une clef à Ryker, et il pourrait venir ici à sa guise, pour se promener à poil, de préférence.

— Je ne saurai pas combien j'ai gagné avant la fin du mois.

Il fixa l'écran de télévision et essaya de m'ignorer.

— Mais tu auras gagné suffisamment pour payer un loyer, donc tu devrais commencer à chercher un appart – fissa.

— Putain, tu comptes aussi me traquer pour que je te rembourse ?

— Non. Tu peux garder cet argent. Je veux juste ne plus t'avoir dans les pattes.

J'entrai dans la cuisine.

— Salut, Zeke.

— Salut, Rae, dit-il en levant sa bière.

JE ME SERVIS UN VERRE DE VIN ET VINS M'INSTALLER PRÈS DE Safari.

Il ouvrit les yeux et se rapprocha jusqu'à ce que son menton repose sur ma cuisse. Je commençai à le caresser et il referma les yeux.

— Vous avez des amis célibataires ? demandai-je.

— Tu as rompu avec Ryker ? demanda Zeke, pratiquement en criant.

— TU L'AS ENVOYÉ MORDRE LA POUSSIÈRE ? DEMANDA REX AVEC espoir. Je savais que tu finirais par retrouver la raison. Ce mec est—

— C'est pour Kayden. Mais je suis heureuse d'entendre que vous avez fini par accepter Ryker...

— OH..., DIT REX D'UN AIR DÉPITÉ.

Zeke but une gorgée de bière et regarda le sol.

— J'en ai quelques-uns, mais je ne suis pas sûr qu'ils plaisent à Kayden.

— Et aucun de mes amis n'est assez bien, dit Rex.

— Tu n'as aucun ami médecin ? demandai-je à Zeke. Du genre riche et canon ?

— Aucun qui soit jeune ou séduisant, répondit-il.

— Kayden a envie de se faire sauter ? demanda Rex. Je peux la dépanner. Quand on est sortis manger ensemble le mois dernier, elle portait cette petite robe noire moulante et putain, elle était vraiment baisable. Ses jambes faisaient au moins un kilomètre.

Je m'apprêtai à boire, mais reposai mon verre.

— Pouah. Ne parle pas de mes amies comme ça !

— Quoi ? demanda Rex innocemment. Je suis sincère. Elle en balance.

— Jette, le corrigeai-je. Elle en jette.

Rex me regarda sans comprendre.

— Hein ?

— Peu importe, dis-je en secouant la tête.

Zeke se pencha vers moi, les mains sur les genoux.

— Elle a essayé Tinder ?

— Je ne crois pas. Mais à mon avis, elle ne cherche pas un plan cul. Je pense qu'elle est plus sérieuse que ça.

— Il y a aussi Meetic et ce genre de sites, dit Rex. Mais sérieusement, je pourrais lui faire passer du bon temps.

— Rex, dis-je en levant les yeux au ciel.

Il me rendit mon regard.

— Je m'assurerais qu'elle n'ait besoin de rien d'autre.

Je me passai la main sur le visage. Il n'y avait rien à en tirer.

Zeke rit dans sa barbe mais ne dit rien.

— Alors, c'est non ? demandai-je. Vous n'avez pas un seul mec bien à me conseiller ?

Ils secouèrent tous les deux la tête.

— Je ferais mieux de sortir avec elle pour l'aider à rencontrer quelqu'un.

Je n'avais pas vu les filles depuis un moment, de toute façon. Ce serait agréable de me faire belle et de sortir un peu de chez moi, surtout que mon frère semblait vivre sur mon canapé.

— Ne te fais pas trop belle, me prévint Zeke. Sinon, tous les mecs vont t'aborder toi et pas elle.

— Ouais, c'est ça, répondis-je en riant.

Zeke ne changea pas d'expression.

— Bon, je vais prendre une douche. Amusez-vous bien, les gonzesses.

Rex me tira la langue.

— Passe le bonjour de ma part aux autres gremlins.

JE RETROUVAI KAYDEN DEVANT LE BAR. ELLE PORTAIT UNE PETITE robe noire qui mettait ses magnifiques jambes en valeur, avec des chaussures à talons argentées et une pochette assortie. Elle avait bouclé ses cheveux blonds, ce qui lui donnait l'air d'une finaliste de concours de beauté. Je la dévisageai de la tête aux pieds en m'approchant.

— Putain, je crois que je suis bi !

Elle rit et me prit dans ses bras.

— Ouais, c'est ça. Avec les attributs de Ryker, je pense que tu as ce qu'il te faut.

— C'est très vrai.

Elle regarda ma robe rose.

— Tu es super mignonne. J'adore cette couleur sur toi.

— Merci. Alors, tu es prête à trouver un beau mec à ramener chez toi ?

Elle croisa les doigts.

— Espérons que la chance soit avec moi.

— J'ai proposé à Jess de venir, mais elle m'a dit qu'elle se sentait comme une sorcière parce qu'elle avait ses règles.

Kayden grimaça.

— Elle rend un service à l'humanité en restant chez elle.

— C'est clair.

Nous entrâmes dans le bar et après une longue attente, nous pûmes commander nos boissons. Je remarquai que tous les mecs dans la pièce reluquaient Kayden. Elle n'aurait aucun mal à trouver quelqu'un. Je pourrais m'éclipser et rejoindre Ryker pour prendre mon pied.

Une fois nos verres en main, nous nous installâmes à une table vide au centre de la pièce. Il n'y avait pas de chaises, donc nous restâmes perchées sur nos talons aiguilles. Nous avions toutes deux mal aux pieds, mais selon le code des filles, nous n'avions pas le droit de nous plaindre, quelle que soit la douleur. À choisir le style au lieu du confort, il fallait assumer.

Je fis le tour de la pièce des yeux et repérai quelques mecs mignons. Mais la plupart étaient déjà occupés à draguer des filles.

— Tu vois quelqu'un qui te plaît ?

Kayden jeta un coup d'œil autour de nous.

— Pas vraiment. Mais il est encore tôt. Les meilleurs arrivent souvent plus tard.

— C'est vrai.

J'aurais plutôt dit les pires.

Kayden but son cocktail en regardant autour d'elle.

— Merci d'être venue avec moi ce soir. Je sais que tu as déjà un copain, donc ça doit être chiant pour toi.

— Non. J'aime passer du temps avec toi. J'espère juste que tu trouveras quelqu'un à ton goût.

— Moi aussi...

— Alors, d'où est sortie cette envie de te taper un mec ?

Elle n'était pas spécialement obsédée par l'idée de se trouver un copain, un peu comme Jess et moi. Nous étions toujours à la recherche de notre prince charmant, mais nous n'en faisions pas une priorité.

Elle haussa ses fines épaules, et le mouvement fit briller les diamants à ses oreilles.

— J'ai juste réalisé que je n'avais pas fréquenté de mec depuis un moment. Et si je ne sors pas dans un bar, comment vais-je rencontrer quelqu'un ? Je ne vois pas tous les jours un mec de mon âge entrer dans la bibliothèque.

C'était le pire endroit imaginable pour rencontrer quelqu'un. Les seules personnes qui fréquentaient les bibliothèques étaient retraitées. Et comme Kayden n'était pas une croqueuse de diamants, ce n'était pas ce qui l'intéressait.

— Bon, ben, il y a définitivement des mecs de ton âge ici ce soir.

Elle se tourna vers le comptoir et plissa les yeux.

— Tu en vois un qui te plaît ?

Elle continua à scruter dans la même direction.

— Ce mec ressemble à Ryker, non ?

Je me tournai et regardai dans la direction du box au coin de la pièce. Le mec que Kayden indiquait était assis sur la droite, en face de deux autres hommes. Ils avaient tous les deux une femme à leur bras. Ryker semblait être seul.

Il avait plutôt intérêt !

— Oui, je crois que c'est lui.

— Tu lui as dit que tu sortais ce soir ?

— Non.

Maintenant que j'y pensais, je ne lui avais pas parlé depuis notre conversation dans le taxi. D'habitude, il me proposait de le rejoindre dès que je sortais du travail, mais il avait apparemment d'autres plans pour ce soir.

— Tu ne penses pas qu'il soit ici avec une pouffiasse, hein ?

Elle me lança un regard excité, comme si elle espérait le contraire.

Cette pensée ne m'avait même pas traversé l'esprit.

— Non. Je suis certaine qu'il est seul. Il est probablement sorti avec des amis.

J'avais du mal à capter Ryker, mais il ne me ferait jamais une chose pareille. Ce n'était pas un menteur, et il n'était pas malhonnête.

— Oui, tu dois avoir raison.

Une grande brune s'approcha de leur table et s'assit à côté de Ryker. Elle était belle, vraiment splendide, et elle se déplaçait sur ses talons comme si elle était pieds nus. Ryker ne la toucha pas et lui jeta à peine un coup d'œil, mais le fait qu'elle soit là me dérangea tout de même.

Kayden se tourna vers moi, mais elle ne dit rien.

— Allons les saluer, proposai-je.

Je commençai à marcher et sus qu'elle me suivait sans avoir à me retourner. Je ne voulais pas tirer de conclusions hâtives puisque Ryker ne faisait rien de mal. Il avait totalement le droit de sortir boire un verre avec ses amis. Et ce n'était pas parce que ses potes draguaient qu'il le faisait aussi. Cette femme était peut-être simplement amie avec les deux autres. Aucune raison de paniquer.

J'arrivai à leur niveau et regardai Ryker, Kayden à mes côtés.

Il mit un moment à réaliser que j'étais là. Lorsqu'il finit par croiser mon regard, il ne sembla pas très surpris. Il me lança un grand sourire séduisant, comme toujours.

— Le monde est petit, hein ?

Et cela suffit pour me confirmer que tout allait bien. S'il avait été surpris en train de faire quelque chose de mal, sa réaction aurait été bien différente. Je me sentais coupable d'avoir même pu le penser. Ryker ne me ferait jamais une chose pareille, et je me sentais sale de ne pas lui avoir fait entièrement confiance là-dessus.

— Oui, c'est clair.

Il se tourna vers ses amis.

— Je vous présente Ryan et Leana. Et voici Jeremy et Winona.

Puis il se tourna vers la femme assise à côté de lui.

— Et Tisha. Les gars, voici mes amies Rae et Kayden.

Ses amies ?

Nous étions ses amies ?

J'étais son amie ?

Kayden se tendit, aussi offusquée que moi.

Je restai calme, même si j'étais sur le point d'exploser. Ce terme était comme une gifle en pleine figure. Je ne m'en serais probablement pas formalisée s'il s'était levé et m'avait embrassée, mais il resta assis là, comme si nous nous connaissions à peine.

Comme si nous ne couchions pas ensemble.

Après m'avoir fait toute une histoire pour que je dise à Rex et Zeke que nous étions ensemble, il avait l'audace de me présenter comme une amie ?

Une amie ?

Kayden agrippa mon épaule et la serra doucement. Le whisky de Ryker était posé sur la table, et j'aurais aimé le lui jeter au visage. Elle pouvait lire dans mes pensées, tout comme Jess, et elle savait ce qui risquait d'arriver. J'avais une fâcheuse tendance à jeter des verres au visage des gens lorsque j'étais contrariée.

Je fixai Ryker dans les yeux, essayant de lui transmettre toutes les insultes qui flottaient dans mes pensées.

— Bonne soirée, *l'ami*.

Je tournai les talons et m'éloignai, la tête haute. Je ne supportais pas qu'on se foute de moi, et c'était exactement ce qu'il venait de faire. S'il voulait prétendre que nous n'étions pas ensemble, très bien. Alors nous n'étions pas ensemble.

— Je n'arrive pas à croire cet enfoiré, me dit Kayden dès que nous nous fûmes éloignées. Quel salaud !

— Je sais. J'ai eu envie de le gifler.

— Et de lui jeter son verre au visage. Je t'ai vu le lorgner.

Si seulement j'avais été un peu plus près.

— Rae.

J'entendis sa voix dans mon dos, mais je n'avais aucune envie de lui parler. Je ne m'étais pas attendue à ce qu'il me suive. Et j'avais espéré qu'il ne le fasse pas.

— Laisse-moi tranquille, dis-je en entraînant Kayden à ma suite, sans me retourner.

Il me rattrapa et me prit le bras.

— Rae. C'était quoi, ça ?

Maintenant que je lui faisais face, j'étais encore plus furieuse. Je ne trouvais plus aucun charme dans ses yeux verts, et j'étais trop en colère pour apprécier la courbe de sa mâchoire ou ses épaules impressionnantes.

— Sérieusement ? Je vais te dire quelque chose à mon sujet, parce que clairement, tu ne le sais pas encore.

J'enfonçai mon doigt dans son torse massif et sentis mon index s'écraser contre la surface dure.

— Je ne suis pas le genre de fille à me morfondre pour un

mec. Je ne sors pas avec un gars qui n'a pas les couilles de dire à ses amis qu'il sort avec moi. Je ne joue pas de jeux, et je ne mens pas. Clairement, tu n'es pas le bon, Ryker. Alors c'est terminé.

Je me retournai pour ne plus le voir. Je n'avais qu'une envie, me barrer et dire à Rex qu'il avait eu raison. Je n'aurais jamais dû entamer une relation avec ce séducteur.

— Oh là, attends !

Ryker attrapa mon poignet et me tira vers lui.

— Putain, mais pourquoi es-tu aussi en colère ?

— Tu m'as présentée comme une amie. Tu n'as même pas levé ton cul pour me prendre dans tes bras, et cette pouffiasse avait l'air à l'aise, pratiquement assise sur tes genoux. Ryker, si une femme comme moi, c'est trop pour toi, tant pis. Je trouverai quelqu'un à la hauteur.

Il agrippa mes deux poignets et les tint fermement pour que je ne puisse plus bouger. Kayden avait dû s'éloigner, parce que cette conversation était bien assez embarrassante sans avoir de témoins.

— Tout d'abord, comment suis-je censé te présenter ?

— Hum, comme ta petite amie ?

— Je ne pensais pas que nous en étions là.

Aïe. C'était une belle gifle !

— C'est toi qui voulait qu'on soit exclusifs. Si ça ne fait pas de moi ta petite amie, il te faut quoi ?

— Je pensais juste qu'on se fréquentait.

— Dans ce cas, je ne suis pas ton amie, et c'est comme ça que tu m'as présentée.

— Je n'arrive pas à croire que tu sois si énervée pour si peu.

Il secoua légèrement la tête, la mâchoire serrée.

— C'est toi qui a insisté pour que je dise à Rex et Zeke que nous étions ensemble.

— Pour ne pas agir dans leur dos, comme une fiotte, aboya-t-il. Et avant que tu ne continues, j'ai dit à Ryan et à Jeremy que je sortais avec toi. Donc lorsque je t'ai présentée, ils savaient très bien qui tu étais. Et si je ne me suis pas levé, c'est seulement parce que Tisha venait de se rasseoir, et que je ne voulais pas lui demander de se relever. Tu es en train de faire une montagne de rien du tout, là.

Je me sentis un peu idiote, mais j'étais toujours en colère.

— Tu péterais un câble si je te présentais comme un ami, et tu le sais.

— À un ex, bien sûr. Mais à des connaissances que tu ne reverras jamais, non.

— Et tu semblais beaucoup plaire à Tisha.

— Et alors ? demanda-t-il sans desserrer mes poignets. Elle m'a proposé de la raccompagner chez elle il y a environ vingt minutes. C'est à ce moment que j'ai dit à tout le monde que je sortais avec toi. Quelle importance si elle veut ma bite, puisque tu es la seule à avoir le droit de la toucher ?

Il m'attira brutalement contre son torse.

— Je suis certain qu'ils sont en train de nous observer, et je pense qu'il est assez clair que tu as les rênes en main. Alors putain, tu veux bien te calmer maintenant ?

Chacune de mes inspirations me faisait mal à la poitrine, et l'humiliation me brûlait les joues. Mais le fait que cette situation ait eu lieu m'énervait toujours. S'il s'était comporté différemment avec moi, je n'aurais pas agi ainsi. À mes yeux, c'était toujours de sa faute.

— Bonne nuit, Ryker.

Je voulais rentrer chez moi et me retrouver seule. J'avais besoin de réfléchir au calme. Je me dégageai de son étreinte et tournai les talons.

— C'est tout ? demanda-t-il, incrédule. Fin de l'histoire ?

Je me retournai.

— Fin de notre histoire – ou je ne sais pas comment l'appeler.

Je laissai la colère parler à ma place, et elle me fit dire des choses que je ne pensais pas. Je ne voulais pas perdre Ryker. En fait, je souhaitais plus que jamais être avec lui. Je voulais qu'il m'appelle sa petite amie et qu'il m'embrasse à la vue de tous.

Ryker reprit ma main. Cette fois, il m'entraîna dehors, à l'air frais. La musique résonnait à l'intérieur du bâtiment, la basse faisant vibrer les murs. Des personnes faisaient la queue en attendant d'entrer. Il s'arrêta sur le trottoir en me tenant toujours fermement.

— Ce n'est pas fini.

— Si, ça l'est.

— Pourquoi ? demanda-t-il. À cause de ce malentendu stupide ?

Je levai le bras pour qu'il me lâche.

— Non ! Je n'ai jamais été aussi jalouse de toute ma vie. Je n'ai jamais autant eu envie d'être avec quelqu'un. Je suis en train de réaliser à quel point je suis accro. Et si tu n'es même pas prêt à m'appeler ta petite amie... je vais y laisser des plumes. Si cette simple situation a pu autant me faire souffrir, ça me prouve bien que tu es déjà bien plus important pour moi que tu ne le devrais. Je pensais que j'étais capable de protéger mon cœur et de rester cool, mais apparemment, ce n'est pas le cas. C'est pour ça que je veux arrêter là.

Je fis un pas en arrière pour qu'il ne puisse pas me reprendre la main.

Il me regarda fixement. De la vapeur s'échappait de ses narines à cause du froid. Il portait un t-shirt gris à manches longues et un jean sombre, et malgré la température, il semblait avoir chaud. Ses yeux étaient brûlants, comme si ce que je venais de dire le mettait en colère.

Je croisai les bras pour me protéger du froid. Mes tétons pointaient à travers le tissu fin de ma robe. Cette soirée aurait dû être amusante et sans prise de tête, mais en fait, ça avait été un désastre. J'étais condamnée à répéter les mêmes erreurs, à craquer pour des mecs qui me brisaient le cœur. Pourquoi ne pouvais-je mettre fin à ce cycle infernal ? Pourquoi n'étais-je pas capable de me sortir la tête du cul et de prendre de meilleures décisions ?

— Rae, tout ça, c'est nouveau pour moi. Et ça me fait peur aussi.

Je croisai son regard et vis qu'il était sincère.

Il fit un pas vers moi et je ne reculai pas.

— Je sais qu'il y a des problèmes à régler entre nous, et nous devons faire des efforts. Mais je ne veux pas qu'on se sépare. Je ne veux pas arrêter de te voir, de t'embrasser, de te faire l'amour.

C'était une des rares phrases touchantes qu'il m'ait dites, et je sentis mon cœur battre plus vite.

— Je serai ton petit ami, si c'est ce que tu veux.

— Je veux que tu le veuilles aussi...

— Je veux être avec toi. C'est tout ce que je sais. Si tu veux que je te présente comme ma petite amie, je le ferai. Si tu veux que je te présente comme la reine de Seattle, je le ferai aussi. Tout ce que tu veux.

Je finis par sourire.

Il me prit dans ses bras et m'attira contre lui.

— J'ai réussi à arranger les choses ?

— Je crois que oui, dis-je en hochant la tête.

— Tu veux qu'on retourne à l'intérieur pour que je te présente comme il faut ?

Je gloussai, pensant qu'il plaisantait.

— Ce n'est pas nécessaire.

— Parce que je le ferai, Rae. Tout ce que tu veux.

Je pressai mon visage contre son torse et inspirai son parfum viril.

— Ça va, vraiment.

Il posa son menton sur ma tête et continua de me serrer fort contre lui.

— Ma chérie, tu es glacée. Tu veux rentrer chez moi ?

— Je le voudrais même si je n'étais pas gelée.

Il embrassa ma tempe et se dirigea vers sa voiture sans me lâcher la main.

— Tant mieux. Moi aussi.

— Tu as des choses à te faire pardonner.

Ryker se déshabilla et s'installa, adossé à la tête de lit, sa longue queue posée sur son ventre dur. Il plaça les mains derrière sa tête et me regarda avec une expression brûlante.

— Moi ? demandai-je.

Je posai les mains sur mes hanches et penchai la tête. Je faisais seulement mine d'être agacée, parce que c'était tout sauf le cas. À vrai dire, chaque fois que je le voyais nu, j'étais allumée. Je voulais serrer mes cuisses et mon souffle s'était déjà accéléré. J'avais la bouche sèche et je mourais d'envie de la coller contre son membre, de le sucer si fort qu'il jouirait immédiatement.

— Ce n'est pas comme ça que je me rappelle la soirée.

— On dirait que nous avons des avis différents, dit-il en tapotant le matelas près de lui. Allez, viens ici.

Je n'avais aucune envie de participer à nos habituelles taquineries. Il m'avait montré un engagement nouveau et j'étais mal à l'aise. Ma jalousie m'avait abandonnée si vite que je ne le comprenais pas moi-même, et j'avais rarement autant souffert que lorsqu'elle comprimait ma poitrine. Alors que je pensais notre relation superficielle, j'avais réalisé que ce n'était pas du tout le cas – du moins, pas dans mon cœur.

Je me déshabillai en prenant mon temps, lui offrant un mini strip-tease. Je déposai chaque vêtement au sol jusqu'à ne plus porter que mon string rose vif. Je jouai avec le tissu pendant presque une minute, faisant durer le moment aussi longtemps que possible.

Les yeux de Ryker étaient fixés sur mon string, et ses doigts vinrent immédiatement se poser sur sa bite. Il commença à se branler doucement.

— Débarrasse-toi de ça, ma belle.

Je retirai le string et le jetai de côté. Je me tenais nue, portant seulement mes talons noirs. Sur un coup de tête, je décidai de ne pas les enlever. Je montai sur le lit et vins chevaucher ses hanches, les talons plantés dans les draps autour de lui.

Il caressa mes cuisses puis posa les mains sur mes hanches. Il positionna immédiatement son gland devant mon entrée et me pénétra brutalement, sans prendre son temps comme il le faisait d'habitude. Sa respiration hachée souleva son torse puissant, et ses épaules se tendirent. Il fixait mes seins qui remuaient devant son visage. Lorsqu'il s'enfonça lentement en moi, il poussa un gémissement satisfait.

— Pourquoi aurais-je envie de qui que ce soit d'autre, quand je t'ai, toi ?

Il me pénétra de toute sa longueur avant de reposer sa tête contre l'oreiller et de fermer les yeux, se délectant de la sensation de nos corps enlacés.

J'avais entendu son commentaire, mais je ne parvenais pas à en comprendre la signification. Lorsque sa queue était en moi, si grosse et si longue, je n'arrivais plus à former de pensée cohérente. J'étais entièrement dominée par la confusion et le plaisir. Je n'avais jamais été avec un homme aussi bien monté. Cela valait toutes nos disputes et toute l'incertitude.

Il vint poser ses mains sur mes seins et les pinça d'un air joueur.

— Baise-moi, ma chérie.

J'agrippai ses épaules pour m'ancrer et m'appliquai à descendre et remonter le long de son membre. Je commençai lentement, voulant conserver ce rythme, mais le plaisir brûlant qui me traversait me poussa à accélérer. Je me mis à rebondir rapidement sur sa queue, et fus bientôt couverte de sueur.

Il joua avec mes tétons, puis déplaça ses mains sur mes fesses. Il les serra fort et me guida le long de sa bite, imprimant un rythme encore plus rapide. Nous pouvions entendre le bruit de succion de nos corps, et je savais que j'étais complètement trempée.

— Tu es vraiment trop belle sur ma queue, comme ça.

Je posai les mains sur la tête de lit et me penchai jusqu'à ce que mes seins soient contre sa bouche.

Il se mit immédiatement à les couvrir de baisers, et prit mes tétons dans sa bouche pour les sucer.

— Tu vas me faire jouir, dit-il.

— Pas tout de suite !

Ryker ne m'avait encore jamais laissée insatisfaite, et il n'avait pas intérêt à le faire maintenant.

Il blottit son visage dans mon cou et rit doucement.

— Ma petite amie sait ce qu'elle veut... putain de sexy.

Il embrassa mon cou et mon lobe d'oreille, puis posa ses doigts sur mon clito et commença à me masturber avec force. Il voulait me faire jouir pour pouvoir remplir ma chatte de sa semence.

Comme à chaque fois, la sensation torride commença dans le creux de mes reins avant de se propager dans tout mon corps. Comme sous le coup d'un incendie, je devins incandescente. Je sentis mes parois se contracter autour de sa queue, et le regardai dans les yeux lorsque l'orgasme me submergea.

— Mon Dieu, oui...

Je griffai ses épaules, et mes hanches vinrent à sa rencontre.

Il me pénétra jusqu'à la garde et se vida en moi, me remplissant de sa semence jusqu'à la dernière goutte. Sa bite tressauta, et je sentis le poids de son foutre me remplir. Lorsqu'il m'embrassa, sa sueur se mêla à la mienne et je sentis notre goût sur ma langue.

— Mon nom, c'est Ryker, pas Dieu, dit-il d'un ton taquin.

Jenny me tendit le téléphone.

— C'est ta copine Kayden.

Je savais précisément pourquoi elle m'appelait.

— Merci. Je vais prendre l'appel à mon poste.

Jenny raccrocha le combiné et retourna de son côté du labo. Son tablier blanc lui descendait jusqu'aux genoux.

Je décrochai le téléphone et connectai l'appel.

— Salut.

— Que s'est-il passé hier soir ? demanda-t-elle sans prendre la peine de dire bonjour.

Elle venait aux ragots, et après qu'elle ait assisté à ma dispute avec Ryker la veille au bar, je ne pouvais pas le lui reprocher.

— Je vous ai vus vous prendre la tête comme des chats de gouttière.

C'était une comparaison étrange, mais peu importe.

— C'est une longue histoire...

Je jetai un coup d'œil à Jenny de l'autre côté de la pièce pour déterminer si elle pouvait m'entendre.

Je ne pouvais pas prononcer son nom, sinon Jenny comprendrait que je sortais avec notre patron. C'était une information délicate que je n'avais pas envie de voir se propager. Lorsque notre couple serait plus sérieux, lorsque nous habiterions ensemble, éventuellement, j'accepterais de rendre notre relation publique.

— J'étais en colère contre... Tom, parce qu'il ne m'a pas présentée comme sa petite amie à ses potes—

— Tom ?

— Cherche pas.

— Hum, d'accord. Mais pourquoi ?

— Parce que. Donc, on s'est disputés dehors et—

— Oh ! Parce que c'est ton patron. J'ai saisi !

Elle était un peu lente à la détente, parfois.

— Exactement. Bref, on s'est disputés dehors, et il m'a expliqué qu'il leur avait déjà dit qu'il sortait avec moi, donc ils savaient qui j'étais en entendant mon prénom. On s'est encore un peu pris la tête, et puis on s'est réconciliés sur l'oreiller. C'était génial.

— Ma belle, quand il t'a présentée comme une amie, j'ai failli péter un câble.

J'avais totalement pété un câble.

— J'étais énervée aussi, dis-je.

— Et la pouffiasse assise à côté de lui voulait se le taper. C'était évident.

Toutes les femmes voulaient se le taper. Il fallait que je m'y fasse.

— Je sais. Mais il leur a dit que j'étais sa petite amie, donc tout va bien.

— Ça m'a quand même gonflé. Personne ne traite mon amie de cette manière.

Sa loyauté me fit sourire.

— Je sais que tu es toujours là pour moi.

— Si vous vous êtes réconciliés, je suppose que je vais lui pardonner. Mais j'étais prête à lui péter les dents.

— J'ai un coup-de-poing américain dans mon sac, je peux m'en charger. Mais merci quand même.

Ce n'était pas une plaisanterie. J'en avais vraiment un avec moi, pour me protéger.

— Désolée d'avoir gâché ta soirée. Tu as rencontré quelqu'un ? ajoutai-je.

— Non, répondit-elle en soupirant. Je suis partie peu de temps après vous. Peut-être une autre fois.

— Désolée. On va retourner au bar. Peut-être que Jess nous accompagnera la prochaine fois.

— Pour qu'elle pique tous les mecs ? dit-elle en riant. Non merci.

— N'importe quoi, Kayden. Tu es une pure bombe, et tu le sais. Ne joue pas l'idiote.

— Je ne joue pas l'idiote, protesta-t-elle. Je sais juste que ses cheveux bruns et son regard de braise plaisent aux mecs. Même moi, je la reluque.

Je gloussai.

— Moi aussi. Elle a un corps parfait.

— Et un visage encore plus beau.

J'imaginai Rex et Zeke en train d'écouter cette conversation. Ils seraient bouche bée, leurs yeux exorbités.

— Tu imagines si les gars nous entendaient ?

— Bon Dieu. Ils perdraient connaissance.

— Ils nous passeraient probablement de la chantilly.

Peut-être pas Rex, mais Zeke, c'était certain.

— Au fait, je leur ai demandé s'ils n'avaient pas un ami à te présenter, mais ils n'avaient personne en tête. Puis Rex a dit qu'il adorerait te faire grimper aux rideaux. Quel gros pervers, dis-je en levant les yeux au ciel.

— Attends, quoi ? Je plais à Rex ?

Sa voix monta immédiatement de plusieurs octaves.

— Je ne dirais pas que tu lui plais. Il a juste dit qu'il aimerait bien coucher avec toi, si tu cherches une partie de jambes en l'air. Prépare-toi, pour la prochaine fois où tu le verras. Il risque d'être un peu lourdingue.

Kayden resta silencieuse. Je n'entendais même plus sa respiration au bout du fil.

— Kay ?

— Ouais, je suis là.

Sa voix avait repris une intonation normale, mais elle semblait pressée, à présent.

— Je dois retourner bosser. À plus tard.

— Hum, ok.

Elle mettait fin à notre conversation de manière un peu abrupte, mais moi aussi, je devais me remettre au travail. L'électrophorèse sur gel n'allait pas se faire toute seule.

— À plus tard.

— Bye.

Elle raccrocha.

Avant d'avoir eu l'occasion de réfléchir à notre conversation, Jenny me fit signe.

— Rae, viens voir ça.

Devant la perspective d'une découverte scientifique, j'oubliai instantanément notre discussion.

— J'arrive, Jen.

4

REX

MÊME LE JEUDI, LE HIPPIE BOWLING ÉTAIT PLEIN.

La plupart des pistes étaient utilisées, les tables de la pizzeria étaient occupées par des familles, et le bar avait même quelques habitués. J'avais à peine assez d'employés pour faire tourner la boutique, donc j'avais immédiatement commencé par embaucher du personnel.

Lorsque j'avais acheté le bowling, je pensais me contenter de faire les comptes et de rentrer chez moi avant midi tous les jours, mais depuis la rénovation, j'aimais l'ambiance. C'était un endroit agréable. L'atmosphère détendue permettait à tout le monde d'oublier ses problèmes. Même l'odeur était plaisante. Je n'avais pas remarqué à quel point ça puait jusqu'à ce que tout soit remis à neuf.

Rae avait raison. Ça empestait la pisse de chat, avant.

J'avais interviewé quelques étudiants à la recherche d'un temps partiel, et après les avoir tous reçus, il était presque seize heures. Le temps avait filé, et je n'avais pas l'impression d'avoir perdu ma journée comme c'était souvent le cas auparavant.

En fait, je m'amusais bien.

Lorsque je fis la caisse pour déplacer l'argent dans le coffre, je fus surpris par la liasse de billets à l'intérieur. Avant, il n'y avait que quelques dollars et des trombones. J'entourai les billets d'un élastique et les mis dans ma poche. Si les choses continuaient comme ça, je serais en mesure de rembourser Rae et Zeke en un rien de temps.

— Salut, Rex.

Je levai la tête et découvris Kayden. Ses cheveux blonds étaient retenus en une queue de cheval, révélant son visage séduisant. Elle portait du maquillage sombre autour des yeux et des créoles dorées aux oreilles. Dès qu'ils la remarquèrent, tous les mecs présents lui prêtèrent attention, admirant sa perfection à leur aise, tout comme moi.

— Salut. Qu'est-ce qui t'amène ici ?

— Je viens de finir le travail, et je voulais voir comment marchaient les affaires. Ça a l'air génial.

— Merci. Rae et Zeke ont fait un super boulot.

— Et toi aussi.

Elle me regarda avec tendresse, presque comme si elle était fière de moi.

Je haussai les épaules.

— Je n'ai aucun mérite, vraiment. Sans eux, cet endroit aurait coulé, et j'aurais dû vivre avec Rae jusqu'à la fin de mes jours.

Et me tirer une balle, parce qu'elle me rendait dingue.

— Tu es toujours tellement modeste, déclara Kayden.

Je n'étais pas certain de connaître le sens de ce mot.

— Comment ça s'est passé, l'autre soir ? Tu t'es trouvé quelqu'un à te mettre sous la dent ?

— Non. Rae et Ryker se sont pris la tête grave, alors je suis rentrée.

— Ils ont rompu ?

Je fis une danse de la victoire dans ma tête.

— Non. Ils se sont réconciliés.

Ma joie disparut instantanément.

— Pourquoi il était là ?

— Il passait la soirée avec des potes. Il leur a présenté Rae comme si c'était une de ses amies, et elle s'est énervée.

— Elle a eu bien raison.

Je prendrais toujours le parti de ma sœur, même si elle était en tort. Je savais que Ryker n'était pas un mec bien, et que tôt ou tard, je verrais Rae rentrer à la maison en larmes. Je souhaitais me tromper, mais je savais que c'était peu probable.

— Mais ça s'est arrangé. Et je suis rentrée chez moi toute seule.

— Je suis surpris que tous les mecs du bar ne se soient pas jetés sur toi.

Elle baissa les yeux et sourit.

— Il y a des jolies filles dans tous les bars de Seattle. Je n'ai rien de spécial.

— Ouais, c'est ça, répondis-je ironiquement.

Je me souvenais d'elle dans cette petite robe noire. J'avais eu envie de la voir remonter de quelques centimètres pour découvrir à quoi ressemblait sa culotte. Dès que j'avais posé les yeux sur elle, j'avais eu une trique pas possible - et seules les vraies bombes me faisaient cet effet. Rien qu'en parlant de son physique, je commençais à bander sous le comptoir. Il fallait que je change de sujet. Sinon, j'allais devoir partir me branler dans mon bureau avant de pouvoir me remettre à réfléchir.

— Alors, comment ça se passe au bowling ?

— Bien. J'ai embauché du monde pour qu'on soit moins débordés. Je suis content de savoir que je vais bientôt pouvoir rembourser Rae et Zeke. C'est ce qui m'inquiétait le plus.

— On savait tous que ça allait marcher. Tu stressais pour rien.

Elle restait au comptoir et ne semblait pas pressée de partir.

Et nous avions une conversation normale, pas bizarre et tendue comme les autres fois. Peut-être que ce problème était réglé.

— Je me casse, là.

Réalisant que c'était une formulation un peu étrange, je me repris :

— Je veux dire, j'allais partir. Ça te dirait d'aller manger quelque part ? Je meurs de faim, je n'ai pas déjeuné aujourd'hui.

— Bonne idée. Où veux-tu aller ?

— Le McDonald's, ça te botte ?

Je pouvais manger des burgers et des frites à tous les repas.

— Oui, c'est parfait.

KAYDEN DÉVORA SA NOURRITURE AVEC UN APPÉTIT QUE JE NE LUI connaissais pas. D'habitude, elle grignotait son plat, mais aujourd'hui, elle mangeait comme une personne normale. Elle me rappela Rae, et je ne fus pas surpris qu'elles soient meilleures amies.

— Que penses-tu de Ryker ?

Les amies de Rae se pâmaient-elles devant Ryker ? Ou le considéraient-elles aussi comme une source de problèmes ?

— Comment ça ?

Elle but son milk-shake, et voir ses lèvres sur la paille me donna envie de la voir sucer autre chose.

J'avais vraiment la tête à l'envers aujourd'hui.

— Tu penses qu'il est bien pour elle ? Ou qu'il va juste lui briser le cœur ?

— Il va probablement lui briser le cœur, répondit-elle calmement. Mais c'est comme ça que toutes les relations finissent. Elles se terminent rarement dans la joie. Je ne pense pas que Ryker soit aussi mauvais que tu ne le sous-entends. Franchement, il n'est pas si différent de Zeke et toi.

Ça, c'était vexant.

— On n'est pas du tout comme lui !

Elle plissa les yeux, me mettant au défi de la contredire.

— D'accord, on se ressemble étrangement. Mais je ne sortirais jamais avec la sœur de Ryker, même si c'était une bombe atomique.

Elle me lança le même regard.

— Vraiment, c'est la vérité.

J'avais des principes, et je m'y tenais. S'il y avait bien une chose que je respectais, c'était la famille. J'aurais aimé que ce soit le cas de Ryker.

— Vraiment, tu ne devrais pas perdre de temps à t'inquiéter pour eux. Rae t'a demandé de ne pas t'en mêler, et on ne dirait pas que c'est ce que tu fais.

Je ne pouvais le nier.

— Je te pose la question seulement parce que tu m'as dit qu'ils s'étaient disputés.

— Tous les couples se disputent, Rex. Ça ne veut rien dire.

J'aurais simplement aimé que ce soit leur dernière dispute – et qu'ils en restent là. Je savais que Zeke n'avait aucune chance avec Rae, mais je pensais quand même qu'il y avait un meilleur mec pour elle. J'avais toujours imaginé qu'elle finirait avec un geek séduisant. Ils auraient trois enfants, et je vivrais dans leur garage parce que je serais toujours sur la paille.

— Tu as raison. Je ne devrais pas m'en mêler.

Elle se remit à aspirer son milk-shake, creusant ses joues.

J'aurais tant voulu la voir sucer ma queue.

— Alors...

Elle lâcha la paille.

— Quoi ? demanda-t-elle.

— Hein ?

— TU VIENS DE DIRE « ALORS », DIT-ELLE EN PLISSANT DES YEUX.

— Ah oui ?

— Oui...

Je n'arrivais plus à organiser mes pensées.

— Comment ça se passe à la bibliothèque ?

Ma queue pressait contre la fermeture éclair de mon jean, et c'était très inconfortable. Devant n'importe qui d'autre, je l'aurais ajustée, mais je ne voulais pas que Kayden sache que j'avais envie de la prendre sur la table et de lécher ses seins pleins de milk-shake.

— Bien. C'est très calme.

— Ça doit être agréable.

J'entendais des boules frapper contre des quilles toute la journée.

— Oui. Ça me permet de lire beaucoup.

— C'est sympa. D'être payée pour lire.

Ça ne marchait pas non plus. Chaque fois que je l'imaginais dans la bibliothèque, elle portait une jupe noire et ses lunettes. Ça lui donnait un air austère mais coquin, et elle m'entraînait entre les rayons de livres pour me baiser contre une étagère.

— J'adore ce job. Je pourrais y travailler toute ma vie. Mais le salaire n'est vraiment pas terrible.

— Bah, ce n'est que de l'argent.

— Ouais... mais mon appartement minuscule ne me conviendra pas éternellement.

— Quand tu te marieras, le deuxième salaire suffira pour y remédier.

J'étais jaloux de son mari imaginaire. Il pourrait se la taper toutes les nuits, et moi je n'aurais que ma main.

— Ouais... peut-être.

Je bus mon milk-shake, simplement pour me distraire. Je tentais désespérément de penser à autre chose que ma bite entre ses seins. J'étais un queutard, mais ça n'avait jamais été aussi violent. D'habitude, j'étais capable de contrôler mes pensées quand j'étais en présence d'une jolie femme, mais là, je me retrouvais l'esclave de mes pulsions sexuelles.

— Je voulais te demander quelque chose... et ça te paraîtra peut-être un peu bizarre, dit-elle.

J'arrivai enfin à me concentrer.

— D'accord.

— J'ai un peu honte d'en parler, parce que... c'est gênant.

— Tu peux tout me dire. Je ne me moquerai pas de toi.

J'étais la personne la plus honteuse de la planète. J'avais acheté un bowling et j'habitais chez ma petite sœur. J'avais presque trente ans, et je n'avais rien accompli de ma vie. Je ne pouvais me moquer de personne ; c'était de moi que les gens auraient dû se moquer.

— Et bien... je n'ai pas beaucoup d'expérience.

Elle me regarda, comme si cette simple phrase résumait tout ce qu'elle voulait me dire. Elle chercha une réaction dans mon regard, semblant s'attendre à quelque chose de précis.

— Je ne comprends pas ce que tu veux dire par « expérience » ? Genre, tu voudrais étoffer ton CV ?

— Non, pas mon CV.

Elle gloussa tout bas et ses joues s'empourprèrent.

— Je veux dire que je manque d'expérience sexuelle.

Je la regardai en silence, l'imaginant nue dans mon lit. Ses mains remonteraient le long de mon torse et se poseraient sur mes épaules. Elle pousserait un cri lorsque je la pénétrerais. Chaque fois qu'une belle fille prononçait le mot « sexe », je m'imaginais en train de la baiser. C'était une chose que faisaient tous les hommes, rien d'exceptionnel.

— Oh...

C'est tout ce que je parvins à répondre. À présent, ma queue pulsait.

— Je ne sais pas ce que je fais, et je n'ai aucune confiance en moi. Sincèrement, je n'y connais rien.

— Tu te trompes, Kayden. Où que tu ailles, tu es la fille la plus sexy dans la pièce. Tu n'as pas besoin de technique, parce que tu es magnifique. Même si tu restais allongée sans rien faire, le mec prendrait quand même son pied comme jamais.

Si elle était dans mon lit, je ferais volontiers tout le travail.

Ses joues rougirent encore plus.

— C'est gentil de dire ça mais... j'ai besoin d'aide.

— D'aide ?

Que voulait-elle dire ?

— C'est là que ça devient gênant.

Je retins ma respiration.

— Je ne suis pas une pucelle, et je sais ce qui plaît aux mecs. Si tu étais d'accord de m'apprendre quelques trucs, j'apprécierais beaucoup...

C'était trop beau pour être vrai. J'ouvris la bouche pour lui répondre, mais ne parvins pas à prononcer un seul mot. J'avais perdu la voix sous le coup du choc. Je m'éclaircis la gorge avant d'arriver enfin à aligner une phrase.

— Quand tu dis t'apprendre quelques trucs... ça veut dire quoi, exactement ?

— M'apprendre à parler aux mecs. M'apprendre à draguer quelqu'un qui me plaît...

Donc, des trucs chiants pour lesquels elle n'avait de toute façon pas besoin d'aide. Mon excitation retomba.

— Comment embrasser un homme. Comment tailler une bonne pipe...

Elle venait de dire quoi, là ?

— Comment être bonne au lit... ce genre de choses.

Était-elle sérieuse ? Venais-je de gagner le gros lot ?

— Tu veux que je t'apprenne à bien sucer ?

Était-elle en train de se foutre de moi ? Était-ce une mauvaise blague ? Si c'était le cas, ça ne me dérangeait pas de me faire avoir.

— Oui... Si c'est quelque chose que tu veux bien faire. Sinon, je comprends totalement. Nous sommes amis, et les choses pourraient devenir bizarres entre nous. Je voulais juste faire ça avec quelqu'un avec qui je me sens à l'aise, avec quelqu'un qui sait ce qu'il fait. Ce n'est vraiment pas grave si tu refuses—

— Refuser ? dis-je en éclatant de rire. Ma réponse est oui. Plutôt dix fois qu'une.

Je me penchai vers elle. Mes mains tremblaient d'excitation. Ma queue avait douloureusement envie d'être soulagée, et elle risquait d'exploser ma fermeture éclair à tout moment.

— Je t'apprendrai volontiers tout ce que tu veux savoir – les choses simples comme les plus avancées.

— Je suis heureuse que ça ne rende pas les choses bizarres entre nous.

— Putain, non. Tu viens d'illuminer ma journée.

— Ah oui ?

— Absolument. Tu es une des filles les plus sexy que je connaisse. Te regarder boire ton milk-shake était une torture.

— Vraiment ? Je—

— On commence quand ?

Elle gloussa et son visage reprit enfin une couleur normale.

— Je ne sais pas. Je pensais—

— Pourquoi pas maintenant ? Allons chez toi.

— Hum, d'accord. Mais on devrait peut-être établir quelques règles.

Putain... Je détestais les règles.

— Je pense que ça devrait rester entre nous, enchaîna-t-elle. Ça veut aussi dire ne pas en parler à Zeke.

Je racontais tout à Zeke. Mais je comprenais la demande de Kayden. Il en parlerait probablement à Rae et Jess, et ça entraînerait une conversation gênante. Si je l'emmerdais à propos de

Ryker, il y avait des chances pour qu'elle me gonfle au sujet de Kayden.

— Ça marche. Quoi d'autre ?

— C'est tout.

Je me levai si vite de ma chaise qu'elle retomba en arrière.

— Alors, allons-y.

— Tout de suite ? demanda-t-elle, surprise.

— Quoi ? Tu as autre chose de prévu ?

— Non, mais je—

— Alors, mettons-nous au travail.

ELLE HABITAIT DANS UN DEUX-PIÈCES QUI FAISAIT LA MOITIÉ DE LA taille de l'appartement de Rae. Si j'avais dû partager cet espace avec ma sœur, je me serais vraiment tiré une balle. Je n'étais jamais venu chez elle avant, et je pris un moment pour examiner la déco. Tous les meubles étaient blancs, et il y avait des vases avec des fleurs fraîches un peu partout. C'était clairement le havre de paix d'une femme.

Je me frottai les mains avidement avant de m'asseoir sur le canapé.

— Bon. Commençons.

Elle laissa son sac près de la porte et pendit son manteau avant de me rejoindre. Quelques minutes plus tôt, elle semblait calme, mais elle était à présent nerveuse. Ses mains tremblaient et elle n'arrivait pas à me regarder dans les yeux. Elle gardait ses bras contre son corps, comme si elle essayait de prendre le moins de place possible.

Je lui pris la main et la posai sur ma cuisse. Dès que nos peaux furent en contact, je sentis le désir s'éveiller en moi. Ses doigts étaient fins et tièdes. J'adorerais les sentir sur mon corps, et encore plus autour de ma queue.

— Ne sois pas nerveuse.

— Je ne peux pas m'en empêcher.

Je mis mes doigts sous son menton et la forçai à lever les yeux vers moi. Ils étaient d'un bleu intense, comme faits de cristal. Sa peau était douce. Je sentis son parfum, une odeur d'été et de fraises.

— Alors, par quoi aimerais-tu commencer ?

J'aurais voulu l'emmener dans la chambre et de lui ôter ses vêtements, mais ce serait brûler les étapes.

— Je ne sais pas trop. Déjà, je pense que je ne sais pas parler à un mec.

— Je ne comprends pas ce que tu veux dire. Vraiment, tu n'as rien à faire. Ils viendront tous à toi.

Un petit sourire étira ses lèvres.

— J'apprécie le compliment, mais les mecs ne me draguent presque jamais.

— Mon cul !

— Je suis sérieuse.

— Je ne te croirai jamais, peu importe combien de fois tu le répéteras.

— Tu crois que je te mens ?

— Non. Mais je pense que tu te trompes.

Si Kayden n'avait pas été l'amie de ma sœur, je l'aurais draguée depuis longtemps. C'était la seule raison pour laquelle je m'étais retenu. Maintenant qu'elle me demandait d'être son professeur, je ne ressentais aucune culpabilité pour ce que je m'apprêtais à faire. Je lui rendais service, et j'en retirais quelque chose par la même occasion.

— Je ne me trompe pas.

— D'accord. Commençons par le début. Imaginons que je suis un mec qui te plaît. Tu t'approches de moi, et tu me dis quoi ?

— Je ne sais pas..., dit-elle en haussant les épaules.

— Allez. Tu es en face d'un inconnu, et tu ne dis rien ?

— Euh... Salut.

Son manque d'assurance me choqua, alors qu'elle était totalement bandante. Elle avait un visage magnifique et un corps parfait. Une fille comme elle n'avait pas besoin d'aborder les mecs. Ils venaient à elle. Mais je ne voulais pas être trop dur avec elle, parce qu'elle semblait vraiment mal à l'aise. Aussi, je l'encourageai gentiment.

— Les hommes aiment les filles avec de l'assurance. Pas vaniteuses, c'est super pénible. Mais l'assurance, c'est très sexy.

— Comment puis-je avoir l'air sûre de moi ?

— Quand tu me parles, comporte-toi comme si c'était moi qui avait de la chance que tu m'abordes.

— D'accord... comment ?

— Dis simplement bonjour, et présente-toi.

— D'accord, dit-elle avant de s'éclaircir la gorge. Salut. Moi, c'est Kayden.

Je levai le pouce.

— Parfait. Ravi de te rencontrer.

Elle me regarda en silence, ne sachant clairement pas quoi faire ensuite.

— Maintenant, tu as le choix. Tu peux commenter sur la situation, ou sinon, ce que je préfère, lui dire simplement que tu le trouves sexy.

— Quoi ? demanda-t-elle, incrédule. Ça me donne l'air complètement désespérée !

— Pas désespérée. Sûre de toi. C'est totalement différent. Maintenant, dis-moi que je suis mignon, un truc comme ça.

Elle replaça une mèche de cheveux derrière son oreille.

— Je te trouve—

— Ne gigote pas. Ça montre que tu es nerveuse. Ne le laisse pas voir que tu es mal à l'aise.

— Mon Dieu, je ne pensais pas que draguer quelqu'un était si difficile.

— Alors tu devrais être contente d'être une femme.

Elle s'éclaircit la gorge.

— Je te trouve mignon, déclara-t-elle en me regardant dans les yeux, sans gigoter.

— Très bien, dis-je. Si le mec te plaît vraiment, dis-lui que tu le trouves sexy.

— C'est juste bizarre, dit-elle en faisant la grimace.

— Non, pas du tout.

— Personne ne dit ça. Sexy ? Je pense que mignon, c'est plus approprié.

— Mais mignon, tu pourrais dire ça d'un chaton. Les hommes sont comme les femmes. Nous aussi, on veut se sentir sexy.

J'avais rencontré quelques femmes qui m'avaient approché en me disant directement qu'elles me trouvaient bandant, et ça m'avait vraiment fait de l'effet.

— Je t'assure, le mec adorera ça.

— Je ne sais pas...

— Dis-moi que tu me trouve sexy.

Elle se redressa et me regarda dans les yeux.

— Je te trouve sexy.

Je levai à nouveau le pouce.

— Parfait.

— Et maintenant ?

— Si le mec n'est pas un connard, il te remerciera. Et

ensuite, il te proposera un rencard, ou il te dira qu'il a déjà une copine.

— Et s'il ne me propose pas de rencard ?

— Alors, c'est toi qui le fait.

— Encore une fois, je trouve que ça me donne l'air désespérée.

Je secouai la tête.

— Non. Sûre de toi.

— Je ne sais pas...

— Crois-moi là-dessus. Tu m'as demandé de l'aide, non ?

Elle soupira puis finit par acquiescer.

— Ensuite, tu as un rencard. Bam.

— Si seulement ! Mais dans cette situation-là non plus, je ne sais pas quoi faire.

Comment était-il possible qu'elle ne sache rien de tout ça ? Pour autant que je sache, elle n'était pas une extraterrestre.

— Sois toi-même, tout simplement.

— Plus facile à dire qu'à faire.

— Tu sais ce que je pense ?

— Hmm ?

— Je ne pense pas que jouer un rôle soit une bonne idée. Sois toi-même, et s'il ne t'aime pas telle que tu es, tant mieux si ça ne marche pas. Quelle importance de faire bonne impression à un mec, si ce n'est pas qui tu es réellement ? Tu veux quelqu'un qui t'aime exactement comme tu es. Ce n'est que comme ça que tu seras heureuse.

Son regard s'adoucit.

— C'est très sage... et adorable.

— Que veux-tu ? Je suis un gourou. Bon... passons aux choses agréables.

Je me penchai vers elle en regardant ses lèvres.

— Sur quoi veux-tu travailler ?

Ses yeux se posèrent un instant sur ma bouche.

— Je ne sais pas du tout comment être sexy. En fait, je n'y connais rien.

— Qu'est-ce que tu racontes ? Tu es très sexy, là.

— Comment ?

— Juste en étant magnifique. Tes cheveux sont beaux, ton regard est splendide, ta peau est belle... Tu es parfaite, Kay.

Elle me lança un petit sourire.

— Mais je ne sais pas agir de manière sexy. Je suis peut-être belle, mais je ne fais rien.

Je finis par comprendre ce qu'elle voulait dire.

— Je vois.

— Quand j'embrasse un mec... Je ne sais pas quoi faire de mes mains. Je ne sais pas trop comment me servir de ma langue. Je ne sais pas ce qu'un mec attend lorsqu'il embrasse une fille. La plupart du temps, je me sens mal à l'aise.

— Bon, je peux t'aider pour ça.

Je me rapprochai d'elle sur le canapé, jusqu'à ce que nos visages se touchent presque. Je posai mon bras sur son épaule. J'aurais dû me sentir bizarre de faire ça avec une amie, mais ce n'était pas du tout le cas. J'observai ses lèvres roses, remarquant à quel point elles étaient douces et pulpeuses. En m'imaginant en train de l'embrasser, un goût de chewing-gum me remplit la bouche.

Elle regarda mes lèvres et cessa de respirer.

— Rex, comment aimes-tu qu'une femme t'embrasse ?

Elle prononça ces mots dans un murmure sexy. Un frisson me parcourut l'échine.

Je bandais déjà, mais à présent, ma queue était dure comme la pierre.

Je déplaçai ma main et vins la poser dans le creux de son gorge. Je caressai les quelques mèches blondes qui s'échappaient de sa queue de cheval. Je sentis son pouls sous mes doigts.

— J'aime quand on m'embrasse lentement. Rapide et brutal, ce n'est pas toujours le mieux. J'aime prendre le temps de goûter ses lèvres, et qu'elle goûte les miennes. Et j'adore quand elle glisse sa langue dans ma bouche de temps en temps, doucement.

Sa bouche s'entrouvrit et sa respiration s'accéléra. Ses joues rosirent, mais pas de gêne.

— Où aimes-tu qu'on te touche ?

— Partout. N'importe où.

Elle posa doucement sa main sur ma cuisse, si près de ma queue.

Elle ferma les yeux et se pencha, posant ses lèvres contre les miennes avec douceur. Sa bouche avait exactement le goût que j'avais imaginé, et au lieu de m'embrasser maladroitement comme je m'y étais attendu, elle tâta ma lèvre supérieure avec les siennes. Elle la suça doucement, avant de prendre ma lèvre inférieure dans sa bouche.

J'étais trop stupéfait pour faire quoi que ce soit.

Elle serra ma cuisse et notre baiser devint plus intense, sans accélérer le rythme. Je sentis son souffle dans ma bouche, sa poitrine contre mon torse. Sa main remonta lentement le long de mon ventre. Lorsqu'elle arriva sur mon torse, elle la posa contre mon cœur, sentant ses battements.

Putain !

Elle glissa son bras autour de mon cou et se colla plus contre moi. Ses lèvres vénéraient les miennes avec un empressement terriblement séduisant, et elle frotta la pointe de ses seins contre moi. Elle suça ma lèvre inférieure avant de souffler dans ma bouche.

Putain de bordel de merde !

Ses mains continuèrent à caresser mon corps, explorant les

muscles de mon torse et de mes bras. Elle posa ses doigts sur ma joue et glissa sa langue dans ma bouche.

Oui !

Elle vint me chevaucher. Ma nuque se retrouva contre le canapé, ma bouche levée vers elle. Elle passa les mains dans mes cheveux et intensifia son baiser, me poussant à ouvrir la bouche.

C'était le meilleur baiser de ma vie.

Elle bougea doucement ses hanches, caressant ma queue avec ses fesses.

Et elle pensait ne pas savoir comment être sexy ?

Je me remis de mon choc devant les sensations incroyables qu'elle me procurait et passai mes mains sur son corps. Je glissai sur le creux de ses reins. Ce genre de courbes me faisaient vraiment craquer, et les siennes étaient démentes.

Son baiser me rendait un peu dingue, et j'agrippai ses fesses à travers son jean. Rebondies, fermes et parfaites. Je plongeai les doigts dans le tissu. Je voulais sentir sa peau sous mes doigts.

Je remontai vers ses hanches et sa taille fine. Je sentis ses muscles se tendre alors qu'elle remuait contre moi tout en m'embrassant. Je sentis sa force et ses courbes féminines.

Elle était parfaite.

Elle suivit parfaitement mes indications, et mit mes ordres à exécution comme si elle avait fait ça toute sa vie. Elle prit le contrôle de la situation avec une assurance sexy, comme une seconde nature. J'aurais dû m'écarter et lui suggérer de passer à autre chose, mais je n'en avais pas la force. Je voulais continuer à l'embrasser.

Et ne jamais plus m'arrêter.

Lorsqu'il commença à faire sombre dans son appartement, je me rendis compte qu'il était tard. Nous étions arrivés chez elle vers dix-sept heures, et comme mon ventre commençait à gargouiller, je savais qu'il était au moins vingt-deux heures. Notre baiser avait duré des heures, et je ne m'en étais pas lassé.

Je n'avais pas fait ça depuis le collège.

Kayden finit par mettre fin au baiser et s'éloigna, mais son visage resta proche du mien. Sa queue de cheval avait fini par se détacher à un moment, et ses cheveux formaient un rideau autour de nous. Ses lèvres étaient rouges et enflées suite à notre session intense, mais elle ne semblait pas la regretter.

— Un commentaire ?

Je la regardai bêtement, parce que je n'avais franchement rien à dire.

Elle s'éloigna un peu plus et rassembla ses cheveux sur une épaule, dégageant son visage.

— C'était... ouais.

— Ouais ?

— Tu as vraiment assuré.

J'agrippai ses hanches et l'attirai contre moi. J'aurais voulu l'emmener dans sa chambre et la baiser de toutes mes forces. J'aurais voulu soulever son t-shirt et sucer ses tétons jusqu'à ce qu'ils soient tout irrités.

— Mais la pratique est la clef du succès, hein ?

— C'est vrai.

— Alors, continuons demain après le travail.

Qui aurait cru qu'être prof serait aussi gratifiant ?

— D'accord.

Je la soulevai et la déposai sur le canapé avant de me lever. Ma queue me faisait mal, elle avait envie de se soulager. Bander pendant des heures la foutait vraiment en l'air. Il fallait que je me branle avant d'exploser.

— On se voit demain. Je te retrouve ici ?

— Oui, parfait.

Elle me raccompagna jusqu'à la porte, un petit sourire aux lèvres.

Je fis mine de ne pas le remarquer.

— Ben, bonne nuit.

Maintenant que je l'avais embrassée pendant des heures, je ne savais pas comment lui dire au revoir. D'un signe de la main, comme je le faisais d'ordinaire ? Étais-je censé l'embrasser ? Ou la tendresse physique était-elle uniquement réservée aux leçons ?

— Bonne nuit.

Elle se tenait debout à côté de la porte et ne fit pas mine de m'étreindre.

Ça répondait à ma question.

— Repose ces lèvres. On a encore beaucoup de travail qui nous attend.

Une fois rentré, j'appelai Zeke.

— Quoi de neuf ? demandai-je.

Il souffla dans le téléphone, comme s'il était fatigué.

— Quoi ? Tu es avec une meuf ? dis-je.

— Non. Je suis en train de lire au lit.

— Ouah. Tu mènes la grande vie, hein ?

— Il est vingt-deux heures trente, mon pote. Je travaille demain matin.

— C'est quand même pathétique.

— Tu m'appelais pour quelque chose ?

— Ouais...

J'aurais voulu lui raconter ce qui s'était passé avec Kayden, mais nous avions convenu de n'en parler à personne. Pourtant, je voulais vraiment me confier sur les baisers que nous avions échangés pendant des heures. Et je voulais savoir si ce que je faisais était stupide, ou une idée de génie. Je pouvais faire des choses avec une fille magnifique, sans aucun engagement. Je ne risquais pas qu'elle s'attache, puisqu'elle ne faisait que m'utiliser – comme moi.

— Alors, quoi de neuf ?

— C'est juste... non, rien. Je vais te laisser.

Lorsque Kayden et moi aurions terminé notre petit projet, je pourrais peut-être lui raconter ce qui s'était passé. Lorsque ce serait fini, garder le secret n'aurait plus d'importance.

— Tu es sûr que tu ne veux pas me parler de quelque chose ?

— Ouais... à plus tard.

Je raccrochai avant qu'il ne puisse me poser d'autres questions.

5

REX

L'HORLOGE NE TOURNAIT PAS ASSEZ VITE À MON GOÛT.

J'adorais le Hippie Bowling et son nouveau look. Mais ce que je voulais vraiment, c'était me barrer et aller chez Kayden pour l'embrasser – et faire tout ce qu'elle voudrait réviser. Elle était tellement sexy, putain. J'aurais voulu plonger ma queue en elle et ne jamais en sortir. Je voulais embrasser chaque centimètre de sa peau et ne jamais m'arrêter.

La situation n'était que temporaire, et quand elle serait à l'aise avec tout ce que je lui apprenais, elle se mettrait à la recherche de son prince charmant. Mais ça ne voulait pas dire que je ne pouvais pas apprécier chaque seconde passée ensemble. Elle m'attirait incroyablement, et le fait qu'elle soit « interdite » la rendait simplement irrésistible.

Lorsque je pus enfin partir, je courus presque jusqu'à son appartement. J'aurais pu prendre un Uber, mais j'y serais plus vite à pied. Je me forçai à ne pas courir, même si mes jambes me démangeaient.

J'arrivai enfin devant sa porte, et toquai plus fort que prévu. La porte trembla et je réalisai qu'il fallait que je me calme un peu.

Elle ouvrit la porte, aussi belle que la veille.

— Salut, prof.

— Salut, élève.

En entrant, je dus me retenir de la prendre dans mes bras et de l'embrasser. Ces leçons étaient pour son bien, pas pour le mien. Je ne pouvais profiter que de ce qu'elle avait envie de faire. Alors, je refrénai mon désir de la toucher.

— Sur quoi travaille-t-on aujourd'hui ? demandai-je.

— Je ne suis pas sûre. Que conseilles-tu ?

Elle portait des leggings noirs et une robe à manches longues qui couvrait presque tout son corps, alors j'espérais que la leçon du jour impliquerait d'enlever ses vêtements.

Si elle me laissait le choix, je savais exactement ce que je voulais faire.

— Tu as parlé de pipe...

Reste cool. Reste cool.

— Oui, il faut que je m'entraîne.

C'était trop beau pour être vrai !

— Et bien... je suis à ton service.

— D'accord. Allons-y.

Je restai bouche bée. Elle allait se mettre à genoux et me sucer pour s'entraîner ? Sérieusement ?

— Hum... Je vais probablement le regretter, mais je vais quand même le dire.

Elle était déjà installée sur le canapé.

— Tu devrais peut-être attendre d'avoir un copain pour lui parler de tout ça. Crois-moi, ça ne le dérangera pas de t'apprendre.

— Tu veux dire que tu n'as pas envie de faire ça ?

— Pas. Du. Tout !

Je n'avais jamais tant désiré quelque chose.

— C'est juste que... Je ne vois pas vraiment ce que ça t'apporte, expliquai-je.

Malgré ma tentative de galanterie, mes jambes me portaient déjà vers le canapé.

— Je veux apprendre, et je veux que ce soit toi qui m'apprenne.

Elle me regarda de ses magnifiques yeux bleus. Ils étaient si brillants que je me sentis hypnotisé. Elle ne me suppliait pas, mais sa simple demande était suffisante. Elle pouvait le faire avec un autre, mais elle voulait que ce soit avec moi.

— Pourquoi ?

— Je te l'ai dit, je sais que tu t'y connais.

— Je ne suis pas le seul à m'y connaître.

— Oui, mais nous sommes amis. Je te fais confiance.

Je continuais à essayer d'être un gentleman, mais je perdais ma détermination.

— Si tu me considères seulement comme un ami, qu'y gagnes-tu ?

Elle m'attirait énormément, donc j'y gagnais beaucoup. Je me serais envoyé en l'air avec n'importe quelle belle fille qui me l'aurait demandé sans me poser de questions. Mais les femmes fonctionnaient différemment en la matière.

— Je te trouve sexy, Rex.

Elle s'approcha lentement de moi, jusqu'à ce que sa poitrine soit collée contre mon torse. Son visage n'était plus qu'à quelques centimètres du mien, et j'avais autant envie d'embrasser ses lèvres que la veille. Elle posa ses mains sur mes bras et serra mes biceps.

J'inspirai profondément et sentis le plaisir irradier tout mon corps. Kayden me trouvait sexy, et l'entendre me complimenter de la sorte me donnait vraiment la gaule. Je voulais la voir avaler ma queue dans sa bouche – toute entière.

— Apprends-moi.

Elle prit mon visage entre ses mains et m'embrassa lentement.

J'étais foutu. Ses murmures étaient hyper sexy, et j'avais envie de baiser ses lèvres.

— Mais avec plaisir.

Je posai les mains sur ses hanches et l'embrassai plus intensément, laissant mon désir prendre les rênes. Je la serrai contre moi, la dévorant avec mes lèvres. Chaque fois que j'imaginais sa bouche autour de ma bite, je manquais de jouir.

Je la guidai jusqu'au canapé avant de détacher ma bouche de la sienne, à regret.

— Leçon numéro un : un homme n'a jamais envie de demander une pipe. Il faut que tu le fasses spontanément. C'est comme ça qu'on l'apprécie le plus.

— Oui, monsieur.

Putain. Venait-elle vraiment de m'appeler monsieur ?

— Leçon numéro deux : tu dois garder le contrôle du début à la fin. Ne montrer que de l'assurance. Détache mon jean et baisse-le. Mon boxer aussi. Lentement, prends ton temps.

Elle posa les mains sur mon jean et le déboutonna.

Un frisson me parcourut l'échine.

Elle le baissa jusqu'à mes chevilles.

Je baissai la tête vers elle, me sentant comme un roi.

— Quand tu peux te mettre à genoux, fais-le.

Elle suivit mon conseil et s'agenouilla au sol. Puis elle joua avec l'élastique de mon boxer et le fit descendre lentement.

Je n'arrivais pas à croire que c'était vraiment en train de se passer.

Elle le fit glisser sur mes hanches jusqu'à ce que ma queue jaillisse. Longue et dure, elle pointa vers son visage, heureuse de la voir, impatiente de se retrouver au fond de sa gorge, chaque centimètre au chaud dans sa bouche humide.

Elle fixa ma bite, les lèvres entrouvertes, et sa respiration s'accéléra. Elle passa la langue sur ses lèvres pour les humidifier sans quitter ma queue des yeux. Puis elle se pencha et vint déposer un baiser au milieu de mon membre, sur ma grosse veine.

Elle avait ça dans le sang.

Elle finit de descendre mon boxer et prit appui sur mes hanches. Elle leva les yeux vers moi, et je pus voir le désir dans ses yeux refléter le mien.

C'était toujours meilleur de se faire sucer par une femme qui en avait vraiment envie. Si elle se sentait obligée ou voulait simplement faire plaisir, c'était beaucoup moins sexy. Et son regard m'indiquait qu'elle voulait sentir ma grosse queue dans sa bouche.

— Suce mes couilles. Prends-les dans ta bouche une par une, et passe ta langue dessus.

Je posai ma main sur sa nuque pour la guider.

Elle frôla ma bite des lèvres avant de faire ce que je lui demandais. Elle prit la peau sensible dans sa bouche et se mit à lécher et sucer comme une pro. Elle se servit de sa salive pour lubrifier la zone et la couvrit de baisers.

J'aurais pu la regarder faire toute la journée.

— Sers-toi de ta main pour me branler.

Elle prit ma queue dans sa main et la masturba lentement de haut en bas, sa langue toujours sur mes couilles.

C'était le plus beau jour de ma vie.

— Tu t'en sors super bien, ma belle.

Je rassemblai ses cheveux dans ma main et dégageai son visage pour que rien ne vienne l'interrompre. J'aurais voulu qu'elle se lâche sur mes boules et qu'elle ne s'arrête jamais.

Elle lécha mes couilles avec un plaisir évident. Elle semblait vraiment aimer ça, apprécier les avoir dans sa bouche autant que moi. Elle me donnait du plaisir tout en m'allumant, en faisant monter la tension jusqu'au point d'orgue – ma queue dans sa bouche.

— Ne me chauffe pas trop longtemps. Commence par le gland et descends progressivement.

J'agrippai la base de mon membre et le pointai vers elle pour qu'elle puisse le prendre. Je gardai ma main sur sa nuque et la guidai.

Oh putain !

Ma bite était énorme pour sa bouche, mais elle l'ouvrit grand pour pouvoir l'engloutir. Sa langue me procura des sensations délicieuses. Le contact était parfait, avec juste ce qu'il fallait de salive.

— Dans l'idéal, il faut y aller franchement, mais sans m'érafler avec tes dents. Sinon, il me faudra un moment pour bander à nouveau.

Ça m'était déjà arrivé, et même si c'était accidentel, c'était très désagréable. En général, il me fallait quelques minutes pour me remettre à bander.

Elle agrippa mes hanches et imprima un mouvement de va-et-vient, avalant ma queue aussi profondément que possible avant de la retirer pour respirer. Elle l'avala davantage que je ne m'y attendais, n'en laissant que quelques centimètres, parce qu'il était physiquement impossible qu'elle la prenne entièrement dans sa bouche.

Je n'arrivais pas à croire que c'était vraiment en train de se passer.

Kayden était à genoux devant moi en train de me sucer.

Et elle se débrouillait comme une pro.

— Regarde-moi quand tu me suces.

Elle leva les yeux en continuant à me sucer. Elle avait collé sa langue contre ma queue, et la sensation de friction était délicieuse. De la salive coula sur son menton, tant ma bite prenait de place dans sa bouche.

— Tu es parfaite. Continue.

Je penchai mes hanches vers elle et nous remuâmes

ensemble. Je cessai de lui indiquer quoi faire, parce que je prenais trop mon pied. C'était une pipe incroyable, une des meilleures qu'on m'ait jamais faite. Ses lèvres étaient tellement douces contre ma queue, et je pouvais sentir sa gorge lorsque j'atterrissais au fond.

Je sentis la sensation naître dans mes couilles. Je savais ce qui allait arriver, et j'eus envie de gicler au fond de sa gorge, parce que c'était la manière la plus agréable de finir. Mais seuls les couples faisaient ça. La chose polie à faire était d'éjaculer dans ma main.

Mais j'avais vraiment envie de jouir dans sa bouche.

— Si le mec n'est pas un connard, il te dira quand il est sur le point de jouir, murmurai-je sans me retirer, ses cheveux serrés dans mon poing. Il aura envie que tu avales, et si tu veux vraiment l'impressionner, fais-le. Mais si tu n'en as pas envie, retire-toi et branle-le vers ton visage.

Sa bouche était tellement chaude et humide que je n'avais aucune envie d'en sortir. Mais je parvins à me retirer, et je pris ma bite dans ma main pour me finir en me branlant.

Kayden poussa ma main et reprit ma queue dans sa bouche. Elle leva les yeux vers moi en l'engloutissant encore plus profondément. Elle allait de plus en plus vite, cherchant à me procurer un orgasme intense.

— Tu veux que je jouisse dans ta bouche, bébé ?

Elle hocha la tête en continuant son mouvement.

Putain, elle était parfaite !

— Ça arrive !

Je maintins sa nuque en donnant un petit coup de reins. Je jouis presque immédiatement, encore plus excité par sa demande. La sensation fut tellement intense que j'eus l'impression de me faire rouler dessus par un camion, et j'éjaculai dans sa bouche en poussant un gémissement bruyant. Mes doigts se plantèrent dans sa peau alors que je déchargeais au fond de sa gorge, lui offrant toute ma semence. Je n'avais plus baisé depuis une semaine, et j'avais vraiment besoin de jouir.

— Putain !

Je finis de me vider dans sa bouche et commençai à ramollir. Les yeux mi-clos, je me sentis épuisé après ce plaisir indescriptible. Je la regardai d'un nouvel œil. Je ne savais plus si c'était moi qui lui apprenais quelque chose, ou si c'était elle qui m'apprenait tout.

Elle retira ma queue de sa bouche et s'essuya les lèvres.

J'ouvris brusquement les yeux. Était-ce vraiment la femme avec laquelle j'avais été ami toute ma vie ? Celle que je n'avais remarquée que récemment ?

— Alors... j'étais comment ?

Ces belles lèvres avaient fait un boulot incroyable sur ma bite. Je n'avais eu besoin de lui donner que quelques indications, et elle avait compris le reste toute seule. Elle n'avait vraiment pas besoin de moi. N'importe quel mec tuerait pour se faire sucer de la sorte. Et lorsqu'elle avait avalé mon foutre, comme si elle en mourait d'envie... incroyable.

— Tu n'as même pas besoin de demander.

— Rae m'appelle, dit Kayden en prenant son téléphone sur la table basse.

— Merde !

Je me mis immédiatement à paniquer à l'idée que nous nous fassions prendre. Après l'avoir fait autant chier pour Ryker, elle serait furieuse si elle apprenait ce que je faisais avec Kayden – même si c'était simplement pour lui rendre service.

— Ne laisse rien paraître, hein ?

Kayden leva les yeux au ciel.

— Détends-toi. Tu paniques pour rien.

— Cette femme est dingue. Je te jure, c'est comme si elle avait des super-pouvoirs.

— Mais non, dit-elle en décrochant. Salut ma belle, qu'est-ce qui se passe ?

ELLE ÉCOUTA RAE PARLER.

— Ouais, bien sûr. Je peux te retrouver dans un quart d'heure.

Mon téléphone se mit à sonner.

— Putain !

Je me jetai dessus et le mis sur silencieux, espérant que Rae ne l'avait pas entendu. Si c'était le cas, j'étais mort. Peu de gens avaient la musique de *Star Wars* en sonnerie.

Kayden se tut à nouveau pour écouter Rae.

— C'est juste la télé. Ouais, j'aime bien *Star Wars.*

Merde, elle avait entendu.

— À tout de suite, dit Kayden en raccrochant.

Je pris l'appel parce que c'était Zeke.

— Putain, tu veux quoi ?

J'étais au bord de la crise de nerfs en imaginant ce qui se passerait si ma sœur apprenait ce que j'avais fait de mon temps libre ces deux derniers jours.

— Mon pote, tout va bien ?

— Très bien, répondis-je rapidement. Pourquoi ?

— Tu es avec Kayden, là ?

Merde. Merde. Merde.

— Pourquoi je serais avec Kayden ? Je ne la vois que quand on est tous ensemble. Genre, je ne traîne pas avec elle. Je veux dire, on est potes, mais on n'est pas des amis proches. Et elle n'est pas mon genre. Les blondes – beurk.

— Détends-toi, souffla Kayden en secouant la tête.

— Euh... d'accord, dit Zeke. On va au bar, si tu veux nous rejoindre. Rae vient d'avoir Kayden, elle a dit qu'elle allait venir.

— OK. Je pars de Mega Shake, je serai bientôt là.

— Tu es à Mega Shake ? demanda-t-il.

— Ouais. Pourquoi ?

— C'est très silencieux.

— Oh, je suis dans une ruelle, là.

Mon Dieu, je ne savais vraiment pas mentir.

— Hum, d'accord, dit Zeke. Tu sais, les ruelles—

— Tu es médecin, ou détective ? On se voit là-bas dans un quart d'heure.

Je raccrochai et fourrai le téléphone dans ma poche.

— Rex, il faut que tu te calmes.

— Rae a entendu ma sonnerie.

J'avais la même depuis des années. Elle était vraiment reconnaissable.

— Tu es vraiment trop parano.

— Je ne veux pas que Rae me casse les couilles. Vu comme je lui ai pris la tête pour Ryker, elle sera vraiment en rogne.

— Mais personne ne sera au courant. On peut garder ça entre nous. Et puis, on est deux adultes, et on fait ce qu'on veut. Allez, détends-toi.

Elle s'approcha de moi et passa ses bras autour de mon cou.

Son geste tendre m'apaisa immédiatement.

— Ouais... Je me suis un peu emballé.

Elle leva des yeux brillants vers moi, toujours aussi bandante.

— Bien. On peut y aller maintenant.

— On ne peut pas y aller ensemble, protestai-je. Ce serait bien trop flagrant.

— On pourrait dire qu'on s'est croisés en chemin.

— Non. Rae et Zeke sont bien trop malins.

Elle leva les yeux au ciel.

— Bon, moi j'y vais, tu n'auras qu'à me suivre quand tu auras retrouvé tes couilles.

Elle prit son sac et sortit de l'appartement, me laissant seul chez elle. Elle était constamment timide et semblait vulnérable, mais elle venait de me montrer une autre facette d'elle, un côté puissant. Je me demandais parfois si je la connaissais vraiment.

Probablement pas.

J'ENTRAI DANS LE BAR QUINZE MINUTES APRÈS KAYDEN.

Ils étaient assis face à face autour d'une table, les filles sur la gauche et Zeke à droite. Une Guinness était posée devant lui, si noire qu'on aurait dit de l'essence.

Je commandai une bière au bar et allai m'asseoir à côté de Zeke, faisant tout mon possible pour avoir l'air naturel.

— Où étais-tu, ces deux derniers jours ?

Rae se jeta immédiatement sur moi, me mettant en rogne comme seule ma petite sœur en était capable.

— Occupe-toi de tes affaires. Ça te regarde pas.

— Tant que tu vis sous mon toit, j'ai le droit de savoir.

— J'ai beaucoup travaillé. C'est comme si on venait d'ouvrir. Mais tu comprendrais pas, avec le pois chiche qui te sert de cerveau.

— TRÈS DRÔLE..., DIT-ELLE EN ME TIRANT LA LANGUE.

Je me tournai vers Zeke pour pouvoir discuter avec une personne intelligente.

— Comment s'est passé le boulot ?

— Bien. J'ai été fatigué toute la journée parce que quelqu'un m'a empêché de dormir.

— Tu es sérieux ? demandai-je. Vingt-deux heures trente, c'est tard pour toi ?

— En général, je me couche vers vingt-deux heures, intervint Rae.

— Ouais, parce que tu es ringarde, rétorquai-je.

— Moi aussi, dit Jessie. Je dois être prête à partir à sept heures trente, donc je me réveille vers cinq heures du mat'.

— Moi pareil, je me couche vers vingt-deux heures, en général, ajouta Kayden avant de boire une gorgée de vin.

Je ravalai mes insultes après l'avoir entendue. Elle m'avait sucé à peine une heure auparavant. Je ne comptais pas dire la moindre chose qui puisse la contrarier.

Jessie se tourna vers Rae.

— Ryker nous rejoint ?

— Non, répondit-elle. Je ne vous vois pas assez en ce moment.

— On te comprend, assura Jess. Si je sortais avec un Apollon pareil, je ne vous verrais jamais non plus.

Zeke vida sa bière d'un trait et se leva pour aller en commander une autre.

Je pensais savoir pourquoi il avait quitté la table, alors je le suivis.

— Je croyais que tu étais passé à autre chose.

Il fit signe à la barmaid et commanda une autre bière.

— C'est le cas. Mais ça m'atteint un peu parfois – quand je bois, en général.

— Tu as revu Missy ?

Nous avions couché avec des filles ensemble quelques semaines plus tôt. Je n'avais pas revu ma partenaire, n'ayant pas vraiment repensé à elle. Je me doutais que c'était la même chose pour Zeke.

— Non. Pas vraiment mon genre.

— Ouais.

Zeke aimait les filles bien, celles qu'il pourrait présenter à ses parents. Il aimait coucher avec les meufs faciles, mais ne les invitait jamais à sortir ensuite.

Et moi, je ne proposais jamais de rencard à personne.

— Et toi ? demanda-t-il. Tu es sur quel coup en ce moment ?

Je me forçai à ne pas regarder Kayden. C'était vraiment difficile de ne pas dire la vérité à mon meilleur ami. Je lui racontais tout, même des détails dont il se serait volontiers passé. J'avais l'impression de commettre un crime en lui cachant ça. Je savais à quel point je serais blessé s'il faisait pareil.

— Aucun coup en ce moment. Mais je trouverai peut-être des filles sexy au bowling.

— Ouais... parce que c'est là qu'elles traînent.

— Hé, ça pourrait arriver. Comme la ligue des Bowling Bimbos !

Zeke finit par sourire.

— Ce serait vraiment cool...

— Je suivrais toutes leurs parties.

— Ouais, moi aussi, répondit-il en posant ses coudes sur le comptoir. Alors, le Hippie Bowling marche toujours autant ?

— Ouais, du tonnerre. Je viens d'engager trois personnes de plus.

— Tant mieux.

— Je pourrai te rembourser très bientôt.

Il secoua la tête.

— T'inquiète pas pour ça. Vraiment, rien ne presse. Et je sais que je peux te faire confiance.

— Merci, mon pote.

Une femme aux cheveux blond foncé se tenait de l'autre côté de la pièce avec deux amies. Elle portait une robe noire qui moulait son corps généreux. Elle était enrobée, avec une taille et des bras dodus. Elle avait le regard braqué sur Zeke, et lorsqu'elle tendit son verre à une de ses amies, je sus qu'elle avait repéré sa cible.

— Une meuf vient par ici.

— Pour toi ou pour moi ? demanda Zeke sans se retourner, pour rester discret.

— Pour toi.

Elle tapota l'épaule de Zeke et attendit qu'il se retourne.

Zeke était un sportif, qui passait son temps libre à faire du vélo et partait en randonnée le week-end. Il participait à trois semi-marathons par an et fréquentait religieusement la gym. Il faisait pousser des légumes dans son jardin et avait un mode de vie très sain. C'était aussi le cas de la plupart des femmes avec qui il sortait. Celle-ci était un peu différente. Elle était plus épaisse que les filles qu'il fréquentait habituellement, et elle n'avait pas vraiment l'air d'une sportive. Elle était mignonne, mais pas athlétique.

— Salut, je suis Rochelle.

Elle rassembla ses cheveux sur une épaule et s'appuya contre le bar. Elle avait un beau sourire, avec des dents bien droites, et une peau claire avec quelques taches de rousseur sur le nez. Elle était maquillée, mais très légèrement.

— Salut. Moi c'est Zeke, dit-il en lui tendant la main

.

— Je suis désolée si tu as une petite amie, et j'imagine que c'est le cas, mais sinon, j'aimerais te proposer qu'on se voie à l'occasion.

J'admirais son courage. Peu de femmes oseraient traverser une pièce pour inviter un complet inconnu. Elle possédait une telle assurance que je me demandais d'où elle la tenait. Zeke était extrêmement séduisant, non pas que je le reluquais, et la plupart des femmes auraient été trop intimidées pour l'approcher si directement.

J'ignorais quelle serait la réponse de mon ami. Elle ne ressemblait pas aux filles avec qui il sortait habituellement, et il était toujours dingue de Rae. Or clairement, cette femme ne cherchait pas un coup d'un soir. Elle voulait aller au resto, recevoir des fleurs... la totale.

— Volontiers, répondit Zeke. Tu es libre vendredi ?

Elle devait lui plaire, donc.

— Totalement libre.

Elle sortit son téléphone et enregistra son numéro.

— À vendredi, alors.

— Super.

Elle lui lança un dernier sourire avant de rejoindre ses amies.

Zeke se retourna vers moi avec un sourire satisfait.

— On dirait que j'ai un rencard vendredi.

— Elle a l'air sympa. Peu de femmes oseraient faire ça.

— Je sais. Je suis sûr qu'on va passer un bon moment.

— Et puis, tu voulais te remettre en chasse. On dirait que tu as attrapé un élan.

— Un élan ? répéta-t-il. C'est pas un animal très sexy.

— Non, mais c'est un gros animal. Tu en as déjà vu ? Ils sont gigantesques.

Je réalisai soudain qu'il pourrait mal interpréter mon commentaire.

— Attends, je ne voulais pas dire ça... Je disais simplement que c'est un animal rare, et pas facile à attraper. C'est tout. Désolé, tu avais compris, hein ?

— Oui, bien sûr. Tu n'es pas subtil, mais je sais que tu n'es pas un connard.

Je soupirai, soulagé.

— Rochelle t'aidera peut-être à oublier Rae une bonne fois pour toutes.

— J'espère bien. J'en ai assez de déprimer à cause de ça,

soupira-t-il. Je suis fatigué de coucher à droite à gauche. J'ai trente ans, je suis prêt à me caser. J'ai une maison, une bonne carrière... mais pas de copine. Et clairement, ce ne sera pas Rae, alors je dois trouver quelqu'un d'autre.

— Quelqu'un de mieux. Et ce sera le cas, mon pote. Regarde, ça a déjà l'air bien parti ! dis-je en lui tapant sur l'épaule.

Zeke était un mec génial, et il méritait de trouver une fille aussi super que lui.

— Ouais, c'est vrai.

Il but une gorgée de bière et se pencha vers moi.

— Et toi, une fille particulièrement sympa dans ton lit dernièrement ?

Une image de Kayden à genoux, ma bite dans sa jolie bouche, me traversa l'esprit. Je n'oublierais jamais ce moment de toute ma vie. J'avais tiré ses cheveux en arrière, et sa salive avait coulé sur mes chaussures. C'était la pipe la plus sexy qu'on m'ait jamais faite. Elle savait vraiment se servir de ses jolies petites lèvres.

— Non, pas cette semaine.

— Tu rencontreras peut-être quelqu'un ce soir.

— Peut-être.

Je jetai un coup d'œil de côté et vis Kayden en train de boire son verre de vin. La moitié des mecs dans le bar mataient la table, et surtout elle. À peine une heure plus tôt, elle était en train de me sucer. Elle s'était plainte de son manque d'expérience, mais elle ne semblait pas avoir besoin de mon aide. Elle se débrouillait très bien toute seule pour attirer l'attention. Elle n'avait vraiment pas besoin de moi.

Mais je prenais beaucoup trop mon pied pour lui avouer.

6

RAE

Dès que je passai la porte, je vis que la cuisine était en bordel. Le mixeur était posé sur le comptoir, encore plein de la boisson protéinée que Rex avait préparée des heures auparavant. De l'eau avait coulé sur le plan de travail et sur le sol, et un carton de lait vide trônait par terre au centre de la pièce.

— Putain, sérieusement, tu déménages quand ? grommelai-je.

Il me répondit depuis le salon.

— Content de te voir aussi. Raconte-moi ta journée.

— Pourquoi y a-t-il un carton de lait par terre ?

Rex finit par lever son cul et me rejoignit dans la cuisine. Il portait son vieux jean déchiré et un sweat-shirt rouge. Il s'était rasé, ce qu'il n'avait recommencé à faire que depuis la réouverture du Hippie Bowling. Il prenait enfin un peu de temps pour soigner son apparence.

— Hein ?

Je pointai le carton de lait du doigt.

— Pourquoi c'est par terre ?

Il le regarda, puis haussa les épaules.

— J'sais pas.

C'était quoi, cette réponse ?

— Tu sais pas ? Tu t'en es servi pour ta boisson protéinée ?

— ME RAPPELLE PAS..., DIT-IL EN SE FROTTANT LE MENTON.

Je ne pouvais plus vivre comme ça.

— Je veux que tu déménages. Je ne rigole pas. Tu gagnes de l'argent maintenant, et tu peux payer un loyer. Si tu restes ici plus longtemps, je risque de te buter. Je ne plaisante pas.

Je cohabitais avec un porc depuis bien trop longtemps, et j'avais besoin de retrouver mon espace. Ryker ne venait jamais parce que Rex était toujours là, et l'appartement sentait le cul – et ce n'était pas à cause de Safari.

— Tu te mets dans une telle colère à cause d'un simple carton de lait ? demanda-t-il en se penchant pour le ramasser. Regarde, c'est nettoyé.

Il le jeta dans la poubelle.

Ma tête était sur le point d'exploser.

— Pourquoi tu ne l'as pas fait avant que je rentre ?

— Je ne l'avais pas vu, d'accord ?

Je tapai du pied.

— Tu es aveugle ou quoi ?

— C'est quoi ton problème avec les produits laitiers ? Le lait d'amande, ça a un goût de merde.

Je me passai la main sur le visage pour éviter de le planter avec un couteau.

— Ce n'est pas la question, Rex. Même si tu as jeté le carton de lait, la cuisine est toujours en bordel.

— Alors regarde.

Il découpa quelques carrés d'essuie-tout et les posa sur les flaques d'eau. Au lieu d'essuyer le comptoir, il les laissa absorber le liquide.

— Tu plaisantes, j'espère ?

— Quoi ?

— Tu ne comptes pas les jeter ?

— Je les laisse faire leur travail.

Je n'arrivais pas à croire que nous venions de la même famille.

— Rex, tu es ridicule. Que feras-tu quand tu seras marié ?

— Marié ? Je ne compte pas me marier. Je n'ai même pas de copine. Pas une seule.

— Je n'ai pas dit que tu allais te marier demain. Mais si une femme accepte un jour de t'épouser, ce dont je doute, elle ne va pas supporter ce genre d'attitude. Combien de fois je t'ai demandé de nettoyer derrière toi ? J'en ai assez de vivre dans une porcherie.

— Et toi, tu crois que quelqu'un voudra t'épouser avec cette voix stridente ?

— Il ne l'entendra jamais, parce que je n'épouserai pas un con !

— Seul un sourd accepterait de t'épouser. Et encore, c'est pas sûr.

Je lui frappai le bras.

— On va te trouver un appartement.

— Je ne pars pas d'ici.

— Pardon ?

Je le jetterais hors de chez moi, même si je devais le traîner par les cheveux.

— Tu n'as plus besoin d'habiter ici. Tu gagnes assez d'argent et tu peux louer ton propre appart.

— Je dois économiser pour pouvoir vous rembourser, tu te rappelles ?

— Je n'ai pas tant besoin de cet argent. Je préférerais de loin que tu ne me rembourses pas et que tu t'en ailles.

Parce que s'il restait ici, j'allais l'assassiner, et je n'aurais plus de frère du tout.

— Le loyer, les factures et les courses, ça fait beaucoup d'argent. Si je n'ai pas ça à payer, je pourrai vous rembourser deux fois plus vite.

Je tapai du pied comme un enfant.

— Je me fous de l'argent, Rex. Je veux juste que tu déménages.

— Je vais nettoyer, d'accord ? Regarde.

Il ramassa les essuie-tout et les transporta jusqu'à la poubelle, mais l'eau goutta entre ses mains et coula en chemin. Il les jeta dans la poubelle, où l'eau allait couler partout.

— Et voilà. C'est réparé.

Je fixai la traînée d'eau qui allait du comptoir jusqu'à la poubelle. Une putain de rivière, dans ma cuisine.

— Oh, laisse tomber !

— S'il te plaît. Je t'en supplie. S'il te plaît.

La voix grave de Zeke retentit dans le combiné.

— Non. Désolé.

— Allez. J'ai vécu six mois avec lui. C'est ton tour.

— Je ne suis pas de sa famille, je ne suis pas obligé.

J'étais assise sur le lit, le téléphone coincé contre mon oreille. Safari était installé près de moi, la tête posée sur ma cuisse.

— Mais c'est ton meilleur ami. Tu es tout le temps avec lui, de toute façon.

— Ouais, mais je sais que c'est un colocataire insupportable. Je suis chez toi tout le temps, et je vois bien que vous vous éclatez, répondit-il en riant.

— Mais ta maison est immense, Zeke. Vous auriez de l'espace tous les deux.

— J'ai bossé comme un dingue pour me payer cette maison, et je ne laisserai personne la démolir. S'il pense que tu es maniaque, il n'aimera pas habiter chez moi. Et puis, quand je ramène des filles, elles restent le lendemain. On prépare des pancakes, on regarde la télé. Ce ne serait pas possible si Rex était là.

— Il resterait dans sa chambre...

— On sait tous les deux qu'il boufferait tous les pancakes et qu'il s'accaparerait la télécommande.

Je savais qu'il avait raison, mais l'admettre ne m'aiderait pas à obtenir ce que je voulais.

— Il refuse de déménager parce qu'il veut économiser pour pouvoir nous rembourser.

— Ça ne me surprend pas. Il est déterminé à effacer sa dette.

— Ouais, et ben, son éthique me gonfle.

Zeke éclata de rire.

— C'est seulement pour quelques mois de plus, Rae. Ensuite, il déménagera.

— Pouah. Je commence à vraiment le détester.

— Ouais... Je vois bien.

Je me frottai la tempe, sentant la migraine pointer son nez.

— Rex m'a dit que tu avais un rencard ce week-end ?

— Ouais, je l'ai rencontrée au bar l'autre soir. Elle m'a invité.

— C'est sympa. Où allez-vous ?

— Je vais l'emmener dans ce nouveau restaurant au centre-ville.

— Celui avec les cages d'oiseaux ?

— Ouaip.

— C'est un endroit charmant. Il plairait à n'importe quelle femme.

— C'est ce que je me suis dit, répondit-il. Et si tout se passe bien, on mangera des pancakes devant la télé le lendemain matin.

— J'adorerais manger des pancakes en regardant la télé. Ryker ne fait jamais ce genre de choses.

— Il ne cuisine pas ? demanda-t-il, surpris.

— Non. En fait, je ne l'ai jamais vu utiliser sa cuisine.

— Quel tordu. Si une fille fait des efforts, je lui prépare toujours le petit-déjeuner. Je suppose que je suis un gentleman.

— Et si elle n'est pas bonne au lit, elle n'a droit à rien ?

Ça ne ressemblait pas à une attitude de gentleman à mes yeux.

— Non... Je leur prépare toujours le petit-déjeuner.

Que fait ma petite amie ? Ryker utilisait ce terme à la moindre occasion, soit pour me mettre de bonne humeur, soit parce qu'il aimait l'employer.

Je suis enfermée dans ma chambre.

Ça a l'air sympa...

Rex me rend dingue, alors on se planque avec Safari.

Dans ton propre appartement ? Je pouvais deviner son ton sarcastique dans son message.

Je réalisai à quel point la situation était pathétique. *Ouais...*

Viens chez moi.

Non. Je n'ai pas besoin de ta pitié.

Ce n'est pas par pitié. J'ai envie de sexe.

Charmant...

Il se remit immédiatement à écrire. *Ma belle, ramène-toi. Ou je viens te chercher.*

Je n'avais aucune envie de rester ici, et mon estomac commençait à gargouiller. *Safari peut venir ?*

Sans problème.

Alors on arrive bientôt.

LES PORTES DE L'ASCENSEUR S'OUVRIRENT, ET NOUS ENTRÂMES avec Safari. Je fus immédiatement submergée par l'odeur d'aiguilles de pin et de l'eau de Cologne de Ryker, et j'eus l'impression d'être arrivée dans un agréable refuge. Cet endroit était un paradis, comparé à l'enfer que je venais de quitter.

— C'est tellement beau..., murmurai-je.

Ryker apparut dans le couloir, portant un jogging gris qui tombait bas sur ses hanches. Il ne portait pas de t-shirt, comme souvent lorsqu'il était chez lui.

— Merci. Tu es très belle aussi, me dit-il avec un petit sourire coquin.

Il savait que je ne parlais pas de lui, mais je ne le corrigeai pas.

— Merci de nous laisser rester ici. Même Safari en avait marre.

Il me prit dans ses bras et embrassa doucement mes lèvres. Ce contact délicat et chaleureux me fit oublier ma terrible soirée avec Rex. J'eus l'impression de fondre sur le sol, ce qui me convenait parfaitement.

— Vous êtes toujours les bienvenus ici.

Il serra mes fesses avant de s'éloigner.

— Tu me parles à moi, ou à mon cul ?

— AUX DEUX, DIT-IL EN ME LANÇANT UN REGARD ESPIÈGLE.

Je détachai la laisse de Safari pour qu'il puisse s'installer confortablement sur le canapé.

Ryker prit mon sac et le posa sur la table.

— Alors, Rex te rend dingue, hein ?

— Je lui ai demandé de déménager, mais il refuse.

— Pourquoi ça ? demanda-t-il en croisant les bras. Il gagne de l'argent maintenant, non ?

Je levai les yeux au ciel.

— Il veut économiser pour nous rembourser. Je lui ai dit que ça m'était égal qu'il me rembourse. Je veux juste qu'il s'en aille.

— QUEL CAUCHEMAR ! DIT-IL EN RIANT DOUCEMENT.

— Quand je suis rentrée aujourd'hui, il y avait un carton de lait par terre au milieu de la cuisine... Tu imagines ? Genre, comment est-ce possible de faire tomber un carton de lait et de le laisser sur place ? Comment ?

Je vis une lueur d'amusement briller dans ses yeux. Il haussa les épaules, un petit sourire au coin des lèvres.

— Il était vide ?

— Je crois. Et il y avait de l'eau partout sur le comptoir et sur le sol. Quand je lui ai demandé de nettoyer, il a posé des essuie-tout partout, et pour lui, c'était réglé.

— Vraiment ?

Je levai à nouveau les yeux au ciel.

— Il m'a dit qu'il les laissait « faire leur travail ». C'est le plus gros enfoiré de la planète. C'est même pas logique. Et ensuite, lorsqu'il a voulu jeter les essuie-tout à la poubelle, il a encore foutu de l'eau partout.

À présent, Ryker se retenait de rire.

— Tout ça s'est passé au moment où je rentrais. Et il y avait le mixeur sale posé sur le comptoir, en train de cultiver des microbes. Pourquoi ne déménage-t-il pas dans une décharge ? Il se sentirait tout de suite chez lui.

Ryker finit par éclater de rire.

— Il sera là encore combien de temps ?

Je haussai les épaules.

— Quelques mois... peut-être plus.

— Bon, et si Safari et toi vous passiez un peu plus de temps ici ?

— Pour qu'il puisse démolir mon appartement?

— Pour que tu puisses faire une pause. J'ai une cuisine spacieuse, plusieurs salles de bains, un joli salon, et en plus, c'est toujours propre. Vous vous sentiriez bien ici, tous les deux.

Il me faisait une proposition en or.

— C'est très tentant, mais ça va.

— Pourquoi pas ? demanda-t-il en s'approchant de moi. Reste ici trois jours par semaine. Si tu vois Rex plus rarement, tu le supporteras plus facilement.

— Je ne veux pas envahir ta garçonnière avec des culottes et des poils de chien.

— Les culottes ne me posent aucun problème. Et les poils de chien ne me dérangent pas. Je demanderai à Mindy de venir nettoyer plus souvent.

— Mindy ?

— La femme de ménage.

Je ne l'avais jamais vue.

— Rex est mon problème, il ne devrait pas devenir le tien.

— As-tu pensé que je profitais peut-être de ton problème avec Rex pour t'avoir plus souvent ici avec moi ?

Il posa son visage contre le mien sans m'embrasser. Cette proximité me fit immédiatement frissonner.

— Non...

— Ben, c'est le cas. Alors, s'il te plaît, reste ici.

— Et Safari ? Il pourrait accidentellement faire ses besoins dans ton appart.

— Je demanderai à Mindy de le sortir tous les midis. Problème réglé.

— Ce n'est pas son travail...

— Elle appréciera la paie supplémentaire. Ne t'inquiète pas

pour ça. Viens, je veux te montrer quelque chose.

Il me prit la main et m'entraîna dans le couloir.

— D'accord.

Il marchait devant moi, et je pus admirer les muscles de son dos. Il semblait taillé dans la pierre. Il était tellement beau que c'en était douloureux.

— J'aime te voir de dos.

Il se retourna, les sourcils levés.

— Je veux dire, j'aime les muscles de ton dos. Vraiment appétissants.

D'habitude, je n'avais aucun mal à faire des compliments, mais là, j'avais l'air stupide.

— MERCI, MA CHÉRIE, DIT-IL EN SOURIANT.

Il posa un petit baiser sur mon oreille, parvenant à enflammer mon bas-ventre. Il entra dans sa chambre et s'approcha d'une de ses imposantes commodes. Tous les meubles de son appartement étaient en bois sombre, ce qui collait parfaitement à sa personnalité. Il me montra un tiroir. Il était long de soixante centimètres et très profond.

— Tu vois ce tiroir ? C'est le tien.

— Le mien ?

— Ouais. Range tes affaires dedans. Je peux t'en donner un autre si tu as besoin.

— Tu as déjà vu ma chambre. Elle est pleine à craquer de vêtements.

— D'accord. Tu peux aussi avoir celui en-dessous.

— Sérieusement ?

Il acceptait aussi facilement ?

Il s'appuya contre la commode et observa mon expression.

— Ouaip. Qu'en penses-tu ?

Je savais qu'il n'avait jamais offert un tiroir à une autre

femme, et que ce moment était significatif. Il m'offrait quelque chose qu'aucune autre femme n'avait jamais eu. J'étais spéciale pour lui – différente.

— Je trouve ton offre très gentille, et je suis vraiment touchée.

— Tant mieux. Ramène toutes tes culottes.

— Mais il y a un problème.

— Hmm ?

— Safari aussi a besoin d'un tiroir.

— Pour ses jouets ? demanda-t-il en éclatant de rire.

J'étais sérieuse, et je n'étais pas sûre qu'il s'en rende compte.

— Oui. Et il faut un endroit pour installer son lit.

— Ce chien a beaucoup de demandes.

— Ce n'est pas seulement un chien. C'est mon meilleur ami.

Ryker leva les yeux au ciel, mais il sourit.

— Et si on lui achetait un panier pour ranger tous ses jouets – et un gros coussin ?

— Ça marche. Je te proposerais bien un tiroir chez moi, mais je doute que ça t'intéresse pour le moment.

— Pour le moment, non, mais ce sera le cas quand Rex aura déménagé. Et je veux un tiroir sympa. Un sur le dessus de la commode.

— Regardez qui a des demandes, maintenant.

Il me lança un regard torride. Il était sexy sans même s'en apercevoir.

— Tu as raison.

— Alors, tu veux faire quoi ? Tu veux regarder un film, jouer à un jeu ?

Il jeta un coup d'œil vers la porte et vit Safari allongé sur le canapé dans le salon. Il alla fermer la porte et s'assit au bord du lit.

— Tu sais ce que je veux faire, ma belle. Je t'ai sauvée de ce troll. Je mérite une récompense.

— C'est ce qui motive toutes tes actions ? Le sexe ?

Il prit un moment pour répondre, comme s'il y réfléchissait sérieusement.

— En fait, oui. Allez, viens ici.

RESTER QUELQUES JOURS CHEZ RYKER ÉTAIT EXACTEMENT CE DONT j'avais besoin.

C'était propre, Ryker ne cherchait pas continuellement à m'agacer, et j'avais un orgasme tous les soirs avant de dormir. Son appartement offrait une vue incroyable sur la ville, y compris la Space Needle. La nuit, avec les lumières frémissantes, j'avais l'impression d'être sur le toit du monde. Je n'avais jamais dormi sur un lit et un torse plus confortables, et ses draps devaient coûter une fortune. Dire que je ne fantasmais pas d'y vivre de manière permanente – et de devenir son épouse – aurait été un mensonge.

Safari aussi se plaisait chez Ryker. Il avait beaucoup plus d'espace que dans mon appartement, et il pouvait sortir dans le parc de l'immeuble tous les jours. Il dormait au pied du lit, et avait plus de place que sur le mien.

Aucun de nous deux n'avait envie de partir.

J'eus l'occasion de découvrir de nouvelles facettes de Ryker. Je me familiarisai avec ses habitudes. Il se levait à cinq heures du matin tous les jours pour aller à la gym. Ensuite, il revenait se doucher, buvait une boisson protéinée, puis se rendait au travail.

Je n'aurais pas pu me lever à cinq heures du matin même si ma vie en dépendait.

Lorsqu'il sortait du boulot, il allait courir dans le parc, puis reprenait une douche avant d'enfiler un jogging sexy, torse nu.

Ensuite, il préparait le dîner, un repas léger, comme du poulet grillé et des légumes.

Face à son hygiène de vie irréprochable, j'avais l'impression d'être une fainéante.

Je ne me levais jamais avant le dernier moment, et mon petit-déjeuner idéal n'était pas une boisson protéinée. Plutôt un Egg McMuffin au Mc Donald's, ou une part de la pizza de la veille. Je faisais de l'exercice, mais seulement quelques jours par semaine – et encore. Et sa conception d'un dîner me déprimait. J'avais besoin de féculents et de gras pour être heureuse.

Ryker était assis à table en face de moi. Il mangeait lentement son poulet et ses légumes, prenant son temps, comme s'il dégustait son repas.

— Comment se passe ton séjour à l'hôtel Ryker ?

— L'accueil est parfait. Cinq étoiles.

— Quoi d'autre ?

— Le sexe est dément. Cinq étoiles aussi.

— Tant mieux.

— Et cinq étoiles pour la propreté.

— Alors, un score parfait. Génial.

— À vrai dire... Zéro pour la nourriture.

Il cessa de manger.

— Zéro ? Tu n'aimes pas ma cuisine ?

— Tu cuisines très bien. Mais quand j'ai ouvert ton congélateur, il était vide.

— Et alors ?

Les muscles de ses épaules puissantes bougeaient à chacune de ses bouchées. Il était si musclé que j'avais du mal à croire que son physique soit réel. Il ressemblait à un modèle de magazine.

— Je ne mange rien de congelé.

— Pas de glaces ? Pas de sorbets ?

— Ce n'est pas de la nourriture.

— Pas de la nourriture ? répétai-je, incrédule. C'est

délicieux.

Il rit doucement.

— Je n'ai jamais aimé les sucreries.

— Et ton frigo ne contient que de la viande et des légumes.

— Et donc ?

— Il existe d'autres aliments. Genre, tu n'as même pas de jus d'orange. Tous les Américains ont une bouteille de jus d'orange dans leur frigo.

— C'est plein de sucre. Et comme je t'ai dit, je n'aime pas les sucreries.

— Je ne pourrais pas vivre comme ça tout le temps. La semaine prochaine, j'irai faire des courses et acheter de la nourriture normale.

Il but une gorgée de vin et réprima un sourire.

— Ce n'est pas tout de faire du sport pour rester en forme. L'alimentation est importante aussi. En ce qui concerne ce dont je me nourris, je suis très difficile.

— Je préfère manger gras qu'être malheureuse.

— Je ne suis pas malheureux.

— Je ne te crois pas.

Il buvait une boisson protéinée au petit-déjeuner, mangeait une banane à midi, et de la viande et des légumes le soir. Si je me nourrissais ainsi tous les jours, je serais au bord du suicide.

— C'est quoi pour toi, de la nourriture normale ?

— Des chips. C'est super bon. Des pâtes au fromage. Des tacos et du guacamole. Du riz-minute et des nouilles chinoises.

Cette conversation fit gargouiller mon estomac.

— Parler de nourriture semble te faire de l'effet.

— Absolument. Tu manges pour vivre, et moi, je vis pour manger. C'est la différence entre nous.

— Dans ce cas, je m'assurerai que Mindy achète tout ce que tu as mentionné. Je veux que tu sois heureuse et excitée.

— Parfait.

Je finis mon assiette pour être polie, mais ce genre de repas trois soirs d'affilée commençait à me lasser. Que Ryker aime la diététique ne me dérangeait pas, mais ce ne serait jamais mon mode de vie.

— Quand mon estomac sera contenté, je m'assurerai que tu le sois aussi.

Nous étions installés côte à côte sur le canapé, emmitouflés sous une couverture. Je ne m'étais pas démaquillée une seule fois depuis que je logeais chez Ryker. Il ne m'avait jamais vue sans, et je complexais un peu. Normalement, ça ne m'aurait pas dérangée. Mais Ryker était toujours parfait, et je voulais l'être aussi.

Je posai ma tête contre son épaule, mon bras passé autour de sa taille. Même assis, son ventre restait plat et dur comme un roc. J'inspirai son odeur, et au lieu de me concentrer sur la télévision, je savourai sa présence.

Depuis le soir où j'avais piqué une crise sur Ryker au bar, je savais que j'étais dans la merde. Jusqu'alors, j'étais convaincue que je ne prenais pas notre relation au sérieux, mais ça m'avait fait réaliser que j'étais complètement accro. Plus nous passions de temps ensemble, plus mon cœur s'attachait à lui, et je savais qu'il était inévitable que je tombe amoureuse.

En fait, j'étais quasiment sûre de l'être déjà.

Il tourna la tête et effleura ma tempe de ses lèvres. Il déposa un baiser sur ma peau. C'était un geste tendre et délicat, pas sexuel ou agressif, comme la plupart du temps. Lorsque nous passions un peu plus de temps ensemble, nous ne faisions pas que baiser. Nous discutions, regardions la télévision, ou jouions à des jeux de société. J'avais vraiment l'impression qu'il était mon petit ami.

— Je n'ai pas envie que tu rentres chez toi demain.

Il embrassa à nouveau ma tempe.

— Moi non plus. Mais il le faut.

J'adorais le regarder se doucher tous les matins, et voir l'eau ruisseler sur son corps séduisant. J'adorais avoir l'opportunité de baiser avant qu'il ne parte à la gym. J'adorais rentrer chez lui et le trouver en train de jouer avec Safari dans le salon.

— Non, c'est faux.

— Il faut que j'aille voir l'état de mon appartement. Il pourrait être en ruines, à l'heure qu'il est.

— Bah. De toute manière, tu as perdu ta caution.

Si ça n'avait tenu qu'à moi, je serais restée. Mais je ne voulais pas m'éterniser et risquer qu'il se lasse de ma présence. Je savais qu'il était un homme qui avait besoin de son espace. Je ne voulais pas le pousser trop loin, même s'il semblait le désirer.

— Je l'ai perdue quand Rex a voulu réparer l'évier et a fait un énorme trou dans le mur.

Il blottit sa tête dans mon cou et m'embrassa doucement.

— Allez, ma chérie.

Ça aurait été si facile de plier. Mais je devais rester forte.

— Je serai de retour la semaine prochaine. Et tu sais qu'on se verra entre-temps.

Comprenant sa défaite, il soupira.

— Très bien. Tu as gagné.

— Je gagne toujours.

Il me fit lever le menton. Il me regarda intensément dans les yeux avant de presser sa bouche contre la mienne. Il m'embrassa lentement, réveillant mon bas-ventre. Il me transmettait toute sa passion et son envie, et ne semblait pas vouloir que notre étreinte se termine.

J'étais vraiment dingue de lui, sans retour en arrière possible.

7

RAE

REX LEVA LES YEUX VERS MOI. IL ÉTAIT ASSIS SUR LE CANAPÉ, UNE bière à la main. Zeke était installé à côté de lui, et ils regardaient le match à la télévision. Rex plissa les yeux.

— Excusez-moi, on se connaît ? Je ne vous reconnais pas.

— Oh, ta gueule ! dis-je en posant mon sac par terre.

SAFARI COURUT VERS REX ET LUI LÉCHA LE VISAGE.

— T'inquiète, mon pote, dit Rex en le caressant. Aucun risque que je t'oublie, toi. Mais cette dame qui t'accompagne... Aucune idée de qui c'est.

J'ignorai sa pique et m'installai sur l'autre canapé.

— Ça fait plaisir de rentrer à la maison..., lançai-je, sarcastique. Je suis surprise que l'appart ne soit pas en ruines. Je pensais qu'il serait enseveli sous tes boxers.

— Je ne suis pas aussi bordélique que tu le dis, protesta Rex.

Je me tournai vers Zeke.

— Un putain de carton de lait au milieu de la cuisine. Tu laisses traîner tes ordures par terre, chez toi ?

Zeke sourit et but une gorgée de bière.

— Comment s'est passé le séjour à l'hôtel Ryker ? demanda Rex.

— Très bien, répondis-je. Il laisse son lait dans le frigo.

Rex n'eut pas l'air amusé.

— Tu vas y rester toutes les semaines, maintenant ?

— Tant que tu habiteras ici.

Je ne pouvais plus partager ma salle de bains avec lui. Lorsque je m'étais levée pour aller au travail la semaine dernière, Rex avait déjà pourri la cuisine et dévoré tous les bagels. Il était insupportable.

— Au moins, tu sais que tu lui plais vraiment, déclara Rex. Je n'aurais jamais proposé ça à aucune de mes copines.

— Moi non plus, renchérit Zeke. Sauf à Rochelle.

— Ah ouais, dis-je. Comment s'est passé votre rencard ?

Il sourit jusqu'aux oreilles, l'air extatique.

— Super bien. On est allés au restaurant vendredi soir, et on a vraiment passé une bonne soirée. Elle a dormi à la maison, et elle est restée jusqu'au lundi matin.

Rex lui tapa dans la main.

— Un sexe-a-thon. De la balle !

— Elle est restée chez toi tout le week-end ?

Ryker ne m'avait pas proposé de rester chez lui en dehors du sexe pendant nos deux premiers mois de relation. Zeke l'avait tout de suite proposé à Rochelle. Elle devait vraiment être sympa.

Zeke but une autre gorgée de bière.

— Ouais. Ce n'était pas prévu. On a passé une super soirée ensemble vendredi, et on a été faire du vélo le samedi. On a dîné ensemble, puis elle a encore passé la nuit chez moi, et on a passé une nuit géniale. Dimanche, on a regardé du foot toute la journée. Elle est rentrée lundi parce qu'elle devait travailler.

— Merde, s'exclama Rex. Tu dois avoir mal à la bite.

— Nan, dit Zeke. C'est une pro.

— Elle fait quoi dans la vie ? demandai-je.

— Elle est pédiatre, répondit Zeke. Elle travaille dans l'hôpital au coin de la rue.

— Sérieux ? demanda Rex. C'est une drôle de coïncidence qu'elle soit médecin aussi.

Zeke haussa les épaules.

— C'est fou, hein ? Qui se ressemble se dissout.

— Hein ? dit Rex en se grattant la tête.

C'ÉTAIT UNE EXPRESSION QUE NOUS AVIONS APPRISE EN CHIMIE. JE n'étais pas surprise que Rex ne la comprenne pas.

— C'est comme « qui se ressemble s'assemble ».

— S'assemble, hein ? dit Rex en levant les sourcils d'un air coquin.

POURQUOI ME DONNAIS-JE MÊME LA PEINE ?

— C'est génial, Zeke. Elle a l'air super.

— Totalement, dit Zeke. On devrait sortir tous ensemble pour que vous fassiez sa connaissance.

— Alors, c'est du sérieux ? demandai-je. C'est ta petite amie ?

La plupart du temps, Zeke avait des aventures. Nous rencontrions la fille une fois, puis nous ne la revoyions plus jamais. Mais il lui arrivait d'avoir de brèves relations. Celle-ci semblait différente de toutes les autres.

— Ouais, répondit Zeke. On est déjà exclusifs, donc je pense que c'est bien parti.

Mince, elle devait être douée. Il avait fallu une éternité pour que Ryker me considère comme davantage qu'une amie.

— Cool.

— Et Ryker et toi ? demanda Zeke. On dirait que les choses deviennent sérieuses entre vous.

En temps normal, j'aurais tout déballé à Zeke, mais je ne me sentais pas à l'aise en présence de Rex.

— Je ne suis pas sûre. Il a vidé un tiroir pour moi chez lui et il laisse Safari venir, donc je pense que les choses vont dans cette direction.

— Il n'a jamais fait ça pour une autre fille, fit remarquer Zeke. Je pense que Ryker n'est pas près de passer à autre chose.

C'était tout ce que je souhaitais, et j'espérais qu'il avait raison.

— Alors tu es restée chez Ryker trois jours d'affilée ? demanda Jessie, surprise.

Elle portait un haut décolleté avec un jean moulant et des chaussures à talons. Sa coiffure était si réussie qu'il aurait pu s'agir du jour de son mariage. Elle but une gorgée de son cosmo et reposa son verre sur la table.

— Ça fait beaucoup de sexe, dit Kayden. Genre, vraiment beaucoup.

— Mais pour Ryker, ce n'est jamais assez.

Leurs regards s'adoucirent, comme si ma phrase était très romantique.

— Tu penses que ça signifie quelque chose ? demanda Kayden. Tu penses qu'il va te proposer de vivre avec lui ?

— Je ne sais pas, répondis-je. Au moment de partir, il m'a demandé de rester...

— Ça devient vraiment sérieux, déclara Jessie. Au départ, il voulait juste un coup d'un soir, et maintenant tu es sa copine et il t'a donné un tiroir chez lui. Pour un mec qui n'a jamais eu de relation, ce n'est pas rien.

— Je sais.

C'était presque trop beau pour être vrai.

— Tu es celle qui l'a transformé, dit Kayden. Comme dans les films d'amour.

— D'ici peu de temps, il te demandera d'emménager chez lui, continua Jessie. J'en suis sûre.

— Que ferais-tu s'il te le proposait ? s'enquit Kayden.

— Je ne sais vraiment pas.

Je baissai les yeux vers mon verre en essayant de ne pas sourire à cette pensée.

Jessie remarqua mon expression.

— Tu sais exactement ce que tu répondrais.

— Ouais, ajouta Kayden. C'est assez évident.

Je levai la tête en souriant.

— Ouais... J'accepterais probablement. Ça fait vraiment longtemps que je n'avais pas ressenti ça pour un mec. Je suis juste... je ne sais pas.

— Complètement amoureuse de lui ? suggéra Jessie.

— Non...

Je ne pouvais pas l'admettre. Sinon, mon cœur allait exploser. Nous ne sortions pas ensemble depuis si longtemps, et le fait que je me retienne de m'avouer mes sentiments m'indiquait que c'était vraiment du sérieux.

Kayden échangea un regard entendu avec Jessie.

— Elle l'est.

— Je sais, répondit Jessie d'un air suffisant.

Je ne pris pas la peine de les contredire.

— Comme je suis restée plus longtemps chez lui, on a pu faire des choses qu'on n'avait jamais faites avant.

— Comme l'anal ? demanda Jessie.

— Non, répondis-je rapidement. Comme regarder la télé, jouer aux cartes, cuisiner ensemble. Vous savez, le genre de trucs que font les couples mariés.

— Et ? me pressa Kayden.

Ces simples activités m'avaient touchées droit au cœur, plus que tout le reste.

— C'était aussi génial que le sexe.

— Aww, murmura Kayden.

— Tu es vraiment accro, dit Jessie. Mais tu sais quoi ? Lui aussi. C'est évident.

Je savais qu'il tenait à moi. Il ne serait pas resté avec moi si longtemps dans le cas contraire. Mais je me demandais s'il ressentait les mêmes choses que moi. Peut-être qu'il n'était simplement pas encore prêt à le dire.

— Je n'ai jamais été aussi jalouse. La semaine dernière, quand j'ai vu cette pouffiasse quasiment assise sur ses genoux, j'ai craqué. Ça ne me ressemblait pas du tout.

Jessie et Kayden étaient pendues à mes lèvres.

— C'est à ce moment que j'ai compris mes sentiments pour lui. Sur le moment, j'ai eu l'impression que c'était la fin du monde.

Je pouvais continuer à cacher mes sentiments, mais pas éternellement. Une partie de moi voulait avouer à Ryker ce que je ressentais pour lui, et avait envie de l'entendre me répondre la même chose, pour pouvoir passer à l'étape suivante. Pas besoin qu'il me demande en mariage, ni même d'habiter avec lui. Mais je souhaitais qu'il connaisse mes sentiments pour lui, qu'il sache que j'étais tellement amoureuse que je n'imaginais pas vouloir être avec quelqu'un d'autre pour le restant de mes jours.

Merde, c'était flippant.

Jessie se tourna vers Kayden.

— Et toi, tu vois quelqu'un en ce moment ?

— Non.

Elle répondit si vite que c'en était étrange.

— Personne ? insista Jessie, incrédule. Tu ne discutes même pas avec quelqu'un ?

— Bon, il y a ce mec avec qui je m'amuse un peu..., finit par dire Kayden. Mais c'est plutôt un plan cul.

— Il est canon ? demanda Jessie.

Kayden hocha gravement la tête.

— Le mec le plus sexy que je me sois jamais fait.

— Merde, dis-je. Peut-être que tu devrais rendre les choses plus sérieuses.

— On verra, murmura-t-elle. L'engagement, c'est pas vraiment son truc.

— Ce n'est jamais leur truc, jusqu'à ce qu'ils rencontrent la bonne, déclara Jessie. Moi, je suis célibataire depuis un moment. Je n'ai rencontré personne d'intéressant.

J'oubliais parfois qu'elle avait essayé de draguer Ryker. Ça me semblait s'être passé une éternité plus tôt.

— Zeke est avec une fille en ce moment. C'est le coup de foudre, on dirait.

— Tant mieux pour lui, dit Jessie. C'est vraiment un mec bien. Si je ne le considérais pas comme un frère, j'aurais tenté ma chance.

— Moi aussi, assura Kayden. Il est tellement gentil et intelligent...

— Ouais, il est vraiment parfait, dis-je. J'espère qu'elle aussi.

— Oh, j'en suis sûre, dit Jessie. Zeke ne se mettrait pas en couple avec une fille si elle n'était pas exceptionnelle.

— Je me demande pourquoi mon frère est un tel raté, soupirai-je. On pourrait s'attendre à ce que Zeke déteigne sur lui.

— Rex est très bien comme il est, intervint Kayden. Tu es juste amère parce qu'il te rend dingue. Mais il a pris soin de toi quand vous étiez jeunes, et il se démène pour le bowling. Ne l'oublie pas.

Jessie la regarda avec une expression hébétée.

J'étais aussi surprise qu'elle.

— Ooh ! souffla Jessie. On a touché une corde sensible...

Kayden masqua sa gêne en buvant son cocktail.

— Je dis juste... Je sais qu'il peut être agaçant, mais ce n'est pas un raté. Ce n'est pas parce que Zeke est médecin qu'il est mieux que Rex. Ils sont géniaux tous les deux.

Je trouvais étrange qu'elle défende Rex si vigoureusement, alors qu'elle savait que j'étais simplement agacée. J'étais sa sœur, donc je pouvais dire ce que je voulais sur lui. Tout le monde savait que je l'aimais quand même. Voler à la rescousse de mon frère alors qu'il n'était même pas là ne lui ressemblait pas vraiment. Mais je ne cherchai pas à creuser la question davantage.

— Je ne sais pas trop quoi faire par rapport à Ryker. La jouer cool, j'imagine.

— Ouais, le temps de voir où ça mène, dit Jessie. Les choses se passent super bien entre vous pour le moment. Profites-en.

— Lorsqu'il sera prêt à aller plus loin, il te le dira, ajouta Kayden. Il a déjà fait de nombreux pas vers toi, et je pense qu'il est vraiment accro.

— Ouais, répondis-je en souriant. Je pense que tu as raison.

8

RAE

Ryker me transporta jusqu'à son lit dès que je sortis de l'ascenseur. Il se coucha sur moi, et je pus sentir ses muscles fermes et sa queue dressée. Ses biceps étaient tendus alors qu'il retenait son poids sans effort.

— Tu m'as manqué.

Je touchai ses poignets et sentis les battements de son cœur dans ses avant-bras.

— Toi aussi.

Je portais une robe, et il la remonta pour baisser mon string. Il le descendit le long de mes jambes jusqu'à ce qu'il pende à une de mes chevilles. Au lieu de l'enlever complètement, il le laissa là. Puis il écarta mes cuisses avec ses hanches et me pénétra d'un coup.

— Mais c'est à ma queue que tu as manqué le plus.

J'étais tellement trempée qu'il me pénétra facilement.

— Je vois que le sentiment est partagé, dit-il en s'enfonçant jusqu'à la garde avec un grognement de plaisir.

Mes genoux étaient pressés contre ses côtes, et j'étais rassemblée sur moi-même tandis qu'il me pilonnait. Il me repoussait contre le matelas à chaque coup de reins. La tête de lit cogna contre le mur, et je ne pus rien faire sinon profiter de la sensation de sa queue qui m'écartelait.

— Ryker...

Je caressai son torse et ses épaules et plantai mes ongles dans sa peau, sachant qu'il aimait ça.

Il posa sa bouche près de mon oreille.

— Tu aimes quand je te prends comme ça ?

En guise de réponse, je le griffai plus fort.

Il me pilonna brutalement, si profondément qu'il atteignit presque le col de mon utérus. Sa bite n'était pas seulement longue, elle était aussi épaisse. Même après tout ce temps ensemble, il m'écartelait toujours délicieusement. Je ne m'étais jamais sentie autant remplie par un autre homme.

— Ta chatte est tellement étroite, peu importe combien de fois je la pénètre, grogna-t-il dans mon oreille sans s'arrêter.

Je griffai son dos jusqu'à atteindre ses fesses. Elles étaient aussi musclées que le reste de son corps, et j'adorais m'y accrocher pour le pousser plus profondément en moi.

— Plus fort. Je vais jouir !

— Oui, ma belle.

Il me pilonna aussi fort qu'il le put, et me fit rebondir sur le matelas sous ses coups de boutoir. Chacun de ses coups de queue me faisait monter au septième ciel.

C'était exactement ce dont j'avais besoin, et je décollai en criant.

— Mon Dieu, oui...

Ma tête roula en arrière, et je fermai les yeux, me laissant submerger par la sensation. Le sexe avec Ryker était incroyable, et j'étais accro à nos nuits ensemble. Il me comblait comme aucun autre homme avant lui. Et pourtant, j'en voulais encore plus.

— C'est bien, ma chérie.

Il haletait au-dessus de moi, couvert de sueur.

Je l'attirai plus profondément en moi, impatiente qu'il jouisse en moi. J'adorais voir son visage dans ces moments.

— Remplis-moi.

Le désir assombrit ses yeux. Il ralentit ses mouvements, me pénétrant lentement et plus fort.

— Donne-moi tout, Ryker.

— Putain, ma belle !

Il se pencha vers moi et m'embrassa avant de jouir.

— Putain...

Il donna un dernier coup de reins, et déversa sa semence aussi profondément que possible. Il voulait s'assurer que je n'en perde pas une goutte.

Je le gardai en moi. J'adorais sentir sa bite se ramollir après l'orgasme.

— C'est lourd... Je peux le sentir.

Il me regardait, les yeux dans le vague après un tel plaisir.

— Tu me fais jouir beaucoup.

Il embrassa le coin de ma bouche avant de se retirer lentement. Nos fluides formèrent un fil gluant entre nous. Il passa ses doigts entre mes jambes et tâta son foutre qui coulait. Il le laissa couler sur ses doigts avant de se lever pour aller chercher des mouchoirs dans la salle de bains.

Je restai allongée là en attendant son retour. J'avais envie d'une autre partie de jambes en l'air avant le dîner. Lorsque j'étais avec Ryker, je n'avais pas besoin de boire ni de manger. Tout ce qui m'importait, c'était de le sentir en moi, tout le temps.

Ryker était allongé à côté de moi dans le lit, l'horloge sur la table de chevet indiquait minuit. D'ordinaire, il dormait déjà à cette heure-ci parce qu'il se levait à l'aube, mais ce soir, il était encore réveillé. Couché sur le côté, il me regardait, son expression indéchiffrable.

— Quoi ?

— Je ne peux pas te regarder ?

— Si. Mais je me demandais juste pourquoi.

— Parce que ça me plaît. Tu es ma petite amie, je peux faire ce que je veux.

— Tu aimes ce titre, hein ?

— Peut-être que j'aime simplement en profiter. Je peux faire plus de choses, comme ça.

— Comme quoi ?

— Te regarder, déjà. Et te taquiner.

— C'est vrai que tu aimes me taquiner.

Safari était étendu à nos pieds, et Ryker dut plier les genoux pour se rapprocher de moi.

— C'est mon passe-temps favori.

Je caressai son torse, me délectant de la chaleur qui en irradiait à tout moment de la journée. Il était mon radiateur personnel, dans cette ville froide qu'était Seattle. Tant qu'il était avec moi, je n'avais pas besoin de chauffage.

— Comment va ton père ?

Il plissa les yeux en entendant ma question.

— Pourquoi ?

— Tu ne parles jamais de lui. Comment va-t-il ?

Il était venu me saluer avant de partir à la retraite, mais je n'avais pas eu de ses nouvelles depuis. Je n'étais même pas sûre que Ryker lui ait dit que nous sortions ensemble.

— Très bien.

Sa réponse était concise, et il était clair qu'il ne comptait pas en dire plus.

— Que fait—

— Je n'ai pas envie de parler de lui. Ni maintenant, ni plus tard.

À sa réponse sèche, je me raidis et me demandai d'où venait son irritation. Il mentionnait très rarement son père, mais je n'avais pas réalisé qu'ils étaient en mauvais termes. Cela me rendit encore plus curieuse, mais Ryker ne voulait clairement pas en parler.

— Il y a une chose que j'aimerais savoir, et j'ai le droit de poser la question.

Il me lança un regard glacial.

— Sait-il qu'on est ensemble ?

Sa mâchoire était serrée, et je ne fus pas sûre qu'il me réponde.

— Non.

Si son père n'était pas au courant, sa mère ne l'était probablement pas non plus. Je ne savais presque rien de sa famille puisqu'il n'en parlait jamais. Son père était tellement gentil et généreux que je n'arrivais pas à imaginer quel problème Ryker pouvait bien avoir avec lui. Mais je me doutais que c'était une histoire compliquée.

— Les voilà.

Rex se leva et fit signe à Zeke et Rochelle.

Nous étions installés près des pistes, avec nos chaussures de bowling, écoutant la cacophonie des boules taper contre les quilles. De la musique des années 70 émanait des haut-parleurs.

Zeke et Rochelle s'approchèrent de nous en se tenant la main. Elle avait des cheveux blond sombre tirant sur le brun, et elle était vêtue d'un jean et d'un t-shirt ample. J'avais toujours vu Zeke avec des bombes atomiques. Rochelle était jolie, mais elle ne ressemblait pas exactement à ce à quoi je m'attendais. Mais puisqu'il la regardait avec des étoiles dans les yeux et qu'un immense sourire illuminait son visage, elle devait être exactement ce qu'il cherchait.

— Salut, dit Zeke en arrivant à notre hauteur. Rochelle, tu connais déjà Rex.

Rex la serra dans ses bras.

— Ravi de te revoir. Zeke nous parle tout le temps de toi, dit-il en levant le pouce. Il dit que le sexe est génial.

Zeke lui lança un regard noir.

Mais au lieu d'être mal à l'aise, Rochelle éclata de rire.

— C'est bon à savoir.

Zeke détourna son attention avant que Rex n'ajoute autre chose.

— Et voici mes amies. Jessie.

Jessie lui serra la main.

— Salut. C'est un plaisir de te rencontrer.

— Toi aussi.

Rochelle souriait. Elle avait l'air d'une femme optimiste, avec une attitude très positive.

J'étais tout le contraire. Toute ma personnalité tournait autour du sarcasme.

— Voici Kayden, dit Zeke en continuant les présentations.

— Bienvenue dans le groupe. On risque de te gonfler très vite, déclara Kayden en lui serrant la main.

Rochelle éclata à nouveau de rire.

— Pas de problème. Je suis assez chiante aussi.

Zeke hésita en arrivant devant moi et parut un peu mal à l'aise.

— Et enfin, Rae.

Rochelle me regarda de la tête aux pieds, et pour la première fois, elle ne sourit pas. En fait, elle sembla déçue. Elle se recomposa rapidement et me lança un sourire, mais il n'était pas aussi éclatant que quelques instants auparavant.

— Ravie de faire ta connaissance, dit-elle en me serrant la main.

Peut-être avais-je imaginé leur hésitation. Je n'avais rien fait pour contrarier Zeke ou pour déplaire à Rochelle aussi rapidement. Je devais me faire des idées.

— Pareil. Zeke parle de toi tout le temps. Et pas seulement du sexe, ajoutai-je en lançant un regard mauvais à Rex.

— Oh, tant mieux, dit Rochelle avec un petit rire. Contente de savoir qu'il a d'autres choses à dire sur moi.

Zeke passa son bras autour de sa taille.

— Où est Ryker ?

— Il sera bientôt là. Tu le connais, il aime soigner son entrée.

Zeke sourit.

— Ouais, je sais. Mais les équipes vont être inégales.

— Je suis nulle au bowling, dit Jessie. Donc vraiment, je ne compte pas.

— C'est vrai, confirma Kayden.

— Hé ! protesta Jessie devant sa trahison.

— Quoi ? demanda Kayden en haussant les épaules. C'est vrai. Et je ne suis pas bien meilleure.

Le regard de Jessie s'adoucit dès que Kayden se critiqua à son tour.

— Donc, ça ira.

— Ryker est doué au bowling ? demanda Rex.

— COMMENT LE SAURAIS-JE ? RÉPONDIS-JE EN HAUSSANT LES épaules.

— Hum... Parce que tu couches avec ?

Rex leva un sourcil.

— Ouais, et on joue régulièrement au bowling au lit, répondis-je d'un ton lourd de sarcasme.

Rochelle éclata de rire.

Zeke se tourna vers elle et la regarda avec tendresse.

Rex semblait vouloir me faire la peau.

— Il arrive quand ?

— Quand il arrivera, répondis-je d'un ton sec.

— Je vais te jeter une boule à la figure, me menaça-t-il.

— Comme si tu pouvais en soulever une, mauviette.

Je posai les mains sur mes hanches et le défiai du regard. Rester chez Ryker quelques jours m'avait un peu calmée, mais mon frère savait comment me rendre dingue.

— Frère et sœur..., murmura Zeke à Rochelle.

— Oh ! Je pensais qu'ils étaient sortis ensemble.

— Pouah ! s'exclama Rex avec dégoût. Je préférerais encore coucher avec Zeke.

— Moi aussi, lâchai-je.

Je ne réalisai ce que je venais de dire que trop tard. Je me tournai vers Rochelle, prête à m'excuser, mais elle ne semblait pas contrariée. En fait, notre dispute semblait l'amuser.

Jessie regarda l'horloge.

— J'espère que Ryker va bientôt arriver. Sinon, cette prise de tête peut durer un bon moment.

— Le voilà, dit Kayden en pointant l'entrée du doigt.

Ryker entra, vêtu d'un jean et d'un t-shirt gris à col en v. Il portait une veste en cuir, que je voyais sur lui pour la première fois. Il parcourut les pistes des yeux pour nous trouver, ayant tout l'air d'un modèle de magazine. Il était rasé de près et ses cheveux bruns étaient parfaitement coiffés, pourtant je savais qu'il ne les avait pas touchés depuis le matin. Toutes les femmes dans la pièce tournèrent la tête dans sa direction, se tordant presque le cou.

Non, salopes ! Il est à moi.

— Bébé !

Je levai la main en l'air pour qu'il nous voie. Je ne l'avais encore jamais appelé comme ça, mais c'était sorti tout seul. Je voulais attirer son attention, mais je voulais surtout que tout le monde sache que ce canon était à moi.

Il posa les yeux sur moi, et un petit sourire étira ses lèvres. Il alla chercher une paire de chaussures de bowling au comptoir et s'approcha de nous. Il fit un signe de tête à chacun pour les saluer tout en s'approchant de moi. Il glissa son bras autour de ma taille, et posa sa joue contre la mienne.

— Bébé ?

— Quoi ? C'est un surnom courant.

Il déposa un petit baiser très chaste sur ma bouche.

— Tu ne m'appelles jamais comme ça. Qu'est-ce qui se passe ?

Il sourit comme s'il connaissait déjà la réponse.

— Des pouffiasses étaient en train de te mater. Je voulais juste qu'elles sachent que tu n'étais pas un cœur à prendre.

Il leva les sourcils.

— Des pouffiasses ? Je n'avais pas entendu ce terme depuis le collège.

— Ben, j'aime ce mot. Il n'aurait jamais dû passer de mode.

Il frotta son nez contre le mien.

— Ça me plaît, quand tu es jalouse. Très sexy.

— Ah oui ?

Je me trouvais ridicule. J'avais été jalouse au bar, et cette fois, simplement parce que des femmes l'avaient regardé. Avant, je me moquais de ceux qui agissaient de la sorte, et voilà que ça m'arrivait régulièrement.

Ryker posa ses mains sur mes fesses et les serra affectueusement.

— Oh, oui. Tes joues deviennent toutes rouges, et tu es autoritaire. Ça me plaît quand tu manques de confiance en toi, parce que c'est rare. Je découvre une nouvelle facette de toi.

— Toi aussi, ça t'arrive d'être jaloux.

— Je sais, dit-il en pinçant à nouveau ma fesse. Mais moi, j'ai vraiment des raisons de l'être.

Il m'embrassa dans le cou avant de se retourner pour saluer mes amis plus convenablement.

— On ne se connaît pas, si ?

Il s'approcha de Rochelle et lui tendit la main.

— Je suis Rochelle, dit-elle en lui offrant un sourire encore plus large qu'à nous

.

— Ma petite amie, expliqua Zeke.

Ce fut le premier vrai sourire que je vis sur le visage de Ryker ce soir-là.

— C'est super Content pour toi, mon pote.

Il s'assit sur le banc et mit ses chaussures.

— Bon, je suis dans quelle équipe ? Ça m'est égal, tant que je ne suis pas avec Rae.

— Aïe, protestai-je. Je t'ai fait quoi ?

Il laça ses chaussures et se releva.

— Rien. Mais je sais que tu détestes perdre, et je veux te remettre à ta place. Tu sais, te montrer qui est le maître.

— Cette relation me plaît de plus en plus..., déclara Rex en s'approchant de l'écran pour inscrire nos noms.

Ryker m'avait témoigné de la tendresse en arrivant, mais voilà qu'il se retournait contre moi.

— Je vais te mettre une raclée. Et tu n'auras pas de sexe ce soir. Tu vas voir qui va remettre l'autre à sa place, dis-je d'un ton de défi.

Ryker éclata de rire, comme si ma menace n'avait absolument aucun poids.

— D'accord, ma belle. Si tu le dis.

— Quoi ? Tu ne me penses pas capable de te battre ? m'écriai-je en posant les mains sur mes hanches.

— Si, mais je pense que tu ne peux pas t'empêcher d'écarter les cuisses pour moi.

— Ooh...

Jessie se couvrit la bouche pour réprimer un éclat de rire.

Kayden secoua la tête.

— Là, il t'a mouchée.

Rex se couvrit les oreilles.

Zeke serra Rochelle contre lui.

— Je t'avais prévenue que mes potes étaient tarés.

— Pas de problème, répondit-elle. Je suis tarée aussi.

Je faisais équipe avec Zeke, Rochelle et Kayden. Kayden était un poids mort et lançait toutes ses boules dans la gouttière, mais Zeke et Rochelle étaient plutôt doués. Rochelle semblait vraiment être une fille géniale. Quand je lui demandai si elle jouait régulièrement au bowling, elle me répondit qu'elle faisait partie de l'équipe d'une organisation caritative de son hôpital.

À la fin de la partie, nous menions d'une douzaine de points.

Je m'approchai de Ryker en crânant et commençai ma danse de la victoire. Je me déhanchai et tournai sur moi-même en lui faisant la grimace.

— Prends ça, petit vantard.

Il me regarda danser, son regard aussi torride que d'habitude.

— Petit vantard ?

— Ouaip. On dirait que tu t'es fait battre par des filles.

— Eh-hem, toussa Zeke, agacé.

— Et Zeke, me repris-je. Désolée.

Ryker claqua des doigts.

— Continue à danser. C'est très sexy.

Je lui frappai le bras.

— Je suis sérieuse. Je t'ai mis une branlée. Que dis-tu de ça ?

— Tu veux que je m'incline ? demanda-t-il en haussant les épaules.

— Je veux des excuses.

— Pour... ?

— Pour avoir dit que tu ne voulais pas être dans mon équipe.

— Je ne vais pas m'excuser pour ça. Je ne veux toujours pas être dans ton équipe.

— Tu crois vraiment que je reviendrai sur ma parole ?

Il me lança un grand sourire.

— Je crois que quand on rentrera chez moi, tu sauteras sur ma queue en moins de dix minutes.

— Bon, ça suffit... je vais au snack, déclara Rex en s'éloignant presque en courant.

— Moi aussi, déclara Kayden en le suivant, abandonnant Jessie avec Zeke et Rochelle.

— Ils se disputent toujours comme ça ? demanda Rochelle.

— Aucune idée, répondit Zeke. Mais je sais que Ryker la taquine tout le temps.

— L'arrogance n'a rien de sexy, dis-je en croisant les bras.

— Aucun rapport avec l'arrogance, dit Ryker en souriant. Je connais juste ma copine. Et je sais ce qui lui plaît.

Je me forçai à ne pas m'attendrir, ce qui était difficile lorsqu'il parlait de moi de manière si possessive. Je gardai la tête haute.

— Et bien, je rentre chez moi ce soir. Alors bonne chance !

Je le contournai et suivis Rex et Kayden. Je commençais à avoir faim.

Lorsqu'il pensa que j'étais hors de portée de sa voix, Ryker déclara :

— Elle sera à quatre pattes d'ici la fin de la soirée.

Nous mangeâmes à la pizzeria. Ryker s'installa en face de moi et mangea lentement ses parts sans me quitter des yeux.

Je l'ignorai et discutai avec mes amis.

— Rochelle, tu es médecin aussi ?

— Oui, répondit-elle. Pédiatre. Je travaille avec des enfants.

Elle avait déjà bu deux bières et entamait sa troisième, au même rythme que les mecs.

— Vous devez pouvoir parler boutique, remarquai-je. C'est sympa.

— En fait, on travaille dans des domaines très différents, dit Zeke. Ça n'a vraiment rien à voir.

— Parce que toi, tu n'es pas un vrai médecin ? le taquinai-je.

Zeke leva les yeux au ciel.

— Ils pensent que je passe mes journées à éclater des boutons.

— Ce n'est pas le cas ? demanda Rochelle en souriant.

Rex applaudit.

— Ooh ! Elle me plaît, Zeke. Elle se fout de toi, tout comme nous.

Zeke fit mine de le fusiller du regard.

— Oui. Mais elle se fait pardonner quand on se retrouve tous les deux.

— Avec plaisir, ajouta Rochelle.

Je me servis une autre part de pizza, ignorant toujours le regard intense de Ryker.

— Tu es vraiment sexy quand tu manges, ma chérie.

Je ne bronchai pas.

— Je sais que je suis de l'autre côté de la table, intervint Rex, mais je t'entends quand même.

— Mets des boules Quies, rétorqua Ryker.

Rex lança un morceau de pain dans sa direction, mais il le manqua d'au moins trente centimètres.

— Tu ne sais même pas viser..., marmonnai-je tout bas.

Rex lança un autre morceau de pain qui m'atteignit en plein visage.

— Qui ne sait pas viser ?

Je le ramassai sur la table et le mangeai.

— Miam.

— Grand Dieu ! tu es dégoûtante, dit Rex.

Ryker me regarda d'un air affamé.

— J'ai toujours aimé les filles sales, dit-il.

Rex grimaça et se tourna vers Kayden.

— Raconte-moi quelque chose. Ce que tu veux.

Elle lui raconta sa journée à la bibliothèque et lui expliqua la nouvelle organisation des rayons. Rochelle discutait avec Zeke de la randonnée qu'ils comptaient faire le lendemain, et Jessie rentra dans la conversation en disant qu'elle n'avait pas de baskets.

Je gardai les yeux baissés vers mon assiette et continuai d'ignorer Ryker.

— Ignore-moi autant que tu veux, mon cœur. Mais quand on rentrera à la maison, ça va être ta fête.

— C'est ce que tu crois...

Ryker cessa de manger et continua à me fixer. Les coudes posés sur la table, il m'observait comme s'il regardait un film. Il était tellement concentré qu'il ne cillait pratiquement pas.

Sa tactique était en train de marcher, mais je refusais de m'avouer vaincue. Je mangeai une dernière part de pizza simplement pour éviter de le regarder.

— Ryker ?

Une femme magnifique s'approcha de notre table. Elle portait un jean moulant et un haut sans manches, comme si elle était en boîte de nuit et non dans un bowling. Sa coiffure était parfaite, comme si elle sortait d'un salon. Vu comme elle le regardait, elle s'était déjà retrouvée dans son lit avant que je le connaisse.

Je refusai d'être jalouse.

Hors de question.

Rien à foutre.

— Comment vas-tu ? demanda-t-elle en posant sa main sur son épaule, comme si elle avait tous les droits de le toucher.

Tant pis. J'étais jalouse. Putain de jalouse.

— Bien, répondit-il. Qu'est-ce qui t'amène ici ?

Il tourna son épaule d'un mouvement naturel, faisant glisser sa main.

Non mais !

— Je joue avec des amis. Tu veux nous rejoindre ? demanda-t-elle

Clairement, elle pensait qu'il traînait avec des amis. Avec mes cheveux retenus dans un chignon et la bouche pleine de pizza, je n'avais pas du tout l'air du genre de fille qui plaisait à Ryker. Je ne pouvais pas lui en vouloir. Et je ne lui montrais pas la moindre affection.

— Merci de m'inviter, répondit-il. Mais je suis avec ma copine et ses amis.

Je sentis un frisson de plaisir me parcourir en l'entendant employer ce terme. Je ne l'avais jamais entendu le dire en dehors de notre groupe. Et c'était agréable à entendre – vraiment agréable.

— Oh...

Elle eut du mal à se remettre de son choc. Elle posa les yeux sur moi, et vu son air surpris, elle n'était pas sûre que je sois la copine qu'il avait mentionnée – parce que j'avais l'air d'une souillon.

— Oh, je suis désolée. Passe une bonne soirée.

— Merci, répondit-il. Toi aussi.

Il lui fit un petit signe de main lorsqu'elle s'éloigna.

À présent, j'avais du mal à rester en colère. Il avait réagi exactement comme je l'aurais souhaité, et ne l'avait même pas laissée le toucher.

Il se retourna vers moi, son regard brûlant de nouveau en place. Il n'avait d'yeux que pour moi, et personne d'autre.

Ma rancune s'évapora, et la partie que nous venions de jouer n'eut plus la moindre importance. Peu m'importait qu'il m'ait taquinée devant mes amis. Et même qu'il ait dit que je ne pouvais pas garder les cuisses fermées devant lui.

Parce que c'était vrai.

Il remarqua le changement en moi, et un soupçon d'arrogance teinta son regard.

— Ça te dit d'y aller ?

9

REX

Jessie rentra chez elle, mais le reste d'entre nous rentra à l'appartement. J'étais content que Rae soit partie avec Ryker. Elle resterait chez lui jusqu'au lendemain après-midi. Et je n'aurais pas à le voir glisser sa langue au fond de la gorge de ma sœur.

— C'est un très bel appartement, fit remarquer Rochelle en entrant.

— Merci.

J'allai chercher des bières et les distribuai. En tendant la sienne à Kayden, je pris soin de ne pas la toucher. Sinon, je savais que ça réveillerait ma bite. Elle portait un jean skinny qui révélait ses formes parfaites. Et son t-shirt moulait ses seins délicieux. Je ne l'avais pas encore vue nue, mais mon imagination s'en faisait une idée assez précise.

— Ce n'est pas son appartement, expliqua Zeke. C'est celui de Rae.

— Tu habites chez elle ? demanda Rochelle.

J'avais reçu tant de moqueries sur le sujet que ça ne me gênait même plus.

— Ouais. J'essaie d'économiser de l'argent.

— Oh, cool.

Rochelle accepta mon explication sans me juger. Elle entra dans le salon.

Lorsqu'elle se fut éloignée, je me tournai vers Zeke.

— Elle est vraiment sympa, mon pote.

— Je sais, répondit-il en souriant. Vraiment.

— Alors... tu as réussi à oublier Rae ?

Il n'était en couple que depuis deux semaines, mais leur relation semblait déjà assez sérieuse. Il présentait Rochelle comme sa petite amie et passait presque tout son temps libre avec elle. Ça me convenait, parce que j'avais pu voir Kayden beaucoup plus souvent. Si Zeke avait été célibataire, j'aurais dû inventer des excuses pour la retrouver.

— Je n'ai pas vraiment pensé à elle, murmura Zeke, comme s'il se parlait à lui-même. Donc ouais, je crois.

— Tant mieux.

— Ouais. De toute façon, ça n'aurait pas marché entre nous. Elle m'aurait rejeté si je lui avais avoué mes sentiments, et notre amitié aurait eu du mal à s'en remettre. C'est bien mieux comme ça. Rochelle est vraiment sympa, sexy, drôle, et intelligente.

Je ne pourrais jamais oublier ce que Zeke m'avait dit à propos de Rae, qu'il se voyait l'épouser. Que s'il devait se lancer dans une relation sérieuse, ce serait avec elle. Il n'aurait pas parlé ainsi s'il avait simplement eu le béguin pour elle. Je pensais qu'il minimisait ses sentiments, mais c'était aussi bien. Rochelle était parfaite pour lui, et elle prendrait soin de lui. Rae devait revoir ses priorités. Elle préférait courir après un mauvais garçon jusqu'à ce qu'il la laisse tomber.

Je devais admettre que je ne m'étais pas attendu à ce que ça dure si longtemps avec Ryker, et ils semblaient proches. Mais ma prédiction tenait toujours. Dans quelques mois, il en aurait assez et passerait à autre chose. Rae reviendrait à la maison en pleurant et s'attendrait à ce que je la console.

Et je pourrais lui dire que je l'avais prévenue.

— Elle est géniale, mon pote. J'espère que ça marchera entre vous.

— Moi aussi. Ma maison est trop grande pour une seule personne.

— Oh, je pourrais remédier à ce problème, si tu veux.

Il éclata de rire.

— Hors de question. Rochelle se promène tout le temps à poil. Je ne veux pas manquer ça.

— Moi aussi, je peux me balader à poil.

Il leva les yeux au ciel et entra dans le salon.

— Tu as grandi à Seattle ? demanda Kayden.

Elle était assise sur un canapé, et Rochelle sur l'autre.

— Oui, j'y suis née, répondit Rochelle. Mais j'ai déménagé en Californie pour mes études de médecine et pour l'internat de dernière année.

Zeke s'assit près d'elle et passa son bras autour de ses épaules.

Je regardai le canapé sur lequel Kayden était assise. Je ne savais pas quoi faire. Si je m'asseyais à côté d'elle, ça donnerait l'impression qu'on sortait ensemble. Mais si je m'installais sur le même canapé que Zeke et Rochelle, nous serions à l'étroit.

Kayden me regarda, attendant que je fasse quelque chose.

Zeke remarqua que je restais debout.

— Tout va bien ?

— Ouais, répondis-je immédiatement. Pourquoi ?

— Tu as l'air bizarre, planté là, dit-il. Pourquoi tu ne t'assieds pas ?

Je finis par m'asseoir à côté de Kayden, mais je m'installai sur le bord du canapé, laissant autant d'espace entre nous que possible.

— Kayden pue, ou quoi ? demanda Zeke en riant.

Je posai mon bras sur l'accoudoir et essayai d'avoir l'air naturel.

— Non. Mais je vois mieux la télé d'ici.

Zeke me regarda bizarrement mais n'insista pas.

Kayden me jeta un coup d'œil. Avec son jean et son t-shirt moulants, elle était vraiment baisable. Elle était phénoménale même lorsqu'elle ne portait pas de talons et de mini-jupe. Je la connaissais depuis plus de dix ans, et je ne l'avais jamais considérée ainsi. Mais à présent, je n'arrivais plus à penser à autre chose. Elle m'avait fait une pipe du tonnerre, et j'avais hâte qu'elle recommence.

— Vous voulez jouer à un jeu ? proposa Zeke. Pourquoi pas Cranium ?

— Non, répondis-je immédiatement. Vous deux, vous êtes bien trop intelligents pour nous. Et si on jouait au poker ?

— C'est un jeu de mec, fit remarquer Zeke. Un Monopoly ?

C'était long et chiant, mais peu importe. Peut-être qu'une partie me permettrait d'arrêter d'imaginer Kayden en train de monter ma queue comme une putain de cow-girl.

Zeke et Rochelle s'en allèrent un peu après minuit , mais pas Kayden.

J'avais espéré qu'elle reste, mais en même temps, j'aurais préféré qu'elle parte. Rae pouvait rentrer à tout moment, et j'aurais vraiment du mal à lui expliquer ce que Kayden et moi faisions seuls ensemble – et à poil.

— Tu pars aussi ?

Je restai près de la porte pour la laisser sortir.

Elle repoussa une mèche blonde. Ses yeux brillaient comme des milliers d'étoiles.

— J'espérais rester un peu, si ça ne t'ennuie pas. Ça fait un moment que tu ne m'as pas donné de nouvelle leçon.

Ma queue bandait déjà.

— Rae pourrait rentrer à tout moment...

— Crois-moi, ça m'étonnerait. Tu les as vus tous les deux ce soir ?

J'essayais d'oublier ce souvenir de toutes mes forces.

Elle s'approcha de moi, les yeux fixés sur mes lèvres. Elle avança nonchalamment, me faisant penser à un fantasme, le genre de fille à qui je pensais en me paluchant les soirs où j'avais la flemme de draguer. Sa poitrine fut bientôt collée contre moi, mais elle ne fit aucun geste. Elle me regarda sans rien dire, me suppliant presque de l'embrasser en silence.

Cette fille avait des super-pouvoirs.

La tension était à sa comble, et j'agrippai ses hanches. Je trouvai sa bouche et l'embrassai passionnément en la repoussant contre le comptoir.

Dès que nos lèvres se rencontrèrent, je me perdis dans un abysse de désir charnel. J'avais embrassé de nombreuses filles dans ma vie, mais aucune ne possédait l'aura sexuelle qu'elle dégageait. Elle me donnait chaud. Quand j'étais avec elle, ma bite devenait plus dure que de l'acier, et j'avais du mal à respirer.

Je serrai ses hanches en pressant ma queue contre elle. Je ne contrôlais plus mon désir. Je suçai sa lèvre inférieure avant de glisser ma langue dans sa bouche, et la sienne vint danser contre la mienne.

J'avais la tête dans les nuages, et même si Rae était rentrée à ce moment-là, je n'aurais pas pu m'arrêter. J'embrassai la courbe de sa mâchoire puis son cou, avant de remonter jusqu'à son oreille.

Je mordillai son lobe, puis glissai ma langue dessus.

— Que veux-tu apprendre ce soir ?

Elle serra mon bras plus fort.

— Tout ce que tu voudras bien m'enseigner.

Je pensais à une chose en particulier. Je la soulevai contre moi par les fesses et, ma bouche collée contre la sienne, la transportai jusqu'à ma chambre. Allongé dans le couloir, Safari nous ignora lorsque nous le dépassâmes.

Une fois dans ma chambre, je fermai la porte d'un coup de pied et la déposai sur mon lit.

— Si tu sors avec un mec bien, il ne lésinera pas sur les préliminaires – il n'a pas intérêt.

Je continuai à l'embrasser en détachant son jean et en le faisant glisser le long de ses jambes. Elle m'aida à le retirer et se retrouva bientôt en string.

Elle enleva son haut, et je passai mes mains dans son dos pour dégrafer son soutien-gorge. Nous bougions en harmonie sans nous concerter. Elle ne semblait pas mal à l'aise, et elle n'avait pas l'air de manquer d'expérience. À vrai dire, j'avais rarement connu une amante plus douée.

En tombant, son soutien-gorge révéla sa poitrine. Je voulais mater ses seins parfaits, mais j'avais surtout envie de continuer à l'embrasser. Je glissai mes doigts sous l'élastique de son string et le baissai. Savoir qu'elle serait bientôt complètement nue entre mes bras me rendait dingue.

Je détachai ma bouche de la sienne pour la regarder, sachant que nous nous apprêtions à franchir une limite et qu'ensuite, nous ne pourrions plus revenir en arrière. Nous pourrions toujours revenir à notre relation amicale ensuite, mais je ne la verrais plus jamais de la même manière. À chaque fois que je la verrais, je l'imaginerais nue.

— Putain ! tu es parfaite.

Sa taille était fine, ses hanches larges, et je mourais d'envie d'embrasser sa poitrine généreuse. Je posai les mains sur sa taille de guêpe, la serrant plus fort que prévu. Je la désirais tant que je n'arrivais plus à penser clairement. Je m'immobilisai un instant, incertain de ce que j'allais faire ensuite. Il se passait trop de choses, et je perdais le contrôle.

Elle souleva mon t-shirt et le fit passer au-dessus de ma tête, me ramenant au moment présent. Elle le jeta par terre et passa les mains sur mon torse.

— C'est toi qui est parfait, Rex.

Ses yeux magnifiques brillaient en me regardant, et elle griffa ma peau. Étonnamment, elle semblait me désirer encore plus que moi – ce que je n'aurais pas cru possible.

Elle passa à mon jean et le baissa rapidement, en emportant mon boxer. Une fois nu, je vins m'allonger au-dessus d'elle et pressai ma bite contre son ventre, n'arrivant toujours pas à croire que cette femme magnifique avait envie de moi – me faisait confiance.

— Tu es sûre de vouloir faire ça ?

J'étais stupide de poser la question. J'étais tellement excité que je n'aurais pas pu m'arrêter si elle me l'avait demandé. Mais j'entendis les mots sortir de ma bouche tous seuls, et je priai pour qu'elle ne change pas d'avis.

— Oui.

Elle embrassa mon cou en passant les mains dans mes cheveux, aussi excitée que moi.

— Notre amitié ne sera plus jamais la même.

— On n'était pas si proches, de tout façon, répondit-elle avant de m'embrasser avec fougue.

J'étais prêt. J'avais agi comme un gentleman, mais sa réponse me permettait de continuer sans ressentir la moindre culpabilité. J'agrippai ses hanches et la tirai, amenant son cul magnifique au bord du lit, ses jambes écartées. Je me mis à genoux sur le tapis et approchai mon visage entre ses cuisses. Dès que ma bouche toucha sa chatte, elle se mit à se tortiller.

— Oh mon Dieu..., murmura-t-elle en se cambrant, serrant le drap.

Je décrivis de petits cercles sur son clito avec ma langue, en imprimant juste assez de pression pour la faire gémir. Je passai ma langue le long de sa fente, me délectant du goût sucré de sa petite chatte. Elle était trempée pour moi, et nous venions à peine de commencer. Elle était parfaite, et je ne lui avais encore donné aucun conseil. Putain, mais pourquoi avait-elle besoin de moi ?

Je continuai à bouffer sa chatte trempée, et la préparai à recevoir ma queue. Je mourais d'envie d'être en elle, mais je me tempérai. Je gâcherais vraiment cette soirée si je jouissais avant même de l'avoir pénétrée. Je n'avais jamais été un éjaculateur précoce, mais je suspectais que ce ne serait pas aussi facile avec elle.

J'attendis qu'elle soit sur le point de jouir avant de m'éloigner.

Elle s'assit immédiatement, les yeux brillants de désir.

— C'était quoi comme leçon ?

— Pas vraiment une leçon. Je voulais juste être sûr que tu saches exactement comment un mec est censé te lécher.

Je l'allongeai sur le lit et vins me placer au-dessus d'elle. Sans regarder, je fouillai dans le tiroir de ma table de chevet pour trouver un préservatif.

— Je prends la pilule.

La capote à la main, je la regardai dans les yeux. Était-elle en train de m'inviter à la baiser sans protection ? C'était une proposition intime, pour de simples copains de baise.

— Tu es clean ? me demanda-t-elle, pleine d'espoir.

— Oui.

Je venais de passer un test la semaine passée, en fait.

— Alors, pas de capote.

Sérieusement ? Kayden allait me laisser la prendre sans barrière ? Aucune autre femme ne me l'avait proposé avant.

— Tu es sûre ? Je peux aller te chercher le papier.

Elle prit mon visage entre ses mains et m'embrassa.

— Je te fais confiance. Je sais que tu ne ferais jamais rien qui pourrait me mettre en danger.

Cette confession fit chaud à mon cœur autant qu'à ma queue, et je n'eus plus qu'une envie, la baiser de toutes mes forces. J'approchai ma bite de sa fente, et la fis glisser dans sa chaleur mouillée, me préparant à la pénétrer.

— Tu as quelque chose à m'apprendre ? demanda-t-elle en griffant le bas de mon dos.

Je regardai ses seins trembler sous mes mouvements.

— Non. Tu es parfaite.

Elle prit ma queue dans sa main, la maintenant par la base, et pointa mon gland vers l'entrée de sa chatte. Elle se raccrocha à une de mes épaules avant de m'enfoncer en elle. En se sentant remplie, un gémissement s'échappa d'entre ses lèvres.

Putain, elle était étroite.

Et mouillée.

Douce.

Chaude.

Le paradis.

— Putain...

Je fermai les yeux et profitai de la sensation incroyable. Maintenant, je comprenais pourquoi les mecs préféraient tant se passer de capotes. Rien n'était aussi bon que ça, sentir sa peau humide directement contre la mienne. C'était indescriptible.

— Mon Dieu, c'est tellement bon.

Je n'avais même pas dû lui dire de commenter. Ça lui était venu naturellement.

Instinctivement, je serrai sa nuque et la maintins en place alors que j'accélérais mes coups de reins. Je la pilonnai de toutes mes forces, mes hanches bougeant à toute vitesse alors que ma queue entrait et sortait de sa chatte chaude et humide.

Elle me griffa plus fort.

— Putain, oui !

Mon dos et mon torse étaient couverts de sueur, mais je n'arrêtai pas. Je la limai comme si ma vie en dépendait. Je n'avais pas connu une aussi bonne baise depuis longtemps – voire jamais. J'aurais voulu que ça ne s'arrête jamais, mais le besoin de jouir devenait imminent.

Je regardai ses seins rebondir en la pénétrant, et ses tétons durs me supplièrent de les prendre dans ma bouche. Ses joues étaient roses, et ses yeux plus brillants que jamais. Avec ses cheveux formant une auréole autour de son visage, elle ressemblait à un fantasme devenu réalité.

J'entrai en elle jusqu'à la garde et pressai son clito. Je voulais la faire jouir avant d'éjaculer. Je n'avais jamais eu de problème de performance, mais je n'avais jamais bandé aussi dur non plus. Le fait qu'elle soit mon amie, qu'elle ait un goût d'interdit, me faisait encore plus d'effet.

Heureusement pour moi, elle jouit.

— Juste là...

Elle agrippa mes fesses et m'attira plus profondément en elle. Sa bouche s'ouvrit pour laisser échapper un cri sexy. Sa chatte se contracta autour de ma queue, l'enserrant avec une force impressionnante. La jouissance la submergea, et ses yeux se brouillèrent, dans le vague.

— Oui... c'est tellement bon.

Elle ferma les yeux et s'abandonna au plaisir, profitant de l'instant d'extase.

Comment n'aurais-je pas pu la suivre après cette baise incroyable ?

Ma queue fut noyée par ses fluides. Elle était douce et mouillée.

J'aurais voulu continuer, mais je ne m'en sentais plus capable.

— À moi.

Elle s'accrocha à mon épaule et me fit rouler sur le dos.

Putain, c'était trop beau pour être vrai.

Je la regardai me chevaucher. Au lieu de se mettre à genoux, elle prit appui sur ses talons en se tenant à mon ventre pour garder l'équilibre. Comme une athlète, elle se mit à rebondir sur ma bite, son cul claquant contre mes hanches chaque fois qu'elle redescendait.

Était-ce vraiment en train de se passer ?

Sa chatte avalait mon énorme queue profondément en elle, et mon membre épais écartait ses lèvres à chaque coup.

Je me pris la tête dans les mains, ressentant un plaisir incroyable.

— Putain. Putain. Putain !

Elle se redressa, puis enfouit toute ma longueur dans sa fente, jusqu'à la base. Elle me baisait comme si elle n'aimait rien de plus au monde. Ses ongles s'enfoncèrent dans ma peau et elle se mit à gémir. Des gouttes de sueur perlèrent sur ses seins qui rebondissaient.

— J'aimerais te donner un autre orgasme, mais putain... Je veux vraiment jouir.

— Moi aussi, je veux que tu jouisses.

Elle ralentit son mouvement et passa la main derrière ses fesses, frôlant mes couilles du bout des doigts. Elle les massa doucement tout en continuant à se déhancher. Sa caresse était parfaite, putain d'incroyable.

Alors ça, je n'avais vraiment rien à lui apprendre.

— Bébé, tu vas me faire jouir !

— Je veux que tu jouisses.

Elle redescendit et m'engloutit entièrement en elle, sans cesser de me caresser les couilles.

Le paradis. Voilà ce que c'était. Agrippant ses hanches, je lui donnai un coup de reins et me sentis exploser. Je la remplis de ma semence. Je gémis en jouissant, ce qui ne m'était encore jamais arrivé, et j'inondai sa chatte de foutre. Je n'avais encore jamais déchargé dans une chatte, et putain, c'était le paradis.

— Oh, putain de merde !

Elle se pencha vers moi avec une expression de pure satisfaction. Puis elle m'embrassa légèrement sur les lèvres, comme si elle ne venait pas de me sauter comme une sauvage.

Elle s'allongea contre moi, mon jus encore en elle. Elle ferma les yeux et s'endormit presque instantanément.

Je fis de même.

Il était déjà tard lorsque je me réveillai. Je me frottai les yeux et regardai l'heure sur le réveil posé sur la table de nuit.

Deux heures et quart.

Nous avions tous deux dormi plus longtemps que prévu. Je me tournai sur le côté pour la regarder, et fus surpris de constater à quel point elle était belle lorsqu'elle était endormie. Son maquillage avait coulé, mais je trouvais ça sexy – comme si je lui avais fait passer une soirée inoubliable. Elle était toujours nue, ses tétons pointant à cause du froid.

Je tirai la couverture pour la recouvrir, masquant sa nudité.

Le mouvement la réveilla. Elle s'étira et inspira profondément. Lorsqu'elle ouvrit les yeux, son regard était plein de sommeil et de contentement. Elle glissa sa main sur mon ventre, me griffant légèrement, espiègle.

— Je suis lessivée.

— Moi aussi.

Je me serais rendormi si je n'avais pas été aussi affamé.

— Alors..., repris-je, tu as quelque chose à me dire ?

— Comment ça ?

— Tes histoires sur le fait de manquer d'expérience, c'étaient des conneries.

Elle se raidit.

— Non... je suis juste à l'aise avec toi.

— Je n'y crois pas. Quand tu m'as chevauché, tu m'as baisé comme une vraie pornstar.

Elle fronça les sourcils.

— C'est une insulte ou un compliment ? Parce que là franchement, j'hésite.

Je me redressai sur un coude pour la regarder en face.

— Un compliment. Toujours. J'ai l'impression de profiter de toi, parce que tu n'as vraiment pas besoin d'aide. Sincèrement, c'est moi qui ai des leçons à recevoir de toi. Je n'avais jamais été aussi bien baisé par une fille.

Elle me lança un grand sourire.

— Vraiment ?

— Ouais.

Ses yeux brillaient comme des décorations de Noël.

— Ben... merci.

— Alors, on devrait peut-être arrêter. Je veux dire, c'est vraiment super, mais ça pourrait devenir bizarre.

— Comment ça, bizarre ?

— Parce qu'on est amis.

Sa joie disparut.

— J'ai trouvé le sexe assez incroyable. Je pense que tu te sous-estimes, dit-elle.

Je ris, sarcastique.

— C'était tout toi, ma belle.

Elle caressa mon torse et leva ses beaux yeux vers moi.

— Je n'ai pas envie d'arrêter...

À ces mots, ma queue banda instantanément. Elle était pratiquement en train de me supplier, et je devais avouer que c'était agréable à entendre.

— Moi non plus.

Je n'avais jamais autant pris mon pied, et j'aurais voulu que ça ne s'arrête jamais. J'aurais pu baiser comme ça tous les matins et tous les soirs.

— Alors, n'arrêtons pas, dit-elle.

— Ma belle, je n'ai rien à t'apprendre. Tu pourrais avoir n'importe quel homme.

— Mais c'est toi que je veux.

Elle posa la main sur mon épaule et approcha son visage du mien. Elle fixa mes lèvres comme si elle allait m'embrasser. Ses longs cheveux blonds retombèrent sur son épaule et caressèrent mon bras.

Maintenant, ma queue voulait replonger en elle.

— Mais alors, il y a quoi, entre nous ?

— Une histoire de cul, dit-elle en haussant les épaules.

— Tu veux qu'on soit copains de baise ?

Je n'aurais pas pensé que ça puisse intéresser Kayden. Elle était tellement calme et réservée. Je pensais plutôt qu'elle était à la recherche du prince charmant, de l'homme de sa vie.

— Ouais. Pourquoi pas ?

— Ça ne risque pas de gâcher notre amitié ?

— Pas si on se comporte tous les deux comme des adultes.

— Alors... on continue à baiser, et on le dit à personne ?

— Ouais.

— Et quand un de nous deux en a marre, on arrête ?

Quelque chose traversa son regard, mais elle masqua immédiatement sa réaction.

— Ouais.

Mon cerveau me criait que c'était une mauvaise idée. Mais ma bite ne voulait pas que notre arrangement se termine. Je n'avais aucune envie d'aller pêcher une fille dans un bar, alors que je pouvais avoir du sexe incroyable chaque fois que j'en avais envie. Je n'aurais qu'à demander.

— Tant qu'on peut toujours être amis après, ça me va. Et que ça reste un secret.

— Ça me convient, dit-elle.

Notre accord étant conclu, il était temps d'en profiter.

— J'ai encore envie de baiser, mais putain, je meurs de faim.

— Moi aussi.

— Je vais nous chercher quelque chose à grignoter dans la cuisine. Je reviens.

Elle embrassa mon épaule lorsque je me levai, et je trouvai ce petit geste affectueux vraiment sexy. Un frisson me parcourut l'échine. Je fléchis un instant, puis j'enfilai un jogging et sortis dans le couloir.

Je tombai nez à nez avec Rae.

— À qui parles-tu ?

Je me figeai sur place et faillis perdre connaissance. Safari était appuyé contre ses mollets, et elle avait l'air fatiguée, comme si elle aurait préféré aller se coucher plutôt que me parler dans le couloir. Mon cœur se mit à battre si fort qu'il me fit mal.

— À toi ?

— Non, il y a un instant.

Non seulement Rae me ferait chier si elle apprenait que je couchais avec Kayden, mais en plus, ça pourrait tendre leur relation.

— Tu ne devrais pas être chez Ryker ?

— Je suis chez moi, débile. Je peux rentrer quand j'en ai envie.

— Ben, c'est ma chambre, et ce que j'y fais ne te regarde pas.

— Ça me regarde, si c'est moi qui paie le loyer, répondit-elle sèchement. Si tu ramènes une fille, je m'en fous, mais préviens-moi, que je sois préparée.

Je croisai les bras, cherchant désespérément quelque chose à répondre.

— Alors... tu as ramené une fille ?

Je la contournai et me dirigeai vers la cuisine.

— Je suis mort de faim.

— Tu ne vas pas préparer un casse-croûte à ta copine ?

Je me retournai.

— Est-ce que Ryker t'a foutue dehors parce que tu étais trop chiante ?

Elle plissa les yeux.

— Il m'a foutue dehors parce qu'il n'arrivait pas à croire que je sois de la même famille qu'une petite merde.

Elle finit par entrer dans sa chambre et refermer la porte derrière Safari.

Dès qu'elle eut disparu, je me remis à respirer. Je n'avais même plus faim, mais je préparai quand même un sandwich, juste au cas où Rae décidait de ressortir. Pour la première fois, je fis des efforts pour nettoyer derrière moi, pour éviter qu'elle ne m'accorde plus d'attention que nécessaire. Puis je retournai dans ma chambre et fermai la porte derrière moi.

Kayden devait avoir entendu notre conversation, parce qu'elle était déjà habillée.

— Fait chier ! s'exclama-t-elle.

— Je pensais qu'elle allait rester chez Ryker cette nuit. Je sais pas trop ce qui a pu se passer.

— Bordel. On fait quoi, maintenant ? demanda-t-elle en croisant les bras.

— Tu pourrais dormir ici et t'en aller demain lorsqu'elle sera partie au travail.

— Je dois ouvrir la bibliothèque demain matin.

Y avait-il vraiment des clients dès l'ouverture ?

— Tu ne peux pas être un peu en retard ?

— Non.

— Qui vient lire à huit heures du matin ?

Elle me lança un regard agacé qui me rappela étrangement celui de Rae.

— Plein de gens. Ne fais pas comme si mon travail était moins important que le tien.

— Je n'ai jamais dit ça. Je pense juste que tu peux te permettre d'être en retard une fois.

— Pas si je veux garder ma place.

Je me grattai la tête en essayant de réfléchir.

— Je m'en irai discrètement quand elle se sera endormie.

— Oui, j'imagine qu'on peut faire comme ça.

Mais je n'allais pas avoir l'occasion de baiser à nouveau ce soir. Je devrais attendre jusqu'au lendemain.

Elle se servit la moitié de mon sandwich et s'assit sur le lit. Elle le mangea lentement, par petites bouchées. Elle ne mit pas de miettes partout, contrairement à moi. Comme Rae, elle mangeait avec une telle grâce que c'en était presque prétentieux.

Je m'assis à côté d'elle et dévorai ma moitié.

— J'espère que tout va bien entre eux, dit-elle.

— Je suis sûr que oui. Je ne comprends rien à leur relation, mais ça semble coller entre eux.

Elle termina son sandwich et s'essuya les mains sur son jean.

— J'ai appris à apprécier Ryker ces derniers mois. Je le trouvais vraiment froid au début, mais maintenant, il semble réellement tenir à elle.

— Ouais...

Je pensais toujours que ça allait mal se finir. Ce n'était qu'une question de temps avant que Ryker fasse ce qu'il faisait toujours et la laisse tomber. Il assurait que les choses étaient différentes avec Rae, mais je n'y croyais pas. Leur relation avait une date limite, et j'espérais que Rae en avait conscience.

— Tu es sûr qu'elle dort ?

J'entrebâillai la porte et jetai un coup d'œil en direction de la chambre de Rae. Aucune lumière ne passait sous sa porte. Elle devait dormir profondément. Je n'entendais pas les griffes de Safari sur le plancher, et il me semblait distinguer ses ronflements.

— Ouais. Probablement depuis plusieurs heures.

— D'accord. Soyons discrets.

Nous sortîmes de ma chambre et nous dirigeâmes en catimini vers le palier, en faisant de notre mieux pour rester totalement silencieux. Le plancher grinça sous mon pied, et j'entendis le collier de Safari tinter lorsqu'il bougea la tête.

Foutu chien.

Nous continuâmes à avancer dans le couloir, et nous venions d'atteindre la cuisine quand j'entendis la porte de Rae s'ouvrir.

Fait chier !

Je poussai Kayden dans le salon et me tins dans l'embrasure de la porte pour que Rae ne puisse pas la voir derrière moi.

Rae sortit de sa chambre, les cheveux ébouriffés. Elle portait son pantalon de pyjama à carreaux et un t-shirt trop grand de plusieurs tailles. Elle se frotta le visage en se dirigeant vers la salle de bains.

Puis elle m'aperçut. Elle plissa les yeux en réalisant que j'étais là.

— Qu'est-ce que tu fous ?

— Moi ? Et toi, qu'est-ce que tu fous ?

— Je dois pisser.

— Alors, va pisser.

Elle continua à me fixer, l'air suspicieux.

— Pourquoi tu restes planté là ?

— Parce que...

— Parce que quoi ? Va te coucher.

— Je...

J'essayai de trouver une excuse pour qu'elle ne s'approche pas. Rae n'était pas seulement intelligente, elle était aussi observatrice. Si elle comprenait que j'essayais de lui cacher quelque chose, elle viendrait fouiner – comme toujours.

— Je regarde un porno dans le salon. Je ne voulais pas que tu voies l'écran.

Son visage prit une expression dégoûtée.

— Oh mon Dieu, Rex. Tu es vraiment crade. Tu n'avais pas ramené une fille ?

— Si, mais elle n'était pas très douée.

— Tu es un porc.

Elle entra enfin dans la salle de bains et claqua la porte. Je l'entendis baisser la lunette des toilettes.

— Vite.

Je fis signe à Kayden de me suivre jusqu'à la porte d'entrée. Je fis glisser la chaîne et ouvris.

— Tu peux rentrer chez toi toute seule ?

— Aucun problème.

Elle se glissa dehors.

— Attends.

Je la suivis et l'embrassai sur les lèvres.

— Envoie-moi un message quand tu seras rentrée.

Malgré l'urgence du moment, elle sourit.

— D'accord.

Je regardai ses beaux yeux bleus et me perdis un instant dans mes pensées, me rappelant à quel point ils brillaient lorsque j'étais en train de la pénétrer. Ses mèches avaient effleuré mes doigts, et je n'avais jamais touché de cheveux si doux, ou qui sentaient aussi bons.

— Bonne nuit.

— Bonne nuit.

Je fermai la porte à l'instant où Rae sortit de la salle de bains.

Elle se dirigea vers sa chambre à pas lourds, à moitié endormie. Cette fois, elle ne prit pas la peine de me regarder ni de me demander ce que je faisais planté dans l'entrée. Elle referma la porte de sa chambre derrière elle et éteignit la lumière.

Je m'appuyai contre le comptoir et passai ma main sur mon visage, sachant que je n'étais pas passé loin de la catastrophe. Nous retrouver à l'appartement n'était pas une bonne idée. En fait, c'était même complètement stupide. Peut-être que je devrais déménager, même si je ne pourrais pas économiser autant. Au moins, je pourrais inviter Kayden chaque fois que j'en aurais envie, et je pourrais la sauter sur tout le mobilier.

Ma queue recommença à bander.

Voilà que je souhaitais qu'elle ne soit pas partie.

10

REX

Je bâillai si fort que mes yeux s'humidifièrent.

Zeke m'observa en finissant de manger son aile de poulet. Il se lécha les doigts et en prit une autre.

Je bus une gorgée de bière avant de prendre une autre aile de poulet sur la pile. Mais avant de la porter à ma bouche, je bâillai à nouveau, ce qui déboucha mes oreilles. Mon corps était épuisé, et j'étais tellement fatigué que j'avais du mal à organiser mes pensées. Après le départ de Kayden, je ne m'étais pas couché tout de suite parce que j'étais trop excité. J'aurais voulu me branler, mais j'avais trop envie de coucher avec elle. Passer de sa chatte à ma main était vraiment décevant.

Zeke me regarda, un sourcil levé.

Cette fois, j'essayai de retenir le bâillement en gardant la bouche fermée, mais j'échouai. Les yeux humides, je mordis dans l'aile de poulet.

— Pourquoi es-tu si fatigué ? demanda Zeke en buvant sa bière. Tu as bâillé cinq fois en l'espace de deux minutes.

— Je me suis couché tard hier soir.

— Tu jouais à *Call of Duty* ?

— Non...

J'aurais voulu avouer toute la vérité à Zeke, mais j'étais d'accord avec Kayden. Il aurait été stupide d'en parler à qui que ce soit. Zeke me convaincrait d'arrêter avant que la situation ne dégénère, et il raconterait probablement tout à Rae. Si nous gardions notre histoire pour nous, nous pouvions faire ce que nous voulions, puis arrêter quand nous le déciderions. Personne ne saurait que nous avions couché ensemble, et nous pourrions redevenir amis comme avant. Mais j'avais tout de même du mal à mentir à mon meilleur ami.

— J'étais avec une meuf hier soir.

— Je comprends mieux, dit-il en s'essuyant les doigts sur une serviette en papier. La nuit a été folle ?

Je la revis en train de rebondir sur ma queue, comme si elle avait besoin de la sentir dans sa chatte, plus que j'en avais moi-même envie.

— Je ne dirais pas ça. Mais c'était vraiment génial.

— Qui est cette fille ?

Je devais lui mentir et je me sentis mal à l'aise.

— Je l'ai rencontrée il y a quelques temps à une soirée. On est devenus amis, et puis elle m'a demandé si je pouvais lui apprendre quelques trucs... parce qu'elle n'a pas confiance en elle au pieu.

— Tu as dû être un bon prof, alors, fit-il remarquer en riant.

— Ben en fait... elle est parfaite. Elle embrasse super bien, elle suce comme une pro, et elle est phénoménale au lit. Elle veut que je lui apprenne à être sexy, mais elle n'a pas besoin de mon aide. Sincèrement, c'est elle qui m'a appris des trucs.

— C'est plutôt super comme arrangement.

— C'est tellement bien que j'ai du mal à y croire.

— Quand il se passe une bonne chose dans ta vie, ne la remet pas en question.

C'était aussi ma philosophie.

— Je lui en ai parlé, et je lui ai dit que je ne voulais pas gâcher notre amitié, mais elle m'a assuré que tout irait bien. Donc... je suppose qu'on est copains de baise en ce moment.

— Attends, tu es ami avec cette fille ?

— Je dirais qu'on est assez proches, dis-je en haussant les épaules.

— Je la connais ?

— Non...

Zeke était intelligent, et j'espérais qu'il ne découvrirait pas le pot aux roses.

— Comment elle s'appelle ?

Je lui donnai le premier prénom qui me vint à l'esprit.

— Euh... Denise. On s'est vus souvent, par exemple quand je joue au basket avec Tobias. Je ne dirais pas qu'on est super proches, mais on se connaît assez bien.

Je commençai à transpirer. Je m'essuyai le front du revers de ma manche.

— Ça pique, hein ?

— Quoi ? demandai-je en me mettant à suer encore plus.

— La sauce épicée... elle arrache.

Je compris enfin.

— Ouais, je crois que je ne suis pas habitué.

Je bus une longue rasade de bière pour me rafraîchir.

— Donc, vous êtes des « sex friends » ?

— Ouais, je pense.

— Ben, si vous n'étiez pas vraiment proches, je ne vois pas de problème. Mais je pense que ce genre de situation avec quelqu'un comme Jessie ou Kayden serait désastreux.

Je retins ma respiration jusqu'à ce que mes poumons me fassent mal.

— Je ne couche pas avec elles.

— Je sais, dit-il. Je disais juste—

— Surtout pas avec Kayden. Il n'y a aucune alchimie entre nous. Je t'ai même dit à quel point l'ambiance était tendue avec elle. Je n'aime pas ses cheveux, et elle a des bras bizarres... Vraiment pas mon genre. Pouah !

L'expression de Zeke se durcit, et il me demanda d'un ton soupçonneux :

— Tu m'as dit que tu trouvais Jessie et Kayden sexy.

— C'était pour être gentil. Elles sont repoussantes.

— C'est un peu dur...

— Je ne couche pas avec elles, d'accord ? Je veux juste que ce soit clair.

Merde, pourquoi faisait-il si chaud ici ?

— Compris.

Il empila d'autres ailes de poulet dans son assiette et détacha enfin son regard du mien. La tension était palpable entre nous, et nous mangeâmes en silence pendant plusieurs minutes.

J'aurais dû m'y prendre différemment. Mon commentaire était digne d'un connard.

— Ne leur répète pas ce que j'ai dit.

— Que tu trouves Jess et Kayden repoussantes ? demanda-t-il, sarcastique. T'inquiète, je n'ai aucune envie de les faire pleurer.

— Je ne dis pas qu'elles sont moches. Simplement qu'elles ne m'attirent pas. C'est tout.

— Laisse tomber.

Il mangea une frite.

Après tout, il valait mieux qu'il pense que j'étais un connard, plutôt qu'il sache que je couchais avec Kayden. C'était le moindre mal.

— Alors... Comment ça se passe avec Rochelle ?

Ma question lui rendit sa bonne humeur.

— Super. On a été randonner avec ses parents la semaine dernière.

— Ouah, quoi ?

Je lâchai mon aile de poulet et me penchai vers lui. Zeke n'avait jamais rencontré les parents d'une seule de ses copines, pas depuis le lycée. Je savais qu'elle lui plaisait, mais je n'avais pas réalisé à quel point c'était sérieux entre eux. Ils ne sortaient ensemble que depuis un mois, et leur relation évoluait à toute vitesse.

— Tu as déjà rencontré ses parents ?

— Ouais, ils sont vraiment gentils. Je les aime bien.

— Mais... tu ne trouves pas que c'est trop tôt ?

— Rochelle m'a proposé de les accompagner, et je n'y ai pas vu de problème. Son père est cardiologue, on a discuté facilement.

Je trouvais tout de même que c'était précipité, et j'étais inquiet qu'il ne partage pas mon opinion.

— On est montés au sommet du mont Rainier, et puis on a mangé un bout ensemble. Son père aime les activités en extérieur, et on s'est bien entendus. Sa mère est très gentille aussi. Rochelle lui ressemble beaucoup. Et je suis quasiment sûr qu'ils m'ont apprécié aussi.

Bien sûr qu'ils l'avaient apprécié. Zeke était un mec en or.

— Tant mieux...

— Je vais dîner chez eux vendredi. Ils habitent dans la périphérie de Seattle.

Ils me faisaient penser à un couple marié.

— Ça a l'air d'être sérieux entre vous.

Zeke était adulte, et il pouvait faire ce qu'il voulait, mais j'étais inquiet. J'avais peur qu'il se précipite dans cette relation sans s'en rendre compte. Au fond de moi, je pensais qu'il était sorti avec Rochelle pour se consoler de sa déception avec Rae. Lorsque Rae s'était mise en couple avec Ryker, il avait non seulement réalisé qu'il avait manqué sa chance, mais aussi que l'occasion ne se représenterait sans doute pas. Il voulait passer à autre chose et se trouver une copine sérieuse aussi vite que possible.

Mais devais-je vraiment lui dire ça ?

Serait-il en colère ?

Peut-être que rencontrer ses parents n'était pas une étape importante, et que c'était moi qui y accordais trop d'importance. Rochelle était vraiment une fille géniale, alors il avait peut-être réellement des sentiments pour elle. Après tout, ce n'était pas comme s'ils allaient se marier.

Zeke avala sa bouchée avant de me répondre.

— Oui, ça a l'air sérieux. Mais je pense que c'est une bonne chose.

Il n'avait jamais eu de relation sérieuse jusqu'à présent. Je trouvais tout de même étrange que la première fois qu'il s'investissait vraiment dans un couple soit quand Rae avait elle-même une relation sérieuse. Je ne pouvais oublier ce qu'il m'avait dit à propos de Rae, qu'il pensait qu'elle était la femme de sa vie. Ça ne pouvait pas être une simple coïncidence. Si ?

Mais il fallait que je lui fasse confiance. Il savait mieux que moi où il en était. Il fallait que je m'occupe de mes affaires.

— On pourrait peut-être sortir ensemble, tous les quatre.

Je faillis éclater de rire tant l'idée me parut absurde.

— Ouais, peut-être.

— Prends ça, enfoiré.

Les mains crispées sur la manette, je parvins à faire sortir Zeke de la piste.

— Fils de pute ! s'exclama Zeke.

Il se remit sur la route et me rentra dedans, me faisant partir en vrille et m'écraser contre un arbre.

— Maintenant, qui c'est, l'enfoiré ? dit-il.

Je repris le contrôle de mon véhicule et tentai de revenir sur la piste le plus vite possible.

Puis la sonnette de l'entrée sonna.

Zeke mit immédiatement le jeu en pause.

— Ça doit être Rochelle.

— Elle passe la soirée ici ?

Je pensais que nous passions la soirée entre nous.

— Ouais. J'ai aussi invité le reste du groupe. Rae était avec Ryker et Jessie avait un rencard. Mais je pense que Kayden va venir.

Il s'éloigna et alla ouvrir la porte.

Kayden allait venir ?

Ça devait être une mauvaise blague.

Seule ?

Ma queue se raidit automatiquement.

Bordel de merde !

— Salut, ma puce.

Zeke passa ses bras autour de la taille de Rochelle et l'embrassa longuement.

Je reportai mon attention sur l'écran pour ne pas vomir.

— J'ai apporté du pop-corn enrobé de chocolat, dit-elle en lui tendant un sachet en plastique. Fait maison.

— Merci, ma chérie. Rex est dans le salon.

Il l'embrassa à nouveau et posa le sachet sur le comptoir.

Rochelle entra dans le salon et me lança son joli sourire habituel. Elle portait une robe rose avec une ceinture. Elle était serrée aux bras et au cou. Elle portait des bottes qui lui montaient jusqu'aux genoux.

— Salut, Rex.

Jusque-là, j'appréciais beaucoup Rochelle, mais maintenant que je savais à quel point les choses évoluaient vite entre eux, je me demandais si elle ne profitait pas de mon ami. Elle le voyait probablement comme le prince charmant, le mec idéal, et j'avais peur qu'elle ne fasse tout son possible pour le ferrer pour de bon.

Je dus me rappeler que ça n'avait pas d'importance. Je me levai et la pris dans mes bras.

— Salut. Comment ça va ? Du pop-corn au chocolat, hein ?

— Ma grand-mère m'a appris la recette. C'est vraiment délicieux. Le pop-corn reste croquant même si le chocolat est fondu par-dessus.

— Je compte bien goûter. Je bâfre tout, tant que c'est comestible.

Elle éclata de rire.

— Pas étonnant que Zeke soit ton meilleur ami.

Zeke revint dans le salon et versa le pop-corn dans un saladier sur la table.

— C'est vraiment très bon, dit Zeke.

J'en avalai une poignée et fut agacé de constater que c'était réellement délicieux.

— C'est excellent. Si Rae était là, elle aurait mangé le saladier toute seule.

— Heureusement qu'elle n'est pas là, rétorqua Zeke en riant.

La sonnette retentit à nouveau.

— Ça doit être Kayden, dit Zeke. Tu veux bien aller ouvrir ?

— Pourquoi moi ?

Je me mis immédiatement sur la défensive et ne pus retenir ma réaction agressive.

Zeke et Rochelle me regardèrent tous les deux comme si j'étais fou.

Rochelle finit par sourire, relâchant la tension.

— Pas de souci... Je vais aller ouvrir, dit-elle en s'éloignant vers la porte.

— TOUT VA BIEN, MON POTE ? DEMANDA ZEKE EN M'OBSERVANT, inquiet.

— Carrément, mec, répondis-je en prenant une autre poignée de pop-corn. Je ne veux juste pas m'éloigner du saladier. Je compte lui faire sa fête.

Zeke accepta mon explication et retourna dans la cuisine.

— Salut, Kayden.

— Salut.

Elle portait un jean sombre et un cardigan noir. La tenue lui allait très bien, mettant en valeur ses hanches et sa poitrine.

— J'ai apporté du vin, dit-elle en levant la bouteille. On n'a jamais trop d'alcool, pas vrai ?

— Absolument, répondit Zeke en lui prenant la bouteille des mains. Merci beaucoup.

— Avec plaisir.

Kayden me jeta un coup d'œil puis détourna rapidement le regard.

Je fis comme si elle n'existait pas.

— Tu es tellement jolie, dit Rochelle. Comment fais-tu pour rester aussi mince ? Tu fais du sport tous les jours ?

— Oh, merci, répondit modestement Kayden. Je passe tant de temps à lire qu'il m'arrive d'oublier de manger.

Et elle faisait régulièrement de l'exercice en me baisant.

— Alors, il faut que je lise davantage, dit Rochelle en riant.

Zeke leva les yeux au ciel.

— N'importe quoi, ma puce.

Kayden finit par entrer dans le salon et se dirigea vers moi. Son sourire était tellement craquant que j'eus envie de l'embrasser.

— Salut, Rex.

— Salut.

Je me levai mais n'allai pas vers elle. La table basse était entre nous, et je ne voulais pas qu'elle s'approche plus près. Je lui tendis le saladier.

— Pop-corn ?

— Oh, cool, s'exclama-t-elle en en prenant une poignée. Il est enrobé de chocolat.

— Rochelle l'a préparé elle-même. Où est Jessie ?

L'ambiance serait moins inconfortable s'il y avait au moins une autre personne ici. Là, j'avais l'impression que nous étions entre couples. Je me sentais parano, et j'avais l'impression que Zeke savait très bien ce qui se passait entre nous, même si c'était impossible.

— Elle avait un rencard.

Kayden resta debout, grignotant du pop-corn. Son regard se posa sur l'écran de télévision.

— Vous jouez à un jeu ?

— À un jeu de course.

Nerveux, je posai ma cheville sur mon genou, puis reposai mon pied par terre. Ne pouvant rester immobile, je me mis à agiter la jambe. Je me frottai la nuque, simplement pour occuper mes mains. Je me demandais si je ne ferais pas mieux de mentir et dire que j'étais malade pour pouvoir m'en aller. Je ne pouvais pas me retrouver dans la même pièce que Kayden et avoir l'air naturel. Je n'étais même plus sûr de savoir ce que c'était, avoir l'air naturel.

Zeke et Rochelle revinrent dans le salon et s'installèrent sur l'autre canapé. Zeke posa immédiatement son bras autour des épaules de Rochelle.

— Vous voulez regarder un film ? Rochelle n'a jamais vu *Star Wars*, et je voulais lui montrer.

— Jamais vu *Star Wars* ? m'exclamai-je. Tu plaisantes ?

— Je n'avais pas la télé en grandissant, répondit Rochelle en haussant les épaules.

Son père n'était pas un chirurgien ?

— Ah...

— Et nous étions toujours tellement occupés, enfants, que nous n'avions pas le temps de regarder des films.

Quelle fille bizarre.

— Ah...

Je ne trouvai rien d'autre à répondre. Comment Zeke pouvait-il être aussi épris d'une fille qui n'avait jamais vu *Star Wars* ? C'était un de nos films favoris.

— Il faut absolument que tu le voies. Au plus vite.

— Alors, c'est décidé, déclara Zeke en attrapant la télécommande.

Il enfonça quelques boutons, mais rien ne se passa. Il se tourna vers Kayden.

— Excuse-moi, mais tu bloques le signal. Et si tu t'asseyais ?

Elle fixa la place vide à côté de moi avant de s'approcher.

Je me décalai immédiatement à l'autre bout du canapé, pour être le plus loin possible d'elle. Je ne voulais même pas pouvoir sentir son odeur.

Elle s'assit à l'autre extrémité et croisa les jambes, dans détacher ses yeux de l'écran.

— Elle te dérange ? demanda Rochelle en éclatant de rire.

— Hein ?

— On dirait que vous vous évitez, expliqua-t-elle. C'est marrant.

— Je viens de péter.

J'avais répondu la première excuse qui m'était passée par la tête, mais je réalisai immédiatement que j'aurais pu trouver mieux.

Kayden fit la grimace, même si ce n'était pas vrai.

— Heureusement que nous sommes sur ce canapé, ma chérie, dit Zeke en se penchant pour l'embrasser. J'ai déjà été victime de ses flatulences. Et crois-moi, elles sont mortelles.

— Et les tiennes pas ? rétorquai-je, vexé.

— Il faut l'admettre, déclara Rochelle. Tous les pets puent.

— Mais quand même, intervint Kayden. Ceux de Rex sont vraiment terribles. C'est à cause de toute la malbouffe qu'il ingurgite au bowling.

Je me tournai vers elle, piqué.

— Hé ! Je n'ai jamais pété quand tu étais là.

— Si, rétorqua Kayden. Plein de fois.

— Et bien, pas depuis—

Je m'arrêtai avant de dire une grosse connerie.

— Je veux dire, ça fait un moment.

Zeke finit par lancer le film, et la musique du générique retentit.

— C'est parti. Ma chérie, prépare-toi à vivre une expérience fantastique.

Elle prit son visage entre ses mains et l'embrassa tendrement.

— C'est déjà le cas.

— Tu es certaine que tu ne veux pas rester ? demanda Zeke à Rochelle sur le pas de la porte.

— J'ai une réunion, je dois me lever tôt demain. Mais je viendrai dormir ici demain soir.

Elle l'embrassa.

— D'accord, dit-il tristement.

— Je t'aime.

Hein ? Quoi ?

— Moi aussi, je t'aime.

Il l'embrassa une dernière fois et la regarda s'éloigner jusqu'à sa voiture.

Ils en étaient déjà aux déclarations ? Zeke n'avait jamais dit à une femme qu'il l'aimait, et il avait trente ans.

Était-ce bien réel ?

— J'y vais aussi, déclara Kayden en le serrant contre elle. À bientôt.

Zeke lui rendit son étreinte et lui tint la porte.

Kayden me lança un regard lourd de sens avant de sortir.

Je savais exactement ce qu'il signifiait.

— Je vais y aller aussi. Tu sais, je dois sortir Safari...

En faisais-je trop ?

— D'accord, dit Zeke en me tapant sur l'épaule. À bientôt. Surveille tes pets.

— Hein ? Quoi ?

J'étais déjà occupé à m'imaginer en train de baiser avec Kayden.

Zeke me regarda intensément dans les yeux, comme s'il y cherchait quelque chose.

— Tu sais... parce que tu as pété tout à l'heure. Tout va bien ? Tu as l'air ailleurs.

— Nickel, répondis-je rapidement. Je suis juste fatigué. À bientôt.

Je sortis avant qu'il ne puisse ajouter autre chose. S'il me posait trop de questions, il risquait d'obtenir une réponse que je n'étais pas encore prêt à donner.

Le sexe était génial, comme je m'y attendais. Nous baisâmes sur son lit, elle à quatre pattes. Je matai son beau petit cul et son petit trou contracté en la pilonnant par derrière. J'agrippai son cou et lui donnai des coups de boutoir jusqu'à ce que ma queue se vide en elle dans un orgasme puissant.

Nous nous allongeâmes côte à côte, tous deux essoufflés et couverts de sueur.

San réfléchir, je lui demandai :

— Tu as entendu Zeke dire à Rochelle qu'il l'aimait ?

Elle se passa la main dans les cheveux. Sa poitrine continuait à se soulever rapidement.

— Ouais. Et alors ?

— Tu ne trouves pas que c'est un peu tôt ?

Elle tourna la tête vers moi.

— La première chose à laquelle tu penses après le sexe, c'est à ton meilleur ami ?

— Non... j'ai pensé à d'autres trucs avant, répondis-je sans cesser de fixer le plafond.

— Comme ?

— À quel point tu étais douée au lit.

C'était la vérité. Je m'étais repassé les meilleurs moments. Son petit trou du cul m'avait particulièrement fasciné. J'aurais vraiment voulu glisser un doigt dedans, mais je pensais qu'il était trop tôt entre nous pour ça.

— Bon, je suppose que c'est mieux...

— Alors, tu ne trouves pas bizarre qu'ils se disent déjà qu'ils s'aiment ?

Elle haussa les épaules.

— Je ne sais pas. Je crois que ça m'est un peu égal.

— C'est juste... Zeke n'a jamais été autant investi si vite avant.

Elle se redressa sur un coude pour me regarder. Ses seins se collèrent contre mon bras, sa chevelure chatouillant mon cou.

— Tu n'apprécies pas Rochelle ?

— Si, je la trouve super. Je l'apprécie depuis le début.

— Alors, où est le problème ?

Je ne pouvais pas lui parler de ma théorie concernant Rae, parce qu'elle irait la lui répéter à la première occasion.

— J'ai juste peur qu'il ne se précipite dans cette relation pour de mauvaises raisons. Et qu'il la fasse souffrir, ainsi que lui.

— Quelles mauvaises raisons ?

Je haussai les épaules.

— Je ne sais pas... juste, en général.

— Je pense que tu te poses trop de questions. Rochelle est très sympa, elle est médecin, comme lui, et elle le rend vraiment heureux. C'est tout ce qui compte.

— Ouais... tu as sans doute raison.

— À moins que tu ne me caches quelque chose ?

Elle me regarda dans les yeux, comme si elle pouvait lire dans mes pensées. Elle caressait tendrement mon torse, et je faillis lui avouer la vérité. Je me retins à temps.

— Non.

Je me remis à fixer le plafond et changeai de sujet.

— Alors, le film t'a plu ?

11

RAE

Assise à la table de la cuisine, je mangeai mes céréales, Safari allongé à mes pieds. Ses yeux suivaient tous mes mouvements, espérant que je fasse tomber quelque chose par terre pour pouvoir le grignoter.

Rex entra dans la pièce, vêtu d'un jogging et d'un t-shirt. Sa coiffure était chaotique, et il était encore tellement endormi qu'il manqua de renverser la cafetière en voulant la prendre.

— Foutue cuisine...

Il réussit enfin à trouver la poignée et se servit une tasse. Bien sûr, il en renversa sur le comptoir sans s'en rendre compte.

Peu importe.

Il se traîna jusqu'à la table et se laissa tomber sur la chaise en face de moi. Il appuya sa joue contre sa main et fixa sa tasse, un œil fermé. Il semblait sur le point de se rendormir. Il porta enfin la tasse à ses lèvres et but une gorgée.

— Pouah, c'est dégueu...

— Ce ne serait pas le cas si tu avais nettoyé la cafetière comme je te l'ai demandé.

— Si l'idée que cet appart soit stérile t'obsède autant, tu devrais peut-être engager une femme de ménage.

— Et peut-être que tu devrais..., commençai-je, mais je décidai de ne pas lancer la dispute. Laisse tomber. C'est trop tôt pour un samedi matin.

— Ça me va, répondit-il en fixant mon bol de céréales. Il en reste ?

— Plein.

— Cool. Mais je suis trop fatigué pour me lever.

— Pourquoi n'es-tu pas resté au lit ?

— J'AI LA MIGRAINE, DIT-IL EN SE FROTTANT LA TEMPE.

— Folle nuit chez Zeke ?

Je croyais qu'ils devaient regarder un film, mais peut-être avaient-ils finalement passé la nuit à boire. Ce ne serait pas la première fois.

— Quelque chose comme ça.

— Quand es-tu rentré ?

— Assez tard.

Je ne l'avais pas entendu. Il avait dû revenir tôt ce matin.

— Tu t'es bien amusée avec Ryker ?

— Ouais. C'était sympa.

Je continuai à manger mes céréales, laissant un silence confortable s'installer entre nous.

Il se remit à fixer son café, l'air malade.

— Que penses-tu de Rochelle ? demanda-t-il de nulle part

.

— La petite amie de Zeke ?

— Ouais.

— C'est quoi, cette question ?

— Qu'en penses-tu ? répéta-t-il. Je croyais que tu étais en mesure de comprendre une question aussi simple, toi qui es diplômée.

J'ignorai sa pique, pour éviter de voir bientôt voler la vaisselle à travers la pièce.

— Je la trouve super. Mais puisque tu me le demandes, je ne peux que supposer que ce n'est pas ton cas.

— Je la trouvais sympa quand je l'ai rencontrée. Mais maintenant, je ne sais pas.

— Qu'a-t-elle fait ?

Je n'avais jamais rencontré une copine de Zeke que je n'avais pas appréciée. Elles étaient toujours terre-à-terre, amicales et agréables à fréquenter. Rochelle ne me semblait pas différente. Elle souriait constamment, et elle regardait Zeke comme s'il était la meilleure chose qui lui soit arrivée.

— Zeke m'a raconté qu'il avait rencontré ses parents, et ils se disent déjà qu'ils s'aiment.

Leur relation avait évolué rapidement, plus vite que toutes ses histoires précédentes. Il avait régulièrement des copines, mais après quelques mois, nous n'en entendions plus parler. Zeke se désintéressait vite et préférait redevenir célibataire. Il n'en parlait pas beaucoup.

— Alors, peut-être que c'est la bonne.

— Mais il ne la connaît même pas.

— Il la connaît mieux que nous, dis-je en haussant les épaules.

— Je crois qu'il est devenu fou.

Rex ne disait jamais rien de méchant sur personne, à part moi. Ça ne lui ressemblait pas d'être si négatif à l'égard de Rochelle.

— Où est le problème ? Tu as peur que ton meilleur ami se case et qu'il t'oublie ? Tu devrais plutôt être heureux pour lui.

— Écoute, c'est aussi pour la protéger elle. Il est sorti avec elle pour se consoler, et il risque de lui briser le cœur.

— Se consoler de qui ?

Zeke était peut-être tombé amoureux de quelqu'un, et ça n'avait pas marché entre eux. Mais si c'était le cas, il ne m'en avait jamais parlé.

Rex baissa rapidement les yeux sur sa tasse.

— Une fille qu'il fréquentait il y a quelques temps. Il était vraiment attaché, mais elle n'était pas intéressée.

J'étais surprise qu'il ne l'ait jamais mentionnée.

— Dans tous les cas, je pense que tu devrais laisser tomber. Zeke est grand, il peut prendre ses propres décisions. Et s'il l'aime, nous aussi. Fin de l'histoire.

Au début, personne n'avait confiance en Ryker, mais ils avaient tous fini par l'accepter, même Rex. Nous devions faire de même avec Rochelle.

— Mouais... si tu le dis.

— Safari, calme-toi.

Je tirai sur sa laisse pour tenter de le faire ralentir. Je plantai mes pieds dans le sol pour avoir la force de le retenir.

— J'ai dit qu'on allait se promener, pas piquer un sprint.

À mes côtés, Ryker rit doucement. Il portait un short et un t-shirt gris. Peu importe ses vêtements, il était toujours diablement sexy. Ses joues étaient ombragées d'un léger duvet, parce qu'il ne s'était pas rasé ce matin. Malgré le ciel couvert, ses yeux avaient une teinte claire. Un cadeau du ciel. Ryker était un pur plaisir pour les yeux.

— Il est juste excité.

— Tiens-le, toi, dis-je en lui tendant la laisse.

Il leva les mains en riant.

— Non merci. C'est ton chien.

— Il va peut-être m'entraîner vers un autre mec sexy.

Nous continuâmes à avancer tandis que je m'efforçais de retenir Safari.

— J'espère que non. Sinon, je devrai lui botter le cul.

— Parce qu'il est sexy ? demandai-je, incrédule.

— Non. Pour qu'il ne le soit plus, répondit-il en me donnant un petit coup taquin dans les côtes. Je dois éliminer la concurrence, tu comprends.

— Ryker, en ce qui me concerne, tu n'as aucun concurrent.

Je devins sérieuse sans le vouloir. C'était sorti tout seul. J'étais folle de Ryker et il le savait, donc ce n'était pas si grave.

— Ah oui ?

Il me lança un sourire ravageur, me regardant intensément avant de s'approcher de moi. Il se pencha et m'embrassa. Les poils de son menton piquèrent ma peau et m'embrasèrent.

À chaque fois, je l'imaginais avec son visage entre mes cuisses, et sa barbe me chatouillant ailleurs.

— Oui.

Il se redressa, l'air satisfait.

— Dis-moi des choses comme ça plus souvent.

— Pour faire enfler ton ego encore plus ?

— Non. Pour que je sache que tu es accro à moi.

Je lâchai un petit rire amusé.

— Tu le savais déjà.

— Un petit rappel de temps à autre ne fait de mal à personne.

Safari tira brutalement sur sa laisse, m'entraînant à sa suite.

— Bordel, Safari, m'écriai-je en plantant mes pieds au sol. Pourquoi n'en fais-tu qu'à ta tête, chaque fois que Ryker est là ?

— Peut-être qu'il veut nous laisser un peu d'intimité.

— Non, répondis-je en tirant sur la laisse. Il veut juste sentir le cul de quelqu'un.

Ryker éclata de rire et me regarda essayer de calmer mon chien.

Il continua à m'entraîner et s'arrêta devant un homme. Safari lui renifla immédiatement le derrière.

Je le tirai en arrière pour l'éloigner du short de l'homme.

— Tu n'as aucune manière ? Je suis vraiment désolée. Il est juste –

Je levai la tête et découvris Cameron en train de me fixer, semblant mécontent de voir Ryker à mes côtés.

— Oh. Salut, Cameron.

Je tentai de masquer ma surprise. Je ne m'attendais pas à revoir mon horrible rencard, le dernier que j'avais eu avant de sortir avec Ryker. Je n'oublierais jamais la manière dont il avait fourré sa langue dans mon nez au moment de me dire bonne nuit. Ensuite, Ryker avait fait son entrée et m'avait rendue folle avec ses incroyables baisers – entre autres. Je tentai de paraître aussi naturelle que possible, mais la tension qui émanait de lui me mit mal à l'aise.

Il me dévisagea avec un regard que je ne lui connaissais pas. Il semblait me haïr.

— Je t'ai envoyé plusieurs messages, mais tu n'as jamais répondu. Je suis content de voir que tu vas bien.

La colère dans sa voix contredisait l'inquiétude dans ses paroles.

— Oh, tu sais...

Je ne souhaitais pas lui dire que je n'avais pas voulu le revoir. Il ne connaissait pas Ryker, mais je ne voulais pas le mettre mal à l'aise devant un autre homme.

— Comment ça se passe à la caserne ?

Il lança un regard mauvais à Ryker.

— Je vois que tu t'es trouvé un nouveau jouet.

Ce n'était pas comme si je m'étais beaucoup amusée avec Cameron avant Ryker.

— C'était sympa de te revoir. Prends soin de toi, dis-je en tirant Safari pour mettre fin à la pire conversation de tous les temps.

— Je suis sûr que je te reverrai en ville en train d'allumer tous les mecs que tu croises, cracha-t-il en se retournant, les épaules crispées sous son t-shirt de pompier.

J'ignorai sa pique. Il n'en valait pas la peine. Je m'éloignai avec Safari.

— Ouah, contente que ce soit fini..., soufflai-je à Ryker en me tournant vers lui.

Mais il n'était plus à mes côtés.

Oh non...

— Permets-moi de me présenter, dit Ryker en se plantant devant Cameron sans tendre sa main. Je suis Ryker, le petit ami de Rae.

Il s'approcha dangereusement de Cameron, le dominant de toute sa hauteur et sa force. Même si Cameron était pompier, il paraissait petit et frêle à côté de Ryker.

— Et tu vas t'excuser pour ce commentaire de merde.

Cameron resta immobile et silencieux. Ryker fit un pas en avant.

— Dépêche-toi.

— Ryker, ça va...

Je ne voulais pas que la situation dégénère en une empoignade inutile. Les passants étaient déjà en train de nous regarder, et certains avaient sorti leurs téléphones, espérant avoir l'occasion de filmer une scène croustillante.

Ryker fit un autre pas en avant, forçant Cameron à reculer.

— Tu insultes ma copine, et tu m'insultes. Ce n'est pas de sa faute si votre rencard était nul, et si tu embrasses comme un pied. Sois un homme et admets que tu ne lui as pas plu. Elle n'était pas intéressée, et c'est son droit. Et ça ne te donne absolument pas le droit d'insinuer qu'elle est une salope. Maintenant, excuse-toi.

Je retins ma respiration, craignant de voir un coup partir. Je pensais qu'il pourrait venir de Cameron, mais une conduite inappropriée pourrait lui valoir un blâme professionnel. Il adorait son métier, et ne voulait pas le mettre en danger. Ryker aussi risquait des conséquences professionnelles, puisqu'il représentait toute une entreprise. Mais je le soupçonnais de ne pas y accorder d'importance.

Cameron fit un pas en arrière et se tourna vers moi. Lorsqu'il me regarda, la haine pure avait disparu de son regard. À présent, il semblait indifférent, comme s'il voulait pouvoir s'éloigner de Ryker et moi le plus rapidement possible.

— Désolé.

— C'étaient des excuses pourries, et tu le sais, aboya Ryker.

Cameron soupira avant de reprendre :

— Je suis désolé d'avoir dit ça.

— C'est mieux. Tu peux t'en aller, maintenant.

Cameron tourna les talons et s'éloigna rapidement. Le public qui observait la scène attendit qu'il ait disparu pour reprendre ses activités. Ils rangèrent leurs téléphones, ayant réalisé qu'il n'y aurait pas d'échauffourée.

— Ce n'était pas nécessaire.

Je n'avais pas besoin qu'un homme se batte pour moi. Je me serais défendue moi-même, si je l'avais jugé nécessaire. Je savais que Cameron était simplement blessé parce qu'il avait espéré que les choses iraient plus loin entre nous. Il avait mal réagi, et il n'avait aucun droit de me parler de la sorte, mais je comprenais que son agressivité était motivée par sa douleur. Et me voir avec un autre homme clairement séduisant l'avait rendu encore plus jaloux.

— Si, ça l'était, gronda Ryker en passant son bras autour de ma taille. C'est ce qu'aurait fait n'importe quel mec respectable.

Il n'avait pas à te parler de la sorte. Il ne peut pas te traiter de salope, simplement parce que tu n'as pas voulu coucher avec lui. Il ne peut pas se comporter comme un connard juste parce qu'il n'a pas eu ce qu'il voulait.

Il me serra fort contre lui en me regardant dans les yeux :

— Et surtout pas quand ça concerne ma copine.

— C'EST TELLEMENT RELAXANT.

J'étais installée dans le jacuzzi, la tête posée sur une serviette.

Ryker était installé de l'autre côté de l'énorme jacuzzi, son torse appétissant ruisselant de gouttelettes d'eau qui dégoulinaient le long de ses muscles.

— Vraiment ? demanda-t-il en penchant la tête sur le côté, le regard indifférent.

— Tu ne trouves pas ?

— Pas vraiment. On est simplement assis dans une baignoire d'eau chaude qui refroidit lentement.

En rentrant de notre jogging, nous nous étions amusés dans son lit. Nous avions sauté le dîner, aucun de nous n'ayant faim. Mais ensuite, j'avais eu envie d'essayer son jacuzzi. Je l'avais vu dans la salle de bains adjacente à sa chambre, mais il ne semblait pas l'utiliser beaucoup.

— Mais alors, pourquoi as-tu un jacuzzi chez toi ?

— Il était dans l'appartement.

— Et tu ne t'en es jamais servi ?

Il secoua la tête.

— Je ne reste même pas sous la douche plus longtemps que nécessaire.

— Même pas pour te branler ?

Il me lança immédiatement un grand sourire, comme chaque fois que je parlais de sexe.

— Je n'aime pas rester debout pour me palucher. Je préfère être assis.

— Flemme ?

— Nan. Mais j'aime regarder un porno en même temps. Je peux pas ramener mon ordinateur dans la salle de bains.

— Tu ne te sers pas de ton imagination ?

J'aimais laisser mon esprit vagabonder lorsque je m'offrais une session avec mon vibro.

— Pas vraiment.

— Même maintenant, tu fais toujours comme ça ?

Il ne pensait pas à moi quand il se faisait plaisir tout seul ?

— Fais quoi comment ?

— Tu te branles en matant du porno ?

— Je ne me suis pas branlé depuis que je te connais.

J'éclatai de rire, trouvant son mensonge absurde.

— Je ne suis pas ce genre de fille, tu sais. Ça ne me dérange vraiment pas.

— Tu pense que je mens ? demanda-t-il en levant un sourcil.

— Absolument.

— Je te dis la vérité.

Il posa ses bras sur les bords du jacuzzi.

— Arrête tes conneries, dis-je en riant. C'est moi.

À présent, il plissa les yeux.

— Si je le faisais, je l'admettrais sans problème. Mais ce n'est pas le cas. Je n'avais encore jamais été en couple, donc je ne savais pas à quoi m'attendre. Mais sincèrement, je n'en ressens pas le besoin. Mais maintenant, ça m'inquiète...

— Quoi donc ?

— Tu te touches quand je ne suis pas là ?

Je souris jusqu'aux oreilles.

— On ne parlait pas de moi, mais de toi.

Il plongea ses mains dans l'eau et m'agrippa la cuisse.

— Non. Tu ne t'en tireras pas comme ça, pas après m'avoir interrogé de la sorte. Réponds-moi.

— Quelle importance ?

— Je trouve ça important, dit-il en me pinçant doucement la peau.

— Parfois..., répondis-je évasivement en détournant le regard avant de boire une gorgée de vin.

Ma confession ne parut pas l'exciter. En fait, il sembla agacé.

— Je ne te satisfais pas ?

— Si. En fait, tu me satisfais vraiment beaucoup. C'est le problème.

Il me regarda sans comprendre.

— Ma libido est très développée. Je passe quelques jours avec toi, et quand je rentre chez moi, je me rappelle de tout. Et j'en veux plus...

À présent, Ryker avait l'air en colère.

— Je n'aurais pas pensé dire ça un jour, mais je suis un peu jaloux.

— Jaloux ? répétai-je en riant.

— Je ne veux plus que tu te touches.

— C'est une demande étrange. Ce n'est pas comme si je ne pensais pas à toi.

— Ça me donne quand même l'impression que je ne fais pas ce qu'il faut.

— Mais si. Sincèrement, ça n'insulte pas ta performance.

Il observa la ville par la fenêtre.

— Et bien, c'est comme ça que je le prends. Chaque fois que tu as besoin d'un orgasme, appelle-moi.

— Tu n'es pas sérieux ?

Cela m'arrivait parfois tard le soir, ou tôt le matin avant de partir travailler.

— Totalement sérieux.

— Ça dure cinq minutes, et c'est fini. En général, je fais ça en vitesse avant de partir au travail.

— Ça m'est égal. Appelle-moi, et je viendrai.

— Tu vas faire la route jusqu'à chez moi juste pour me baiser et repartir ?

Ça me semblait beaucoup d'effort et de temps pour peu de chose.

— Oui.

— Chaque fois que j'en ai envie ?

— Oui.

— Je ne crois pas que tu saisisses à quel point j'en ai envie souvent.

Ma remarque ne le fit pas sourire.

— Je veux que tu m'appelles chaque fois que tu as la chair de poule. C'est tout.

S'il était sérieux, je n'allais pas me plaindre. J'avais un mec sexy à ma disposition chaque fois que je claquerais des doigts. Une perspective appréciable.

— Ça me va.

— Tant mieux. Les seuls doigts qui devraient se trouver en toi, ce sont les miens.

— D'accord, répondis-je en buvant une gorgée de vin. Mais vraiment, tu n'as aucune raison d'être jaloux. Tu es le seul homme qui occupe mes pensées.

— Ce n'est pas suffisant. Je ne veux pas que tu penses à moi. Je veux que tu sois avec moi.

C'était un peu intense, mais ça me convenait. Apparemment, j'allais avoir encore plus d'orgasmes.

— Nous avons un accord ?

Je hochai la tête.

— Oui, on dirait.

ZEKE LEVA LA MAIN AU MILIEU DE LA FOULE POUR QUE JE PUISSE le voir.

— Par ici.

Après l'avoir repéré, je le rejoignis. Nous avions décidé de nous retrouver sur le marché de Pike Place pour déjeuner ensemble. Nous avions invité Rex, mais il était trop occupé au Hippie Bowling pour prendre une pause.

— Salut. Désolée d'être en retard.

— Pas de problème. Je n'ai pas de rendez-vous avant une heure, de toute façon, donc on a le temps.

Il me sourit et entra à ma suite dans le petit restaurant.

— Que vas-tu manger ? Le steak grillé ? demanda-t-il.

Je commandais toujours ce sandwich lorsque nous venions ici.

— Ouais... C'est trop bon.

— Alors, je vais demander des serviettes supplémentaires, me taquina-t-il. Tu t'en mets toujours partout.

— C'est parce qu'il y a plein de sauce.

— Alors pourquoi le commandes-tu à chaque fois ? demanda-t-il en riant.

— Je te l'ai dit, c'est délicieux.

Nous commandâmes nos plats puis nous nous installâmes près de la fenêtre. Il crachinait dehors, mais nous étions tous deux habitués à la pluie constante. J'emportais toujours ma veste imperméable avec moi, et aujourd'hui, je n'avais pas pris la peine de me coiffer, sachant que mes cheveux finiraient mouillés de toute manière.

Je déballai mon sandwich et l'attaquai gaiement.

Zeke me fixa avec un sourire en coin. Il mangea son sandwich à la dinde en prenant soin de ne pas mettre de sauce sur sa chemise ou sa cravate. Il avait l'air trop jeune pour être médecin, comme s'il avait sauté plusieurs classes.

— Comment ça se passe au travail ?

— Bien. Jenny est malade, alors je suis seule au labo.

— C'est mieux que d'être enfermée au labo avec une personne malade.

— Je me sens un peu seule par moments. J'aimerais bien pouvoir amener Safari.

— Ryker ne passe pas te voir ?

— Une fois tous les trente-six du mois, répondis-je. En général, il est occupé dans les bureaux, et on ne veut pas que notre relation se sache.

— J'imagine que ça pourrait créer des problèmes.

Il enfourna une poignée de chips dans sa bouche.

— Tu ne devineras jamais qui j'ai rencontré au parc il y a quelques jours.

J'essuyai la sauce barbecue de mes doigts, puis posai les coudes sur la table.

— TU AS DE LA SAUCE PARTOUT, DIT-IL EN INDIQUANT LE COIN DE sa bouche.

Je m'essuyai rapidement avant de reprendre :

— Tu te souviens de ce pompier avec qui je suis sortie ? Tu sais, celui qui a mis sa langue dans ma narine.

À ce souvenir, Zeke éclata de rire.

— Comme si je pouvais l'oublier.

— On l'a croisé avec Ryker pendant notre jogging.

Zeke termina le paquet de chips et en fit une boule.

— C'était gênant ?

— Très. Ça n'a pas beaucoup plu à Cameron de me voir avec un autre mec.

— Pourquoi ? demanda-t-il en retrouvant son sérieux. Tu ne l'as pas revu depuis des mois.

— Mais il s'était entiché de moi, et il était vraiment mécontent que je ne l'aie jamais rappelé.

Zeke secoua la tête.

— Ce sont des choses qui arrivent. Ce n'est pas une raison pour s'énerver.

— Il a fait quelques remarques désagréables, et ensuite, il m'a quasiment traitée de salope.

— PUTAIN, TU ES SÉRIEUSE ? S'EXCLAMA ZEKE, À PRÉSENT furieux.

— Ryker s'est mis en colère et l'a forcé à s'excuser. Et puis Cameron est parti.

— Bien. Sinon, c'est moi qui m'en serais chargé.

— Je ne t'ai pas raconté ça pour te mettre en colère, dis-je d'une voix calme, espérant l'apaiser. Je trouvais simplement la situation ironique. Je veux dire, si Cameron veut vraiment se trouver une copine, il pourrait essayer de lui embrasser la bouche au lieu du nez.

Zeke ne rit pas, mais les traits de son visage se détendirent.

— Je suis content d'entendre que Ryker a pris ta défense. C'est un homme bien.

— Je n'avais pas besoin qu'il le fasse.

— Il ne peut pas se prétendre ton petit ami s'il n'est pas prêt à tout pour toi. Si ça avait été Rochelle, il aurait pris mon poing dans la gueule. Je ne l'aurais pas laissé la traiter de la sorte.

Je découvrais une nouvelle facette de Zeke. Il avait toujours été loyal et protecteur, mais je ne l'avais jamais vu aussi furieux.

— Si la situation avait dégénéré, Safari l'aurait attaqué. Donc Ryker n'avait pas besoin d'intervenir.

— C'est vrai, dit-il. Safari lui aurait bouffé le visage sur un geste de ta part.

— Mais Cameron ne méritait pas ça, malgré ce qu'il a dit.

Zeke leva les yeux au ciel.

— Ce mec est vraiment un raté. À quoi pensait Jessie lorsqu'elle t'a arrangé le coup ?

— Aucune idée, répondis-je en haussant les épaules. Je pense qu'il lui a fait une meilleure impression qu'à moi. Il est mignon, elle ne se trompait pas sur ce point. Mais il n'a que ça pour lui.

— Dans tous les cas, tu es trop bien pour lui.

— Merci..., dis-je en souriant.

— Je pense que tu es aussi trop bien pour Ryker. Mais bon, je pense ça de tous les hommes.

— Mais alors, avec qui pourrais-je sortir ? demandai-je en riant.

Il but son soda pendant une dizaine de secondes avant de relever les yeux vers moi.

— Pas faux.

Après avoir terminé la première moitié de mon sandwich, j'avais de la sauce partout autour de ma bouche et sur mes mains. Je la sentis commencer à sécher aux commissures de mes lèvres et sous mon nez. Heureusement, nous avions demandé des serviettes supplémentaires, sinon je n'aurais pas su par où commencer.

Zeke me regardait fixement, se demandant sans doute s'il

devait m'informer que j'avais de la nourriture partout sur le visage.

— Je vais attendre d'avoir terminé pour m'en occuper.

— Tu économiseras des serviettes, dit-il en riant doucement.

— Alors, ça semble sérieux entre Rochelle et toi.

Il baissa les yeux vers la table.

— Désolé, j'ai du mal à rester sérieux en te voyant dans cet état.

— N'importe quoi, m'exclamai-je en levant les yeux au ciel. J'ai la même tête que d'habitude.

— Hum, je ne suis pas d'accord.

Il avala quelques bouchées de son sandwich avant de reprendre la parole.

— Ouais, tout se passe bien. Mais qu'est-ce qui te fais dire que c'est sérieux entre nous ?

— Rex a dit que vous en étiez aux déclarations.

— Oh... Je ne savais pas qu'il nous avait entendu, murmura-t-il.

— Quelle importance, qu'il vous ait entendu ou pas ?

Il haussa les épaules.

— C'est bizarre de dire ça devant un ami.

— Je ne trouve pas ça bizarre. Si tu l'aimes, c'est comme ça. Alors, c'est du sérieux ?

Ma réaction sembla le rassurer, et il surmonta sa gêne.

— Oui. On n'avait pas prévu ça, c'est juste venu tout seul.

— Tant mieux pour toi. Je me suis dit qu'elle était peut-être la bonne quand j'ai appris qu'elle était médecin.

Il secoua la tête.

— Ça m'est égal, ça. Je veux dire, on a beaucoup de points communs, mais sa carrière n'était pas le plus important.

— Qu'est-ce qui était important, alors ?

Il réfléchit pendant quelques instants avant de répondre.

— Elle fait vraiment un effort pour s'intégrer à notre groupe.

Je lui ai dit à quel point vous étiez importants pour moi, et elle le respecte. Elle est gentille et bienveillante... elle me fait rire. C'est vraiment une personne agréable à fréquenter.

Je terminai mon sandwich et m'essuyai la bouche avec une des serviettes.

— Je suis contente pour toi. Elle a l'air géniale.

Il termina son sandwich et roula le papier en boule.

— Oui, elle l'est. Ça se passe comment entre Ryker et toi ? Vous êtes ensemble depuis quelques mois maintenant.

— Je sais... le temps passe vite.

Et le sexe aussi.

—Pour être sincère, je ne pensais pas que ça durerait aussi longtemps entre vous. Mais je suis content de m'être trompé.

Je pus lire la sincérité dans les yeux de Zeke. Rex et lui n'étaient pas très fans de ma relation, mais ils ne s'en mêlaient pas, comme étaient censés le faire les vrais amis.

— Ryker doit penser que tu es la bonne.

— La bonne ?

— Ouais. Je ne crois pas qu'il ait jamais eu de petite amie avant toi. À vrai dire, je ne l'avais jamais vu fréquenter la même fille plus de deux jours. Et puisque votre histoire dure depuis un moment... Je ne peux qu'en déduire qu'il est complètement amoureux.

— J'aimerais bien.

J'aurais aimé qu'il soit aussi accro à moi que je l'étais. Je savais qu'il appréciait ma présence et qu'il ne voulait pas être avec une autre, mais je ne pensais pas que son affection soit plus profonde.

— Je suis sérieux, Rae. Ce mec est amoureux.

— Impossible.

Même si j'aimais parfois faire comme si c'était le cas.

Il me tendit des serviettes en plus, sachant que j'allais en avoir besoin.

— Laisse-moi te donner une autre perspective. Je sais que ma relation avec Rochelle a évolué très vite, mais c'est facile de deviner ce que je ressens pour elle. Tu m'avais déjà vu aussi longtemps avec la même fille avant ? Ou passer autant de temps avec une de mes copines ?

— Non...

— Il y a une raison pour ça. Et Ryker fait exactement la même chose avec toi. Rae, tu es géniale. Il n'y en a pas deux comme toi. Crois-moi, j'ai rencontré beaucoup de filles. Tu es belle, intelligente, et tu joues mieux au basket que LeBron James, ajouta-t-il en riant. Ryker n'est pas stupide. Il sait qu'il a trouvé une perle rare. Il ne te l'a peut-être pas encore dit, mais c'est certain qu'il t'aime.

Mon cœur cessa de battre en entendant les paroles de Zeke. Une part de moi le croyait, et l'autre moitié avait envie de le croire.

— Tu penses, vraiment ?

Il se pencha et me répondit à voix basse :

— Je le sais.

12

RAE

J'ÉTEIGNIS L'ÉQUIPEMENT DU LABO ET RETIRAI MON TABLIER BLANC avant de me laver les mains. Je lavai mes doigts, mais aussi sous mes ongles, mes jointures, et mes avant-bras jusqu'aux coudes. Je ne voulais pas ramener de bactéries chez moi et risquer qu'elles se développent dans mon appartement, surtout avec Safari, qui aurait pu être affecté.

— Personnellement, je ne te trouve jamais aussi sexy que dans ton tablier blanc.

Je souris en m'essuyant avec des serviettes en papier.

— Même s'il est trois fois trop grand et couvert de taches ?

— Justement.

Je jetai les serviettes dans la poubelle avant de me retourner. Ryker portait un costume noir et une cravate assortie, aussi sublime que d'habitude.

— Alors tu aimes des trucs bizarres.

— Non, c'est juste toi qui me plais.

Il se tenait tout près de moi, mais il ne se pencha pas pour m'embrasser, sachant que je refuserais s'il essayait puisque nous étions au travail.

— Tu as quelque chose de prévu ce soir ?

— J'ai rendez-vous avec mon vibro.

Il plissa immédiatement les yeux.

— Je plaisante. Purée, aies un peu d'humour.

— Je ne trouve pas ça drôle.

— Non, je n'ai rien de prévu ce soir, à part câliner Safari. Et toi ?

Ses yeux étincelèrent sans même qu'il s'en rende compte. Il possédait des atouts qui le rendaient naturellement sexy, sans aucun effort.

— Je voulais inviter ma petite amie à dîner. Et bien sûr, lui proposer une bonne baise ensuite.

— Ooh... ça m'intéresse.

Je croisai les bras en essayant de ne pas complexer à cause de mes cheveux attachés en un chignon désordonné, ou de mon absence de maquillage. Ryker ne descendait presque jamais au labo, donc je ne faisais pas vraiment d'efforts avec mon apparence.

— C'est oui ?

— Ryker, je te dis toujours oui.

— Super. Rejoins-moi chez moi à dix-neuf heures.

— D'accord.

— MON AMOUR, JE RENTRE DEMAIN MATIN, DIS-JE EN GRATTANT Safari derrière les oreilles. Rex sera là, tu ne seras pas tout seul.

Safari gémit quand même.

— Je t'aime aussi. Mais maman a besoin d'un peu d'intimité.

Rex alla prendre une bière dans le réfrigérateur.

— Bon, tu y vas, oui ? Il ne comprend rien à ce que tu lui racontes, de toute manière.

— Bien sûr que si, répondis-je, sur la défensive. Les chiens sont intelligents.

— Pas à ce point, dit Rex avant de se tourner vers Safari. Ne le prends pas mal, mon pote.

J'embrassai mon chien avant de ramasser ma pochette et de me diriger vers la porte.

— À demain.

— Tu rentreras vers quelle heure ?

Rex ne m'avait jamais posé cette question.

— Je ne sais pas encore. Pourquoi ?

Il haussa les épaules.

— Je vais peut-être ramener une fille. Je préférerais savoir si nous ne sommes pas seuls.

Je levai les yeux au ciel.

— Probablement vers midi.

— Merci.

Il leva son pouce avant de s'éloigner.

Je sortis enfin de mon appartement et me dirigeai vers chez Ryker.

Les portes de l'ascenseur s'ouvrirent et Ryker m'attendait à l'entrée. Il me détailla de la tête aux pieds, admirant ma petite robe verte et mes chaussures noires à talons d'un air appréciateur. Il siffla doucement devant mes cheveux bouclés, mon maquillage soigné et ma tenue de salope.

— Putain, tu vas te faire pilonner ce soir.

— Quel romantisme...

Je passai mes bras autour de son cou et l'embrassai lentement.

Ses mains se posèrent sur le creux de mes reins et il me serra fort contre lui. Ses doigts glissèrent sur mes fesses et les caressèrent.

— Tu sais que c'est ma manière d'être romantique.

Il embrassa le coin de ma bouche et frotta son nez contre le mien. Il continua à masser mes fesses, comme s'il n'avait finalement plus envie de sortir.

— Où sont tes affaires ?

Je réalisai que j'avais oublié mon sac dans ma chambre. Je fermai les yeux, agacée.

— Merde. J'ai laissé mon sac chez moi.

— Ce n'est pas grave. Je peux te prêter des vêtements.

— J'ai aussi besoin d'autres choses.

— Comme ?

— Tu es bien curieux, dis-je en plissant les yeux.

— Oui, un peu.

— Ma pilule, déjà—

— Passons le chercher avant d'aller au restaurant.

Il m'embrassa une dernière fois puis prit ses clefs et son portefeuille.

— Je ne suis pas sûre de pouvoir abandonner Safari encore une fois...

Ryker leva les yeux au ciel.

— C'est un chien. Il s'en remettra.

— Je sais, mais c'est dur parfois. Rex s'en occupe, mais pas comme moi.

— Il ira bien, ma belle.

Il me prit la main, et nous prîmes l'ascenseur jusqu'au garage du sous-sol.

— J'admire ton affection pour ce chien... même s'il se dresse souvent entre nous.

— Aww. Tu l'aimes aussi, je le vois bien.

Je réalisai le sens de mes paroles, mais ne me repris pas. J'ouvris la portière côté passager et m'assis de sorte à ce qu'il ne puisse voir mon visage.

Il s'installa au volant et referma sa portière. Son visage ne trahissait aucune émotion, et j'ignorais ce qu'il pensait.

— C'est un chien assez génial. Après tout, c'est grâce à lui que je t'ai rencontrée.

Il démarra et me lança un petit sourire.

Je lui souris à mon tour.

— C'est vrai. C'est notre entremetteur.

J'OUVRIS LA PORTE ET ENTRAI DANS MON APPARTEMENT.

— Rex, c'est moi—

Je m'arrêtai net en me retrouvant nez à nez avec Kayden. Elle était dans la cuisine, et elle avait l'air aussi surprise de me voir que moi. Ses cheveux étaient parfaitement coiffés, comme si elle s'apprêtait à sortir en boîte. Elle était en train de servir deux verres de vin, mais se figea.

— Kayden ?

Elle posa la bouteille sur le comptoir et replaça une mèche de cheveux derrière son oreille.

— Salut... Ouah, tu es jolie. Où as-tu trouvé cette robe ?

— Chez Target... Quand es-tu arrivée ?

Je n'étais pas partie depuis plus d'une demi-heure.

Ryker apparut derrière moi et lui lança un regard soupçonneux.

Les pas lourds de Rex résonnèrent dans le couloir.

— Bébé, tu sais où—

— Aww, où est Safari ? demanda Kayden en sortant de la cuisine. Ça fait longtemps que je ne l'ai pas vu. Ta sœur le cherche.

— Qui appelles-tu bébé ? lâchai-je. Et non, je ne cherchais pas Safari.

Rex entra dans la cuisine, les yeux écarquillés et l'air terrifié.

— Je croyais que tu ne rentrais pas avant demain ?

— J'ai oublié mes affaires, répondis-je sèchement. Qu'est-ce que ça peut te faire ? Vous faites quoi, tous les deux ?

— On traîne, répondit Rex. On a l'air de faire quoi ?

— Juste vous deux ?

Je posai les mains sur mes hanches et observai la scène. Deux verres de vin étaient sortis, mais Rex n'en buvait pas.

— Non, pas juste nous deux, répondit rapidement Kayden. Jess est en route, et Zeke et Rochelle devraient passer aussi.

— Oh. Vraiment ?

Je comprenais mieux. Je ne savais pas ce qui m'avait fait douter. Croiser Kayden sans m'y attendre, sans doute.

— C'est sympa. J'ai oublié mon sac dans ma chambre, je passais juste le chercher.

— Ah, ça m'énerve quand j'oublie des affaires, dit Rex en faisant un pas de côté pour me laisser passer.

JE PRIS MON SAC, DIS DE NOUVEAUX AU REVOIR DIFFICILEMENT À Safari, puis retournai près de la porte d'entrée.

— Je suis prête.

— Super. Amusez-vous bien, tous les deux.

Ryker posa sa main dans mon dos et m'accompagna jusqu'à la porte, qu'il referma derrière nous.

Nous remontâmes en voiture et nous nous rendîmes dans un restaurant au centre-ville. Nous nous installâmes à une table près d'une fenêtre et commandâmes nos boissons. J'étais affamée, et je commandai aussi des amuse-bouche. Je voulais grignoter en attendant nos plats.

— Je pense toujours que Kayden en pince pour Rex.

La phrase de Ryker sortait de nulle part. Assis en face de moi, avec ses épaules larges et son visage à la beauté ravageuse, Ryker disait toujours ce qui lui passait par la tête.

J'étais sur le point de manger un calamar frit, mais je suspendis mon geste.

— Quoi ?

— C'est tellement évident. Elle essaie de passer le plus de temps possible avec lui. Je ne suis pas sûr que Rex s'en rende compte.

Il l'avait déjà mentionné à l'arcade au début de notre relation, mais j'avais trouvé ça absurde.

— Vraiment, j'en doute. Elle a dit que tout le monde allait arriver, ce n'est pas comme s'ils passaient la soirée en tête à tête.

Il se recala dans sa chaise avec un petit sourire satisfait.

— Envoie un message à Jessie et demande-lui ce qu'elle fait ce soir.

— Tu plaisantes ?

— Non. Je suis sérieux.

— Je ne vais pas faire ça, déclarai-je en mangeant une autre rondelle de calamar.

— Pourquoi pas ?

— Parce que c'est stupide. Si Kayden a dit que c'était ce qu'ils faisaient, je la crois. Elle ne me mentirait pas.

— Elle le ferait pour se protéger...

Je bus mon eau citronnée en fixant des yeux l'homme incroyablement sexy assis en face de moi.

— Je ne vais pas faire ça. Je ne suis pas ce genre de personne, et je ne le serai jamais.

Ryker n'insista pas, mais à son regard, je compris qu'il n'avait pas changé son opinion.

Le serveur apporta nos plats, et je dévorai mon assiette. Je n'avais pas déjeuné ce midi parce que je devais rattraper le retard de Jenny qui était malade. Ne pas manger de toute la journée me rendait exécrable et impatiente.

Ryker mangea lentement, découpant soigneusement chaque morceau de viande avant de le porter à sa bouche avec une élégance folle. Il mâchait lentement chaque bouchée avant d'en prendre une autre, et mangeait proprement, contrairement à moi. Il sirota son vin sans engager la conversation.

Je ne lui adressai pas non plus la parole. J'étais un peu agacée qu'il insinue que ma meilleure amie puisse me mentir. Et encore plus contrariée qu'il m'ait demandé de vérifier si elle me racontait des histoires. Je ne prenais pas mes amis proches pour des menteurs, et je ne remettais pas leur parole en question.

— Tu es magnifique ce soir.

— Merci. Mais je sais que tu me complimentes parce que je suis en colère.

— C'est vrai, murmura-t-il. Mais c'est aussi sincère.

Il approcha mon verre de moi.

— Détends-toi, ma chérie. Je ne voulais pas te contrarier.

— Je sais... mais c'est un sujet sensible pour moi.

— Le mensonge ?

— Non. Qu'on mette en doute la sincérité de mes amis. Je n'ai pas de parents, de grands-parents, de tantes ou d'oncles... Ce sont eux, ma famille. Et quand quelqu'un les insulte, je le prends très mal.

Il hocha la tête.

— Je comprends. Mais je ne les ai pas insultés. Je pense simplement que Kayden éprouve des sentiments pour Rex. C'est tout.

Peut-être que ma réaction était disproportionnée. J'étais très protectrice envers mes amis. Je montais parfois rapidement sur mes grands chevaux.

— Tu as raison. Je suis désolée.

— Pas de problème. Est-ce qu'on peut considérer qu'on s'est disputés ?

— Je ne sais pas. Pourquoi ?

— Parce que ça ne me dérangerait pas de se réconcilier sur l'oreiller, dit-il en me lançant un regard torride.

Chaque fois qu'il me regardait de la sorte, je me sentais fondre.

— Moi non plus.

— Juste ici.

Ryker baissa son jean et son boxer jusqu'à ses chevilles puis s'assit au milieu du canapé. Un miroir occupait tout le mur en face, dans lequel il pouvait se voir. Il tapota sa cuisse en m'invitant à m'y asseoir.

Je le chevauchai et descendis lentement, sa queue glissant entre mes fesses.

Ryker se cala plus profondément dans le canapé et posa les yeux sur le miroir.

— Oui, comme ça...

Il donna un petit coup de reins pour glisser son membre entre mes fesses. Alors qu'il nous regardait bouger ensemble, son regard s'assombrit et sa respiration s'accéléra.

— Tu veux mater mon cul pendant que tu me baises ?

Je pris appui sur ses épaules et mes seins vinrent frotter contre son visage. Ils rebondirent légèrement, en rythme avec mes mouvements.

Ses mains vinrent se poser sur mes fesses et les serrèrent avec envie.

— Exactement. Avant de te connaître, je regardais les seins en premier. Mais j'aime ton cul autant que tes nichons.

Il se pencha et prit un de mes tétons dans sa bouche, faisant glisser sa langue sur ma peau tandis que son haleine tiède la réchauffait.

En voyant le désir dans ses yeux, ma chatte se contracta. Savoir que je l'excitais autant, qu'il me serrait fort parce qu'il était impatient de se retrouver en moi, entendre sa respiration précipitée par son envie de me baiser me rendit immédiatement trempée.

Je caressai ses épaules nues et sentis ses muscles puissants. Sa queue continuait de glisser contre moi, et j'attendis qu'il me pénètre, qu'il m'écartèle jusqu'à ce que gémisse, autant de plaisir que de douleur.

Ryker observait mon corps dans le miroir, fixait mon cul sur ses genoux et la cambrure de mon dos. Il me poussa à me cambrer davantage, pour voir mes muscles réagir.

— Je n'ai jamais rien vu de plus sexy. Je pourrais faire ça toute la journée, si je n'avais pas autant envie de te baiser.

Il souleva mes fesses d'une main et de l'autre, il enfonça son gland en moi. Je me sentis lentement étirée à mesure qu'il glissait sans difficulté son énorme membre dans ma fente mouillée. Me tenant par les hanches, il me fit descendre lentement jusqu'à se trouver entièrement en moi.

— Putain, grogna-t-il d'une voix rauque.

Il me maintint sur sa bite, entièrement nichée dans ma chatte. Il commença lentement à se déhancher en décrivant des cercles. Il déplaça ses mains vers mon cul, et il écarta mes fesses de ses longs doigts.

— Ton cul est incroyable.

Il caressa la courbe de mes fesses, et son doigt frôla le pourtour de mon petit trou.

— Je m'assied dessus tous les jours, répondis-je en effleurant ses lèvres.

Il prit ma lèvre inférieure dans sa bouche et m'embrassa avec ferveur. Puis il posa ses doigts contre ma bouche et les inséra délicatement à l'intérieur, pour que ma langue les humidifie.

— Suce.

Je suçai ses doigts sans détacher mes yeux de son regard brûlant. Il avait des mains masculines, avec des veines apparentes et des muscles bien tracés et révélés par chacun de ses mouvements.

Il les ressortit de ma bouche puis les ramena sur mes fesses. Ses doigts trouvèrent mon petit trou et commencèrent à me pénétrer lentement.

— Oh là. L'anal, c'est pas mon truc.

Ryker était diablement sexy, et il pouvait me faire quasiment tout ce qu'il voulait, mais mon anus n'était pas un terrain de jeu.

— Tu as déjà essayé ?

— Non. Et je ne compte pas le faire.

Il ne déplaça pas ses doigts, mais ne poussa pas à l'intérieur.

Il m'embrassa au coin de la bouche, et me demanda d'une voix rauque très sexy :

— Tu me fais confiance, ma chérie ? T'ai-je déjà déçue ?

— Jamais.

— Alors laisse-moi faire.

Il m'embrassa à nouveau, et son haleine caressa mon visage.

— Tu ne me trouves pas assez sexy ?

— Tu es toujours sexy, ma belle. Mais là, je mate ton cul, et j'adorerais le doigter et te donner du plaisir.

— Et si je n'éprouve aucun plaisir ?

Il m'embrassa.

— Fais-moi confiance.

S'il avait été n'importe quel autre mec, j'aurais refusé. Mais Ryker me faisait faire des choses que je n'aurais jamais pensé faire. Avec lui, je ressentais des choses auxquelles je ne m'attendais pas.

— D'accord.

Il me lança un petit sourire avant de commencer à me donner de petits coups de reins, sa queue glissant à travers mes fluides et s'enfonçant aussi profondément que possible. Il caressa mes fesses avant de presser son index à l'entrée de mon trou.

C'était une sensation étrange, assez désagréable au début. Mais alors qu'il me pilonnait en nous regardant bouger dans le miroir, j'oubliai à quel point la situation était inhabituelle. Je pouvais voir son désir intense, et c'était tout ce qui m'importait.

Il glissa deux doigts en moi, et imprima un mouvement de va-et-vient coordonné à ses coups de boutoir. Ses joues rosirent, et il se mit à haleter. Il ne détachait pas son regard du miroir, et je ne pouvais détacher le mien de son visage.

— Tu n'as aucune idée à quel point tu es sexy, là.

La stimulation de mon cul ne me dérangeait pas, et je sentis la même chaleur que d'habitude entre mes jambes. Je me laissai dévorer par ce feu, qui m'embrasait de la tête aux pieds. Je glissai mes mains sur son torse, et je rebondis sur sa queue en me concentrant sur sa mâchoire puissante et ses beaux yeux. J'avais déjà envie de jouir. Je sentis l'orgasme se déployer.

Ma chatte se contracta autour de lui, et la jouissance me frappa de plein fouet. Je griffai ses épaules en sentant la puissante vague me traverser comme une tornade. Je poussai des cris et sentis mon cœur cesser de battre un instant sous la violence de mon plaisir.

Ryker détourna son attention du miroir pour me regarder. Ses yeux se fixèrent sur mon visage et il me regarda jouir. Mon cul se contracta autour de ses doigts, et la sensation se prolongea pendant ce qui me parut une éternité.

Je n'avais jamais connu une extase pareille, et je ne savais pas si c'était dû au fait d'être autant remplie, ou simplement à l'attirance que j'éprouvais pour cet homme. Mais quoi qu'il en soit, j'avais atteint un nouveau niveau de plaisir.

Ses doigts continuaient à bouger dans mon cul, mais il ne regardait plus le miroir. Il fixait mon visage alors que nous bougions ensemble, homme et femme, et l'abondante lubrification entre nous. Il pressa son visage contre le mien en s'enfonçant au fond de ma chatte serrée.

Je pris son visage entre mes mains et le regardai dans les yeux. Je sentis mon cœur s'ouvrir pour l'homme en face de moi. Je n'avais jamais ressenti de sentiments aussi profonds pour quelqu'un, jamais atteint un tel niveau émotionnel. Je n'imaginais pas seulement le lendemain, ou la semaine suivante. J'imaginais une vie entière de nuits d'amour et d'années de joie. Je l'imaginais se tenant devant l'autel et Rex en train de me confier à lui. J'imaginais notre première maison, à l'extérieur de la ville. J'imaginais donner naissance à un fils possédant ses traits.

Oh merde.

J'étais vraiment amoureuse.

Il m'embrassa avec force, manquant de laisser un bleu sur mes lèvres, sans cesser de me pilonner.

— J'aimerais continuer, mais putain, j'ai envie de jouir.

Je sentis sa queue pulser en moi.

— Alors jouis, et reprenons plus tard.

Il reposa sa tête contre le canapé et inspira profondément, encore plus excité par mes paroles.

— Tu me rends fou, tu sais ?

— Tu n'as encore rien vu.

Je ne réfléchis pas à mes gestes. C'était de l'instinct, du désir, et même de l'amour. Je glissai mes doigts dans sa bouche.

— Suce.

Il se redressa et obéit, ses yeux sombres ne quittant pas les miens. Sa langue glissa contre mes doigts, comme il le faisait avec ma langue.

Lorsque mes doigts furent bien mouillés, je les sortis de sa bouche et les plaçai près de mon trou, poussant les siens.

Ses yeux se fixèrent immédiatement sur le miroir.

J'insérai mes doigts en moi et les fis bouger, comme il l'avait fait avec les siens. Je n'avais jamais rien fait de pareil, mais avec lui, je me sentais tellement sexy que j'étais capable de tout. Je chevauchai sa queue tout en me doigtant.

— Putain de merde.

Il observait mes mouvements dans le miroir en haletant bruyamment. Il agrippa mes hanches pour me faire descendre plus vite sur son membre, sans quitter des yeux mes doigts qui remuaient dans mon cul.

— Maintenant, jouis !

Il me serra si fort qu'il me fit presque un bleu. Submergé par le désir charnel, il accéléra le rythme de ses coups de reins. Il pilonna ma chatte sans aucune douceur, emporté par un plaisir sans limites.

Il jouit en gémissant bruyamment, criant plus fort qu'il ne l'avait jamais fait. La sueur perla sur son front et il me pénétra jusqu'à la garde en me remplissant de sa semence.

— Putain. Putain. Putain !

Il agrippa mes fesses et les écarta en me donnant tout ce qu'il avait. L'orgasme se prolongea, et il en profita aussi longtemps que possible.

Lorsqu'il eut fini de jouir, il croisa mon regard. Son torse se soulevait rapidement au rythme de sa respiration hachée.

— C'était... parfait.

Il embrassa mon cou et ma mâchoire. Ses lèvres se posèrent sur les miennes, et il me donna un baiser délicat qui contrastait avec l'agressivité qu'il avait manifesté quelques instants auparavant.

— Je veux encore te baiser... juste comme ça.

— Alors je vais laisser mes doigts ici... pour que tu les regardes.

Comme s'il ne venait pas de jouir, son regard se remit à brûler.

— Tu es parfaite. Tu le sais, ça ?

Je l'embrassai de manière tentatrice, ma langue dansant avec la sienne, avant de lui répondre.

— Je sais.

13

RAE

J'ENTRAI DANS LE BAR ET TROUVAI LES FILLES ASSISES À UNE TABLE près du fond. Jessie portait une robe moulante et des chaussures à talons, parce qu'elle s'habillait ainsi pour travailler – même si elle passait ses journées debout. Kayden portait un jean, comme d'habitude, aussi je ne me sentis pas complexée par ma tenue décontractée.

Elles m'avaient déjà commandé un verre, qui m'attendait sur la table.

— Comment ça se passe avec les ordures ? me demanda Jessie lorsque je les rejoignis.

— Je travaille dans le recyclage.

Elle le savait très bien, mais elle aimait me taquiner à la moindre occasion.

— Et ça se passe comment ?

— Bien.

Je n'avais pas beaucoup avancé aujourd'hui, parce que j'étais distraite – je pensais à Ryker.

— J'aimerais parler d'un sujet plus intéressant.

— Ryker a un grand frère plus riche et encore plus canon que lui ? demanda Jessie, les yeux brillants d'espoir.

À vrai dire, je ne savais même pas s'il avait des frères et sœurs. Il était bizarre chaque fois que je lui posais des questions sur sa famille, même si je connaissais déjà son père.

— Non. Mais c'est à propos de Ryker.

— Que se passe-t-il ? demanda Kayden. Il t'a demandé de vivre avec lui ?

J'aurais bien aimé.

— Non. Mais... je crois que je suis amoureuse de lui.

Jessie et Kayden échangèrent un regard entendu avant de lever les yeux au ciel.

— On le savait déjà.

— Ouais, renchérit Kayden. Ce n'est pas un scoop.

Je bus une gorgée de mon cocktail et réalisai qu'il était deux fois plus chargé que la normale – comme Jessie le buvait.

— Mais maintenant, j'en suis vraiment sûre. Je l'ai compris l'autre soir.

— Que s'est-il passé ? demanda Kayden. Il a fait quelque chose de particulièrement romantique ?

Je ne qualifierais pas la masturbation anale de romantique.

— Vous savez que l'anal, pour moi c'est non, hein ?

— Ouaip, dit Jessie. Moi c'est pareil.

— Et moi donc, renchérit Kayden.

— Et ben, on était en train de baiser, et je l'ai laissé me doigter un peu le cul.

Je n'aurais pu raconter ça à personne d'autre qu'elles, pas même à Zeke. C'était trop gênant.

— Vraiment ? demanda Jessie en faisant la grimace.

— C'était comment ? demanda Kayden.

Je haussai les épaules, cherchant mes mots.

— C'était... ça allait. Mais ça l'a rendu fou. Il a toujours été enthousiaste au lit, mais ça a révélé une toute nouvelle facette de lui.

— Alors, ça valait le coup, déclara Kayden.

— Absolument.

Le voir aussi excité avait décuplé mon excitation.

— Maintenant, il va vouloir t'enculer.

Je pouvais toujours compter sur Jessie pour ne pas mâcher ses mots.

— J'espère que non.

Ces petits jeux me convenaient, mais je n'étais pas prête à me prendre vingt-cinq centimètres dans le cul.

— Si tu commences à dire oui, après, ils insistent, dit Jessie. C'est toujours comme ça.

Kayden but une gorgée de son verre.

— Qu'a-t-il fait pour que tu réalises que tu étais amoureuse ?

Ce n'était pas grâce à quelque chose qu'il avait dit ou fait. Je l'avais juste compris alors que nous bougions, enlacés sur le canapé. J'avais adoré voir le plaisir miroiter dans ses yeux, et souhaité pouvoir lui en procurer autant tous les jours.

— Rien de précis. C'est juste... je l'ai compris, vous voyez ?

— Aww... Je comprends, dit Kayden en serrant ma main.

— Tu vas le lui dire ? demanda Jessie.

— Je ne sais pas...

Je ne pouvais pas lui dire ce que je ressentais. Parfois, il semblait partager mes sentiments, mais à d'autres moments, je me souvenais à quel point il était renfermé. Il s'était beaucoup ouvert à moi, mais pas entièrement.

— Je pense qu'il ressent la même chose, déclara Kayden. Je veux dire, aucun mec ne resterait aussi longtemps avec quelqu'un si c'était simplement pour tremper son biscuit.

— Je pense aussi, renchérit Jessie. Mais il n'en a peut-être pas conscience. Les mecs peuvent être vraiment cons en ce qui concerne leurs émotions.

— Alors, vous pensez que je devrais lui dire ?

Cette pensée me rendait nerveuse et m'excitait à la fois. Je bus mon verre un peu vite. L'alcool commençait à me monter à la tête.

— Je ne sais pas, dit Kayden. Tu le connais mieux que nous.

— Je pense que tu devrais lui dire, déclara Jessie. C'est quoi, le pire qui puisse arriver ? Qu'il ne te rende pas la pareille ?

— Je trouve ça assez terrible, dit Kayden en riant.

— Je suis d'accord.

Ce serait douloureux – très douloureux.

— Ce n'est pas parce qu'il ne le dit pas sur le moment qu'il ne te le dira pas plus tard. Et au moins, il saura ce que tu ressens. Allez, qui n'aime pas s'entendre dire « je t'aime » ? demanda Jessie en terminant son verre, avant de faire signe à la serveuse pour en commander un autre. Je ne pense pas que ce soit grave. Ça fera du bien à son ego, et lorsqu'il sera prêt, il te le dira, parce qu'il saura que tu ressens déjà la même chose.

— C'est vrai, dit Kayden. C'est une manière de voir les choses.

— Alors vous pensez toutes les deux que je devrais lui dire ? demandai-je.

Jessie haussa les épaules.

— C'est à toi de voir. Tu pourrais aussi attendre un peu. Après tout, il n'y a pas d'urgence. Tu n'as pas besoin de décider tout de suite.

— Mais si tu es amoureuse, n'est-ce pas important d'être honnête ? demanda Kayden. Je n'ai jamais été amoureuse, mais si ça m'arrivait, je voudrais en parler. Comme ça, tu pourras être toi-même, et dire ou faire des choses que tu ne ferais pas sinon.

— Bon, ben, je verrai bien, dis-je. Si le bon moment se présente, je lui en parlerai peut-être. Mais sinon... je garderai ça pour moi.

— Problème réglé, dit Kayden. Zeke et Rochelle se disent

déjà qu'ils s'aiment et ils ne sont ensemble que depuis un mois. Vous êtes en couple depuis trois mois. Ce n'est pas comme si c'était trop tôt.

— Ouais, c'est vrai, dis-je.

Mais dans ma tête, c'était trop tôt, surtout parce que ça ne me ressemblait pas de ressentir des sentiments si forts pour quelqu'un. Mais c'était arrivé au moment où je m'y attendais le moins. Je protégeais tant mon cœur que je ne pensais pas pouvoir me rendre assez vulnérable pour tomber amoureuse. Mais en réalité, ce n'était pas trop tôt.

— Merci de m'avoir donné votre opinion sur ma vie amoureuse, ajoutai-je.

— Nous sommes là pour ça, dit Kayden. Nous ne sommes pas des expertes, loin de là ; mais à nous deux, nous avons une certaine expérience.

— J'ai embrassé mon lot de crapauds, ajouta Jessie. Et Ryker n'en est pas un. Tu es sûre qu'il n'a pas de frère ?

Je gloussai.

— Je lui demanderai la prochaine fois que je le verrai.

— Merci beaucoup, s'écria Jessie. Même un cousin me conviendrait.

— Compris, répondis-je. Sinon, quoi de neuf de votre côté ?

— Roule, Safari.

Rex tenait un morceau de pepperoni et l'agitait devant lui.

— Allez, roule. Comme ça, dit-il en décrivant un cercle avec son doigt.

Safari le regarda sans réagir.

— Allez, mon toutou, insista Rex en recommençant à agiter le morceau de viande.

Assise de l'autre côté de la table, je levai les yeux au ciel.

— Il n'a pas besoin d'apprendre des tours.

— Pourquoi pas ? Les autres chiens le font.

— Mais Safari est déjà parfait, dis-je. Il mérite des récompenses, simplement parce qu'il est mignon. Fin de l'histoire.

Rex m'ignora, et tenta d'apprendre à Safari à se lever sur ses pattes arrière.

Safari me lança un regard qui semblait dire « Je ne peux pas simplement avoir cette fichue friandise ? »

Zeke buvait sa bière en observant Rex.

— Pauvre chien.

Je bus une gorgée de bière et me tournai vers Zeke.

— N'est-ce pas ? Bon, que fait-on ce soir ?

— Une escape room vient d'ouvrir au centre-ville, dit Zeke. Ça pourrait être marrant. Il faut résoudre des énigmes pendant que des zombies essaient de vous dévorer.

— Ça doit mettre la pression, c'est sûr, déclarai-je.

— Des amis à moi m'ont dit que c'était super, dit-il. On pourrait tester. Que fait Ryker ce soir ?

— Je ne lui ai pas encore parlé aujourd'hui.

J'essayais volontairement de prendre un peu de recul, pour compenser mon envie de passer chaque minute de chaque jour avec lui. Je n'étais pas le genre de femme à avoir constamment besoin de l'affection d'un homme, mais Ryker avait changé beaucoup de choses en moi.

— Si on propose à Ryker, Rochelle et aux filles de venir, on devrait être suffisamment de monde, proposa Zeke. Et ensuite, on pourrait aller au bar.

J'avais à présent une excuse pour l'appeler, et j'en profitai. Je composai son numéro et pressai le téléphone contre mon oreille.

— Salut.

D'ordinaire, il me répondait un peu plus chaleureusement, mais pas cette fois.

— Ça va ? Tu es libre ce soir ?

— Non, j'ai quelque chose de prévu.

Il ne précisa pas quoi, ce qui était très étrange.

— Hum, tout va bien ?

Je m'éloignai de la table et Zeke me lança un regard inquiet. Je me rendis dans le couloir pour qu'il ne puisse pas m'entendre.

— Tout va bien, répondit-il. Je passe une mauvaise journée.

Je ne voulais pas être ce genre de petite amie, mais je ne pus m'en empêcher.

— Que fais-tu ?

— Rae, j'ai des problèmes familiaux, là. J'ai juste besoin d'espace, répondit Ryker d'un ton vague.

Égoïstement, je me sentis blessée de ne pas être mise dans la confidence. Il était pourtant normal qu'il ne veuille pas me faire part de ses problèmes de famille, puisqu'il ne me parlait jamais de ce genre de choses. Et cela me peinait qu'il ne m'inclue toujours pas dans cet aspect de sa vie. Après avoir passé autant de temps ensemble et avec notre évidente intimité, je pensais avoir gagné le droit de connaître des détails de sa vie privée. Mais je décidai de ne pas insister à ce moment, pas alors qu'il était clairement contrarié.

— Je suis désolée de l'entendre. Tu sais que je suis là si tu as besoin de quoi que ce soit.

— Oui, je sais. Merci.

— Bon... On se voit plus tard ?

Au ton de sa voix, je sus que je ne le verrais pas du week-end. J'espérais simplement que son absence ne durerait pas trop longtemps.

— Je t'appellerai lundi.

Il raccrocha sans rien ajouter d'autre.

Au moins, il m'avait dit quand j'aurais de ses nouvelles.

Je retournai dans la cuisine et Zeke se tourna immédiatement vers moi.

— Tout va bien ? me demanda-t-il.

Rex continuait de perdre son temps avec Safari.

— Ryker a des soucis de famille, expliquai-je. Il ne voulait pas en parler, et il m'a dit qu'il me rappellerait lundi.

— C'est dommage, déclara Zeke. J'espère que ce n'est rien de grave.

— Je ne suis pas sûre. Il ne me parle jamais de sa famille, même si je connais déjà son père.

— C'est un sujet sensible pour certaines personnes, fit remarquer Zeke. Je sais que Ryker en veux à son père de l'avoir forcé à revenir à Seattle. Ça a peut-être un rapport avec ça.

Même Zeke en savait davantage que moi, ce qui était pathétique.

— Ouais, peut-être.

Il remarqua la tristesse dans mon regard.

— Si j'étais toi, je ne m'inquiéterais pas. Ryker va te rappeler, et tout sera comme avant. Je ne me prendrais pas trop la tête.

— Ouais...

Mais je savais que je ne pourrais penser à rien d'autre avant d'avoir reparlé à Ryker.

Le week-end s'écoula lentement, Ryker occupant mes pensées presque continuellement. Je restai à la maison et passai du temps avec Safari et Rex. Sachant que j'étais un peu déprimée, Rex fut moins pénible que d'habitude.

J'espérais qu'il n'était rien arrivé de grave dans la famille de

Ryker. Peut-être que quelqu'un avait eu un accident de voiture, mais qu'il n'avait pas été sérieusement blessé. Quoi que ce fut, j'espérais que Ryker n'en souffrirait pas. Il n'était pas vraiment sensible, mais je savais qu'il tenait beaucoup à ceux qui l'entouraient même s'il ne l'admettait pas.

En allant travailler lundi, je tentai de ne pas fixer continuellement mon téléphone. Même s'il n'appelait pas, ça ne voudrait rien dire. J'espérais qu'il m'inviterait à dormir chez lui et que je pourrais le réconforter. Peut-être que Safari pourrait lui remonter le moral.

Après avoir été courir dans le parc et avoir pris une douche, mon téléphone sonna. C'était lui.

Je sentis mon cœur bondir de joie, et je soupirai de soulagement en voyant son nom s'afficher sur l'écran. Je pris un instant pour me calmer avant de répondre.

— Salut.

— Salut, ma belle.

Sa voix grave semblait assurée, comme d'habitude - avec une note de possessivité.

Toute la tension quitta mon corps en entendant son salut chaleureux. Quoi qu'il se soit passé avec sa famille, les choses avaient dû se régler. Sinon, il n'aurait pas été de si bonne humeur. Je m'allongeai sur mon lit et fixai le plafond.

— Comment vas-tu ?

— Bien. Je viens de rentrer de la gym.

— Ça veut dire que tu es tout transpirant ?

— Non, répondit-il en riant doucement. Mais on pourrait transpirer ensemble, si tu veux.

— Ooh... quelle bonne idée.

— Et si tu ramenais ton joli petit cul ici, alors ?

— Je vais faire vite.

— C'est bien, ma belle.

LORSQUE LES PORTES DE L'ASCENSEUR S'OUVRIRENT, IL m'attendait, comme d'habitude. Il n'était vêtu que de son jogging, et son torse dur et musclé m'accueillit, prêt à être griffé sans relâche.

Je posai mon sac par terre et me collai contre lui. Je passai mes bras autour de son cou et embrassai ses lèvres, pour lui montrer à quel point il m'avait manqué pendant le week-end.

Tandis que nous communiquions en silence, il me souleva entre ses bras forts. J'enroulai mes jambes autour de sa taille. Nous ne cessâmes pas de nous embrasser et il me porta jusqu'à sa chambre. Il prit son temps, malgré notre envie dévorante. Je mourais d'envie d'être allongée entre ses bras et de le sentir en moi.

Ryker m'allongea sur le lit et posa ma tête contre l'oreiller avant de commencer à me déshabiller. Il fit glisser mon jean et ma culotte, puis se releva et enleva son jogging et son boxer. Sa longue queue bandait déjà, comme chaque fois que nous étions ensemble.

Il ne prit pas la peine de retirer mon haut et planta son membre en moi, m'écartelant alors qu'il pénétrait ma chatte humide. Je mouillais déjà en arrivant chez lui, à force de penser à tout ce qu'il me ferait lorsque je le retrouverais enfin.

Il souleva mes jambes et les posa sur ses épaules, et poussa contre mes cuisses. Il me rassembla contre lui avant de commencer à me pilonner, me baisant avec ferveur, comme si nous avions été séparés pendant des mois au lieu de quelques jours.

— Tu m'as manqué.

Je glissai mes mains dans ses cheveux et serrai une mèche dans mon poing tandis qu'il me donnait de vigoureux coups de reins. C'était encore meilleur qu'avant, et l'entendre me dire que je lui avais manqué décupla mes sentiments pour lui.

— Tu m'as sacrément manqué aussi.

Il grogna et s'enfonça plus fort, me pénétrant jusqu'à la garde.

Je déplaçai mes mains et les posai contre ses hanches pour l'attirer davantage en moi, prenant toute sa longueur dans ma fente, même si c'était un peu douloureux. Peu m'importait la douleur : je voulais autant de lui que possible.

— Tu ne t'es pas touchée ce week-end, hein ?

J'avais été trop déprimée pour me sentir excitée. L'idée ne m'avait même pas effleurée.

— Non. J'attendais de te revoir.

Il plongea en moi avec un gémissement bruyant puis s'arrêta, gardant sa queue en moi un moment. Puis il recommença à bouger, allant cette fois de plus en plus vite, et il nous fit jouir ensemble. Nous nous mîmes à gémir en chœur, nos mains jointes alors que la même vague de plaisir intense nous traversait.

NOUS PARTAGEÂMES UNE PIZZA AU LIT, TOUS DEUX NUS ET AFFAMÉS. J'étais allongée sur le ventre, les pieds levés. J'avais déjà dévoré trois parts, mais j'avais toujours faim. Ryker s'était redressé sur un coude pour manger. Il ne mangea pas plus de trois parts. Il but une gorgée de bière avant de reposer la bouteille sur la table de chevet.

Nous n'avions pas parlé, sinon pour savoir ce que nous allions commander à manger. Et nous n'avions pas vraiment discuté non plus en dînant. Nous ne communiquions réellement que pendant le sexe, même si c'était sans paroles.

Je voulais lui poser des questions sur sa famille, mais je

savais qu'il ne me répondrait pas. Ryker était le genre de mec qui, même poussé, ne bougeait pas d'un poil. Il avait ses habitudes, et rien mis à part lui ne pourrait le faire changer. S'il avait envie de m'en parler, il le ferait.

Il me fixa pendant que je terminai ma dernière part.

— Tu es la seule femme que je connaisse qui sois sexy en mangeant de la pizza.

— Oh, merci. C'est mon objectif dans la vie.

— ET BIEN, TU L'AS ATTEINT, DIT-IL AVEC UN PETIT RIRE.

Je terminai la croûte puis m'essuyai les doigts sur une serviette. Je refermai la boîte vide et la posai au sol.

— Qu'as-tu fait ce week-end ?

— Nous sommes allés dans une escape room au centre-ville.

— C'était comment ? demanda-t-il en se rapprochant de moi.

— Assez stressant. Mais on a réussi à trouver le code et à s'échapper. Puis on a fait le tour des bars.

— La nuit a dû être folle.

— Heureusement que Zeke et Rochelle étaient là pour trouver les réponses. Ce sont des génies...

— Ils sont parfaits l'un pour l'autre. J'aime beaucoup Rochelle.

— Moi aussi. Elle est très sympa.

— Et elle occupe Zeke. Comme ça, il n'est plus obsédé par toi.

— NE DIS PAS N'IMPORTE QUOI, DIS-JE EN LUI DONNANT UNE PETITE tape.

Il sourit, comme s'il savait quelque chose que j'ignorais.

— Tu penses que tous mes amis sont amoureux les uns des autres.

— Parce que c'est le cas, répondit-il en riant. Mais je suis content que Zeke soit enfin passé à autre chose. Rochelle est le genre de femme qu'on présente à ses parents. Elle est parfaite pour lui.

Zeke n'avait jamais été amoureux de moi, mais je ne comptais pas le contredire. Je choisis de me concentrer sur la partie positive de sa phrase.

— J'aime beaucoup Rochelle aussi. Rex a un peu plus de mal, mais il est taré.

Ryker leva un sourcil.

— Quel problème peut-il avoir avec elle ?

— Il dit que ça allait trop vite entre Zeke et elle, parce qu'ils ont déjà rencontré leurs parents et qu'ils se disent qu'ils s'aiment. Je ne vois pas où est le problème. Si Zeke pense qu'elle est la femme de sa vie, quelle importance s'ils ne sortent ensemble que depuis un mois ?

— À mon avis, Rex ne t'a pas tout dit. Sinon, sa réticence n'a pas lieu d'être.

Je levai les yeux au ciel.

— Rex est un idiot, donc je ne cherche pas trop. La science cherche toujours à comprendre cet animal.

Ryker vint s'allonger sur moi et se mit à embrasser mon dos. Il déposa des baisers le long de ma colonne vertébrale jusqu'à mes fesses. Il continua à descendre jusqu'à atteindre ma chatte.

Je fermai les yeux et profitai des sensations délicieuses, oubliant totalement notre conversation.

Il remonta, déposant une pluie de baisers jusqu'à ma nuque. Il s'assit sous mes fesses et fit glisser sa queue entre elles. Il posa sa bouche contre mon oreille en respirant fort, trahissant son excitation.

Il pointa son membre vers mon entrée et me pénétra lentement en gémissant.

— J'ai vraiment hâte de baiser ce petit trou du cul.

Il me pénétra entièrement, soutenant son poids sur ses bras alors qu'il était allongé au-dessus de moi. Il me donna un coup de reins puissant, m'écrasant sur les draps tandis que son corps claquait contre mon cul.

— Mais cette belle chatte est délicieuse.

Il me baisa lentement par derrière, avec des mouvements lents et mesurés.

Son poids me repoussait contre le lit, et je sentis mon clito frotter contre les draps. La sensation était incroyable, et je n'eus pas la force de faire autre chose que profiter du plaisir.

Ryker se pencha pour embrasser mes épaules et ma mâchoire. Son haleine chaude effleura mon corps, me donnant une délicieuse chair de poule.

Je tournai la tête et la blottit contre son cou.

— Ryker...

Il accéléra légèrement ses mouvements.

— Ma chérie.

Il bougea longtemps en moi et me fit jouir. Il n'augmenta pas la cadence, prenant son temps, pour que notre étreinte dure le plus longtemps possible.

Puis il changea de position et me fit rouler sur le dos. Il prit mes genoux entre ses bras et me pénétra. Il plongea sa queue en moi au même rythme, faisant rebondir mes seins à chaque coup.

Comme une divinité sexy au-dessus de moi, il prenait ce qui lui appartenait. Il me pilonnait comme si j'étais à lui pour toujours. La sueur perlait sur son torse, et les gouttelettes rendaient ses muscles encore plus appétissants.

Il allait encore me faire jouir. Je sentis l'orgasme monter en moi.

Ryker me regarda intensément et observa mes réactions. Il se concentra sur mes yeux et ma bouche, remarquant lorsque je la mordillais de temps à autre. Parfois, je murmurais son nom et son regard s'assombrissait de désir.

Je griffai son bras et m'accrochai à lui. Il continua ses longs coups de boutoir. Je mouillais toujours pour lui, et sa queue glissa facilement en moi. Peu importe à quel point j'étais lubrifiée, sa taille impressionnante étirait toujours ma chatte.

— Tu es tellement belle comme ça...

Ses yeux bleus étaient si sombres qu'ils semblaient gris. La sueur de son front glissa sur ses tempes. Il était hors d'haleine, et son torse se soulevait rapidement à chaque respiration hachée.

Je serrai fort ses biceps, me sentant complètement accro à l'homme qui me possédait. Je ne pouvais passer quelques jours loin de lui sans qu'il me manque, voire même un seul. Il avait conquis mon cœur depuis longtemps. Je n'arrivais pas à déterminer à quel moment précis, mais c'était arrivé. Je n'avais plus envie de le cacher. Cet homme représentait plus qu'un partenaire de sexe pour moi. Bien plus.

— Ryker... Je t'aime.

Il continua à bouger en moi, mais son rythme ralentit. Il bandait toujours, mais l'envie sembla disparaître de ses yeux. Il continua à me regarder, mais son regard se voila, masquant ses pensées. Il se referma. Comme s'il se détachait de moi.

Et il ne me répondit pas qu'il m'aimait aussi.

Il finit par détourner les yeux et se redressa, s'éloignant de moi. Il me pilonna brutalement, comme s'il essayait de terminer le plus vite possible. Je ne jouis pas, ce qui était inhabituel, et il se vida en poussant un petit gémissement qui était presque un murmure.

Il resta au-dessus de moi et reprit son souffle. Il se pencha et m'embrassa, mais son baiser me rappela le bisou de grand-mère que nous avions échangé à la fin de notre premier rencard. Il était vide, sans substance.

Puis il se retira brutalement et se rua dans la salle de bains. J'entendis la porte en verre se refermer et l'eau se mettre à couler.

Je restai immobile et fixai le plafond. Un vague de regret me submergea en réalisant qu'il était trop tard pour reprendre mes paroles. Un instant, j'avais vraiment cru qu'il me dirait qu'il m'aimait aussi. Étais-je une idiote pour l'avoir pensé ?

Je n'aimais pas la manière dont il s'était éloigné sans rien dire. Il avait sauté sous la douche, et le bruit de l'eau le coupait du reste du monde. Mais en même temps, je ne lui en voulais pas de chercher à s'isoler. Clairement, je venais de lâcher une bombe, et il ne savait pas comment réagir.

J'aurais aimé pouvoir remonter le temps pour effacer ce qui venait de se produire.

J'aurais préféré ne rien lui avoir dit.

J'AURAIS PU RENTRER CHEZ MOI PENDANT QU'IL ÉTAIT SOUS LA douche, mais je ne voulais pas fuir mes problèmes. La situation serait gênante tant que nous n'en aurions pas parlé. Si nous en discutions, nous pourrions passer à autre chose. Dans une semaine, tout serait revenu à la normale.

Je m'assis sur le canapé et regardai la télévision, vêtue d'un de ses t-shirts. En zappant, je tombai sur le *Prince de Bel-Air.* Il me fallait une bonne série pour me remonter le moral. Mais peu importe combien de fois je vis Carlton danser — je me sentais toujours mal.

Lorsqu'il sortit de la douche, il resta un moment dans sa chambre. Mon sac était toujours là, donc il savait que je n'étais pas partie. Au bout d'environ une heure, il apparut dans le couloir. Il portait son jogging et un t-shirt.

Il se tint derrière l'autre canapé, les mains posées sur le dossier. Il fixa le mur en face, où se trouvait le miroir, sans me regarder.

Je décidai de briser la glace.

— Je sais que c'est gênant, et je suis désolée. J'étais enivrée par le moment, et c'est sorti tout seul. Mais je veux que tu saches que tu n'as pas besoin de me le dire. Je ne serai pas contrariée si tu ne le fais pas. Il n'y a aucune pression.

Il ne réagit absolument pas. Ses yeux restèrent fixés sur son reflet dans le miroir.

— Je ne suis pas en colère contre toi, et j'espère que tu n'es pas en colère contre moi, continuai-je.

Toujours rien.

Je ne savais pas quoi faire. Il s'était complètement fermé.

Je poussai un soupir.

— Tu veux que je m'en aille ?

Il baissa la tête et regarda ses pieds.

— Non.

— Alors, on peut oublier ça ?

— Je suppose.

J'espérais qu'il me fournirait une explication quant à son attitude, mais apparemment, il n'en avait pas l'intention.

— Bon... tu veux regarder un film ?

— Tu t'attendais à ce que je te le dise ? me demanda-t-il soudain, comme s'il n'avait pas entendu ma question.

Il me regarda enfin pour la première fois depuis l'incident. Son regard était différent, comme absent.

— J'imagine que je pensais que c'était possible.

— Pourquoi ?

Sa question me prit par surprise – parce qu'elle me blessa profondément.

— Je vois comment tu me regardes. Je vois comment les choses se passent entre nous. Ça fait quelques temps que j'ai commencé à ressentir ça. Je ne pense pas que ce soit ridicule de penser que tu puisses ressentir la même chose. Je sais que tu es réservé et intense, mais tu n'es pas un robot.

Il baissa de nouveau la tête.

— Encore une fois, je ne serai pas en colère si tu ne me le dis pas.

Il tambourina ses doigts sur le dossier du canapé.

— Rien n'a besoin de changer. Changeons de sujet et oublions ça.

Il se retourna et entra dans la cuisine. Je n'avais jamais vu ses épaules aussi tendues.

— Tu veux quelque chose ?

— Non, merci.

Il y resta un moment, probablement pour boire un bière seul avant de devoir à nouveau me faire face. Il revint dans le salon presque cinq minutes plus tard. Il s'assit à côté de moi sur le canapé, mais ne me montra pas la moindre tendresse. Il ne posa pas sa main sur ma cuisse et ne me regarda même pas.

Venais-je de tout gâcher ?

14

RAE

— Pourquoi tu fais une sale gueule ?

Rex se tenait dans la cuisine, en train de manger un bol de céréales alors qu'il était dix-sept heures.

— Parce que je vois la tienne.

Je claquai la porte et empruntai le couloir sans même regarder Safari.

— Tu es malade ? lâcha Rex. Parce que je ne peux pas me permettre de tomber malade en ce moment. Je dois être tous les jours au Hippie Bowling et je n'ai pas de mutuelle, alors si jamais—

— Je ne suis pas malade.

Putain, il ne savait pas la fermer, des fois.

— Alors il se passe quoi ?

— Rien.

J'entrai dans ma chambre et fermai la porte. Une fois seule, je jetai mon sac dans un coin et tombai sur mon lit, soulagée d'avoir un peu d'intimité pour m'apitoyer sur mon sort. Je fixai le plafond, puis finis par fermer les yeux.

Rex frappa à la porte avant de l'ouvrir. Safari se rua dans la chambre et sauta sur le lit. Il se colla contre moi et posa sa truffe sur mon ventre. Il me connaissait si bien qu'il savait que quelque chose n'allait pas.

— Tout va bien ?

— Ça va, répondis-je en soupirant. J'ai juste envie d'être seule.

Rex resta planté dans l'encadrement de la porte sans savoir quoi faire.

— Vraiment, ça va. Tu peux y aller.

Il s'appuya contre la porte et croisa ses bras.

— Je vois bien que ça va pas. Et je sais que tu as besoin de quelqu'un, là.

— C'est excessif. J'ai juste passé une mauvaise journée.

— Je ne t'ai jamais vue ignorer Safari, dit-il en indiquant le chien blotti contre moi. Je sais que c'est plus qu'une mauvaise journée. Alors parle-moi.

J'en parlerais à Jessie et Kayden plus tard... peut-être.

— Vraiment, ce n'est rien—

— Arrête-ça et parle-moi. Je te promets de pas te faire chier et de t'écouter. Vraiment.

Il entra dans la chambre et s'assit sur le petit fauteuil près de ma table de nuit. Il recroisa ses bras.

— Tu t'en fous, Rex. Et c'est très bien comme ça.

— Rae, tu sais que c'est faux.

Il me regarda avec une expression affectueuse que je lui voyais rarement.

Je m'assis contre la tête de lit.

— J'ai fait quelque chose de vraiment stupide avec Ryker...

Rex resta silencieux et ne fit aucun commentaire, comme il me l'avait promis.

— Je lui ai dit que je l'aimais, et il ne m'a rien répondu. Depuis, c'est bizarre entre nous...

Frustrée, je me passai les mains sur le visage. J'aurais mieux fait de la fermer, mais j'étais conne, et je n'avais pas réfléchi.

Rex aurait pu être désagréable et me dire qu'il m'avait prévenue. Il m'avait dit que Ryker ne pourrait pas me donner ce que je voulais, mais il n'exulta pas en voyant qu'il avait eu raison.

— Tu en as parlé avec lui ?

— Ouais. Je lui ai dit que ce n'était pas grave s'il ne me le disait pas. Que je n'étais pas en colère, et qu'il ne devrait pas l'être non plus.

— Et ?

— On n'en a pas reparlé, mais l'ambiance n'est pas au top.

Rex regarda Safari, allongé près de moi, plongé dans ses pensées.

— Je pensais qu'il me répondrait qu'il m'aimait aussi, vu son comportement avec moi. Je suis blessée qu'il ne l'ait pas fait, mais je ne pense pas que ce soit la fin du monde. J'espère juste qu'il comprendra qu'il n'y a pas de gêne à avoir.

— Si tu lui as dit que tout allait bien, ça ne devrait pas être grave. Donne-lui quelques semaines, et tout redeviendra normal.

— Tu crois ?

J'entendis l'espoir dans ma voix.

— Je suis sûr que ça va aller. Allez, il doit être super mal à l'aise. Mais dans peu de temps, il n'y pensera plus. Si une des filles que je fréquentais me disait ça, je me sentirais mal aussi.

— Même si elle était ta petite amie ?

— Peu importe qui c'est. Si je ne ressens pas la même chose, ce sera forcément gênant.

— J'imagine...

Rex m'observa, et je pus sentir sa tendresse fraternelle.

— Je suis désolé qu'il ne ressente pas la même chose.

— Ce n'est pas grave...

— Mais ça ne veut pas dire que ça n'arrivera pas.

— Je sais. Et ça me va. J'espère juste qu'il ne va pas me rejeter à cause de ça.

— Si j'étais toi, je ne m'inquiéterais pas. Laisse-le respirer un peu. Il s'en remettra.

Je me raccrochai avec espoir aux paroles de Rex, éprouvant le besoin de les croire. J'espérais que ma confession n'avait pas mis notre relation en péril. Même si ça tendait les choses entre nous, je ne voulais pas que nous en restions là. Ryker était toujours l'homme que j'aimais, et je voulais être la femme qu'il aimerait un jour.

Je laissai Ryker respirer quelques jours avant de craquer. Après trois jours, je n'avais reçu aucune nouvelle de lui. Pas même un message cochon ou une photo de sa bite. J'en avais déjà reçu quelques-unes, et à vrai dire, j'avais beaucoup apprécié.

Mais là, rien.

Mon impatience prit le dessus et je lui envoyai un message. *Les Mariners jouent dans une heure. Tu veux venir regarder le match à la maison ?* Savoir que Rex serait là l'aiderait peut-être à se sentir plus à l'aise. Si mon frère était avec nous, nous ne pourrions pas avoir de discussion sérieuse, ni nous témoigner trop d'affection.

Les trois points apparurent sur l'écran. *Volontiers.*

Je me remis à respirer normalement. *À très vite, alors.*

Je sortis de ma chambre et me dirigeai vers le salon.

— Ryker va venir regarder le match.

— Génial.

Rex semblait sincèrement content. Il n'avait jamais montré autant d'enthousiasme envers Ryker et moi avant.

— Quand arrive-t-il ?

— D'ici une heure.

— Super. Content de l'entendre.

— Tu ne peux pas lui parler de ce que je t'ai raconté. Comporte-toi normalement.

— Compris, répondit-il en levant le pouce.

— Rex, je suis sérieuse. Ne le coince pas dans un coin pour le menacer.

Rex leva les yeux au ciel.

— Mon pote, c'est arrivé une seule fois.

— C'est arrivé deux fois, rétorquai-je. Et il n'y en aura pas de troisième.

— Très bien. Je serai sage.

— Merci.

— Et si j'invitais d'autres personnes ? Pour que l'ambiance soit plus détendue ? Je pense que Kayden ne fait rien...

— Non. Restons tous les trois.

— D'ACCORD..., RÉPONDIT-IL EN FRONÇANT LES SOURCILS.

LORSQUE RYKER FRAPPA À LA PORTE, REX SE TOURNA VERS MOI.

— Tu veux que j'aille ouvrir ?

— Non.

Je me dirigeai vers la porte, Safari sur mes talons. J'ouvris et le découvris de l'autre côté, vêtu d'un jean et d'une épaisse veste noire. Il pleuvait depuis une heure.

— Salut.

— Salut.

Il me regarda avec gentillesse, mais d'un regard qui n'avait rien à voir avec la manière dont il me regardait d'habitude. Il entra et essuya ses chaussures mouillées sur le paillasson. Au lieu de m'embrasser ou de me prendre dans ses bras, il se pencha vers Safari et lui gratta la tête.

— Salut, mon gars. Ça fait longtemps qu'on ne s'est pas vus.

Ça faisait longtemps que nous ne nous étions pas vus non plus.

— Tu veux une bière ?

— Volontiers, répondit-il en entrant dans le salon.

Pas de bisou. Pas de câlin. Rien.

C'était un putain de cauchemar !

— Quoi de neuf ? demanda Ryker à Rex, sans grand enthousiasme.

— Je suis en rogne, aboya Rex.

Non. Non. Non !

— Les Mariners sont en train de se faire botter le cul, continua-t-il. Genre, ils ne font pas des études pour ça ?

— Pour jouer professionnellement au base-ball ? répondit Ryker en riant. Non, je ne crois pas.

— Alors, je comprends mieux. C'est pour ça qu'ils sont nuls.

Heureusement, Rex se tenait bien. Je sortis les bières du réfrigérateur et entrai dans le salon. Je fus agacée de constater que Ryker était assis sur le même canapé que Rex. Si je voulais m'asseoir avec lui, je devrais me glisser entre eux, ce qui ne serait pas vraiment confortable. L'avait-il fait exprès ? Je lui tendis la bière.

— Merci.

Il l'ouvrit et but une gorgée.

Je m'installai sur l'autre canapé, et Safari vint aussitôt me rejoindre. Je tentai de masquer mon irritation. Ryker se tenait volontairement à distance, et faisait tout son possible pour garder de l'espace entre nous. Mais si c'était ce qu'il voulait, alors pourquoi était-il venu ?

Nous passâmes les heures suivantes à regarder le match, et les cadavres de bières s'accumulèrent sur la table basse. Safari se colla contre moi. Grâce à son instinct développé, il sentait que je luttais contre ma colère.

Ryker parut légèrement se détendre vers la fin du match. Il plaisanta avec Rex en parlant de l'équipe adverse, puis Rex lui donna des nouvelles du Hippie Bowling. Ils se lancèrent quelques piques, comme de vieux amis.

Mais Ryker ne m'adressa pas une seule fois la parole.

Je n'arrivais pas à croire que tout ça arrivait simplement parce que j'avais prononcé trois petits mots.

Trois stupides petits mots.

À la fin du match, Ryker ramassa ses bouteilles de bière et les jeta dans la poubelle de la cuisine. Lorsque je me retrouvai seule avec Rex dans le salon, il se tourna vers moi.

— C'est quoi se bordel ? souffla-t-il.

Je haussai les épaules.

— Aucune idée, murmurai-je.

— Je pense que je vais y aller, annonça Ryker depuis la cuisine.

Rex fit un signe de tête en direction de la porte.

— Va lui parler, chuchota-t-il.

C'était débile. Je n'arrivais pas à croire que c'était vraiment en train de se passer.

— Très bien. Je te raccompagne à la porte, dis-je tout haut.

Je m'approchai de la porte d'entrée et vis qu'il avait déjà enfilé sa veste.

— Dommage qu'ils aient perdu. Mais c'était un beau match, dit-il.

— Ouais. Ils ne sont pas éliminés, donc ça va.

— Je l'espère. Sinon, Rex va tuer quelqu'un, dit-il avec un petit rire.

— REX EST TROP BÊTE POUR ÇA, RÉPONDIS-JE.

— Hé ! cria Rex depuis le salon. Je suis peut-être bête, mais je suis pas sourd.

Ryker ouvrit la porte et se glissa dehors d'un mouvement fluide.

— À plus tard.

Là non plus, pas de baiser. Pas de câlin. Rien.

— D'accord.

Il hocha la tête puis s'éloigna, disparaissant dans les escaliers.

Je refermai la porte et m'appuyai contre. Je me sentais vaincue, frustrée, et en rogne.

Rex arriva dans le couloir avec une expression sombre.

— Désolé, sœurette...

Il n'utilisait ce surnom que lorsqu'il était vraiment triste pour moi.

— J'ai envie de le frapper – très fort.

— Peut-être que tu devrais, suggéra-t-il.

— Je ne regrette pas ce que j'ai dit, parce que je le pensais. Je le pense toujours. Mais il ne devrait pas agir de la sorte. C'est complètement ridicule !

Il croisa les bras et s'appuya contre le comptoir.

— Oui, ça l'est...

— Que devrais-je faire ?

Rex haussa ses épaules.

— Je ne sais vraiment pas, Rae. Je ne me suis jamais retrouvé dans cette situation.

— Il va me plaquer, hein ?

Ce n'était qu'une question de temps avant qu'il me jette. Il m'avait déjà complètement écartée, m'avait traitée comme une amie et me regardait à peine. Une semaine auparavant, nous étions si proches. À présent, cette connexion semblait ne jamais avoir existé.

— Je ne dirais pas ça.

— Mais si. C'est évident, putain !

— Je lui laisserais encore plus de temps, pour voir comment il réagit. Et s'il continue de se comporter comme un connard, je le confronterais.

Je fixai le sol des yeux, sentant le désespoir m'envahir.

— Je veux juste que ça passe.

— Ça passera. Tout finit par passer.

C'était la phrase la plus sage que je l'aie jamais entendu prononcer, mais ce n'était pas le moment de le complimenter.

— Il n'y a rien de pire que d'être ignorée de la sorte. Je préférerais franchement qu'il me hurle dessus, plutôt que le voir aussi froid. Je ne le mérite pas.

— Non, acquiesça-t-il.

Je n'arrivais pas à croire ce qui était en train de se passer. La semaine passée, j'étais heureuse et amoureuse. Et maintenant... J'étais totalement dévastée.

Je lui laissai une semaine entière pour me contacter, mais il n'en fit rien. Il ne m'envoya pas un seul message, ne m'appela pas et ne passa pas à l'appartement. Ma tristesse se transforma vite en colère d'être ignorée de la sorte. Il se comportait comme si j'avais fait quelque chose d'horrible, comme si je lui avais menti ou que je l'avais trompé. Mais je lui avais simplement avoué mes sentiments.

Était-ce vraiment si horrible ?

— Je vais aller chez lui et lui dire ce que je pense.

Je décrochai ma veste du portemanteau et me dirigeai vers la porte.

— Oh là, attends !

Rex abandonna son dîner et me rejoignit en vitesse.

— Ce n'est pas une bonne idée. Laisse tomber.

— Ça fait une semaine, Rex. Il m'a ignorée pendant une semaine entière.

— Ouais, c'est un con. Je capte. Mais le prendre par surprise et lui hurler dessus n'arrangera rien.

— Je n'en ai plus rien à foutre, dis-je en repoussant Rex pour avancer dans le couloir. Personne ne se comporte ainsi avec moi sans conséquences. J'ai été patiente deux semaines, mais c'est terminé.

Cette fois, Rex ne m'arrêta pas.

— Alors, fais-lui sa fête.

Je connaissais le code pour monter à son appartement, et je le composai sur l'écran. C'était une méthode un peu discutable, mais s'il ne m'avait pas gonflée en m'ignorant, rien de tout ça ne serait arrivé.

L'ascenseur monta jusqu'au dernier étage et s'arrêta. Les portes s'ouvrirent.

Le salon était vide, mais toutes les lumières étaient allumées, donc il devait être chez lui. Lorsque la sonnerie de l'ascenseur retentit, il apparut dans le couloir, étonné de savoir quelqu'un chez lui. Il s'arrêta net en me voyant.

Je ne m'excusai pas. J'entrai et entendis les portes se refermer derrière moi. J'avais du mal à interpréter son expression. Encore une fois, il restait une énigme pour moi. Il n'était pas un homme qui exprimait ce qu'il pensait.

— Je t'ai dit que je t'aimais. C'était vrai à ce moment-là, et ça l'est toujours.

Il resta immobile, mais ses épaules se crispèrent.

— Quand je t'ai dit que je ne serais pas en colère si tu ne me le disais pas, c'était vrai aussi. Notre relation n'a pas à changer. Mais va savoir pourquoi, tu m'as complètement exclue de ta vie, comme si je n'avais aucune importance pour toi. Je n'ai plus de nouvelles de toi, et la seule fois où nous sommes ensemble, tu m'évites comme si j'étais contagieuse. Ryker, c'est complètement ridicule.

Son regard resta froid et lointain, un masque.

— J'en ai assez. Je t'ai laissé deux semaines pour te bouger le cul, mais la situation semble empirer. Je ne sais pas exactement pourquoi t'avouer mes sentiments t'a offensé au point de me traiter comme ça. Mais c'est inacceptable.

Je fis un pas en avant, et il ne recula pas.

— Alors, c'est fini entre nous ? Dans ce cas, sois un homme et quitte-moi. Ne m'ignore pas jusqu'à ce que je m'en aille.

Ryker me fixa sans cligner des yeux. Son torse ne se soulevait presque pas, et j'ignorais s'il respirait encore. Ses mains semblaient rigides. Même à cet instant, il ne me donna rien.

J'agitai ma main devant son visage.

— Il y a quelqu'un ?

Il finit par ouvrir la bouche.

— Rae, ça ne colle pas entre nous. On s'est bien amusés, mais il est temps d'arrêter.

Lorsque je lui avais dit de me quitter comme un homme, je ne pensais pas qu'il le ferait réellement. Je pensais qu'en le confrontant, il se serait rendu compte qu'il avait agi comme un con, et qu'il s'excuserait. L'idée de se séparer simplement à cause de ce que j'avais dit était ridicule.

— Parce que je t'ai dit que je t'aimais ?

Je pris un ton incrédule pour masquer ma peine.

— On ne veut pas les mêmes choses. Je ne peux pas être avec quelqu'un qui ne veut pas les mêmes choses que moi.

— Ryker, on sort ensemble depuis trois mois. Ça n'a rien d'extraordinaire. L'amour, c'est un sentiment. Ce n'est pas une attente, ni un engagement. Je t'ai dit que ça ne me dérangeait pas si tu ne ressentais pas la même chose.

— Mais je ne ressentirai jamais la même chose, répondit-il d'un ton dur. Jamais.

Ses mots me coupèrent comme une lame.

— Je n'y crois pas. Je pense que tu m'aimes, mais que tu n'es pas encore prêt à l'admettre.

— Rae, c'est faux. Vraiment, sincèrement, je ne t'aime pas.

Malgré l'agressivité dans sa voix, je ne le crus pas. Je me rappelais notre relation entière. Je me souvenais comment un coup d'un soir s'était transformé en autre chose. Je me souvenais la manière dont il m'avait touchée, embrassée, et tous les mots doux qu'il m'avait dits. Je me souvenais de sa jalousie. Je me souvenais de tout, jusqu'au moindre détail.

— Je n'arrive pas à y croire...

— Et bien, tu devrais.

Je n'avais rien fait pour mériter sa cruauté, pas la moindre chose. Et je n'appréciais pas son attitude.

— Tu me parles comme si je t'avais fait un sale tour.

— Tu es entrée chez moi sans invitation.

— Parce que tu m'ignorais complètement.

— Si tu avais appelé, j'aurais répondu.

— Et tu aurais tourné autour du pot et m'aurais gardée à distance, comme toujours.

Nous avions déjà eu des disputes, mais rien de tel. Il était comme un étranger en face de moi. Un homme malveillant qui cherchait à me blesser autant que possible.

— Et tu n'aurais pas appelé parce que tu es une putain de lopette, Ryker. Tu cherchais à m'ignorer, comme si j'allais simplement disparaître. Comme si les trois derniers mois n'avaient jamais eu lieu.

Il plissa les yeux.

— Je ne sais pas ce qui t'est arrivé, Ryker. Mais dire ces simples mots ne devrait pas avoir ce genre de répercussions. Tu as tes propres problèmes, dont tu ne me parles jamais. Il se passe autre chose, et tu me le caches. Si tu ne veux pas me le dire, très bien. Mais je ne compte pas rester pour entendre ces conneries.

Il resta silencieux, comme s'il n'avait rien de plus à ajouter.

Je me retournai vers l'ascenseur et ouvris les portes. J'appuyai sur le bouton du rez-de-chaussée en fixant Ryker, attendant qu'il atterrisse et qu'il réalise qu'il se comportait comme un foutu idiot. Les portes commencèrent à se refermer, mais il ne fit toujours pas un geste. Il ouvrit enfin la bouche.

— Au revoir, Rae.

Les portes se refermèrent.

L'ascenseur commença à descendre, et je m'appuyai contre la vitre. J'avais fait la brave, refusant de paraître faible devant un homme qui me manquait de respect. Appuyée contre la porte, je fermai les yeux et sentis de chaudes larmes s'accumuler derrière mes paupières. Je refusai de les laisser couler, parce que j'étais plus forte que ça.

J'étais trop forte pour un faible comme lui.

Je frappai à la porte et entendis des pas à l'intérieur.

Zeke ouvrit la porte et ne cacha pas sa surprise en me voyant devant chez lui. Il portait un jogging et un sweat-shirt. Il était probablement en train de se détendre devant la télévision après une longue journée de travail. Il regarda derrière moi pour voir si j'étais seule.

— Salut, ça va ? demanda-t-il.

— Rochelle est là ?

— Non, répondit-il en plissant les yeux, surpris. Pourquoi ?

C'était une question compliquée.

— Je viens de me disputer avec Ryker et... je ne sais pas. Je ne sais pas pourquoi, je me retrouve ici.

Je ne voulais pas rentrer chez moi pour entendre Rex me dire qu'il m'avait prévenue. Je ne voulais pas le raconter à Jessie et Kayden et les entendre pousser leurs cris de surprise. Je ne voulais pas rester seule dans ma chambre, coincée avec mes pensées sombres. Zeke était la personne la plus réconfortante que je connaisse. Il était toujours là pour moi et ne me jugeait jamais. Il avait été un bon ami pour moi, depuis le premier jour de notre rencontre. Je me sentais en confiance avec lui.

Zeke ne me bombarda pas de questions.

— Entre.

Il ouvrit sa porte et me fit entrer en passant son bras autour de ma taille. Il referma la porte et m'accompagna dans le salon. La télévision était allumée, mais il coupa immédiatement le son. Les volets des fenêtres étaient fermés, mais pas ceux des portes vitrées qui donnaient sur son jardin. Au-delà du porche, on pouvait distinguer de l'herbe et des arbres. La maison de Zeke sentait toujours les aiguilles de pin et le bois. Cette odeur me réconfortait.

Il s'assit sur le canapé près de moi et me regarda dans les yeux.

— Que s'est-il passé ?

Je lui racontai toute l'histoire depuis le début, depuis le jour où j'avais dit à Ryker que je l'aimais, jusqu'à ce qui s'était passé une demi-heure plus tôt.

Zeke ne dit rien, mais sa mâchoire se contracta de colère. Ses yeux n'étaient plus réconfortants. La rage brûlait, féroce au fond de ses yeux.

— Je sais que Ryker était énervé que j'entre comme ça dans son appartement, et je comprends. Dans quelques semaines, je pense qu'il reviendra et qu'il s'excusera pour tout. Donc je ne suis même pas sûre que nous soyons séparés.

— Si vous ne l'êtes pas, tu ferais mieux de le quitter, dit-il.

Je vis le feu danser dans ses yeux.

— Rae, c'est ridicule. Qui se comporte comme ça ? Tu lui as dit que tu l'aimais, et il t'a traitée comme de la merde.

Zeke n'était habituellement pas si agressif, mais il semblait furieux.

— Si un mec est assez chanceux pour que tu éprouves ça pour lui, il devrait danser sur la table, putain. Il ne devrait te crier qu'il t'aime. Il devrait se demander comment il a eu la chance de mériter l'amour d'une femme aussi géniale. Il ne devrait pas se comporter comme un putain de connard encore au lycée. Qu'il aille se faire foutre !

Purée, il était en colère.

Zeke lut l'expression sur mon visage et se rendit compte qu'il ne m'aidait pas.

— Désolé... je me suis emporté.

— Ce n'est pas grave.

— Je ne retire pas ce que j'ai dit. Sincèrement, il n'est pas assez bien pour toi, Rae.

— Ouais...

Il passa son bras autour de moi et me serra contre lui.

Je posai ma tête sur son épaule et fermai les yeux.

— Je suis désolée que tu sois triste. J'aimerais pouvoir t'aider.

— Tu t'en sors très bien, Zeke. Je me sens déjà mieux.

Il frotta gentiment mon dos, sa tête posée contre la mienne.

— Tu ne mérites pas ça, Rae. Il existe des hommes qui ne te traiteraient jamais de la sorte. Il y a de meilleurs hommes que Ryker.

— Je sais... Rochelle a de la chance de t'avoir.

Il tressaillit discrètement. Si je n'avais pas été contre lui, je ne m'en serais pas aperçue.

— Tu es vraiment un mec bien, Zeke. Tu ne ferais jamais de mal à personne. Tu es toujours respectueux, humble et sincère.

Tu devrais peut-être donner des cours. Pour apprendre aux mecs à être des hommes.

J'avais vu Zeke avec Rochelle, et il était attentionné et tendre. Il ne lui ferait jamais de mal. Il ne ferait jamais de mal à personne.

— Peut-être, dit-il avec un rire forcé.

Les minutes s'écoulèrent, et je les passai à écouter les battements de son cœur. Me concentrer sur son rythme cardiaque sembla m'apaiser un peu.

— Je ne sais pas pourquoi je craque toujours pour les mauvais mecs. Je suis programmée pour aimer les enfoirés. C'est dans mon ADN.

— Un jour, tu trouveras le bon. Je le sais.

— Même maintenant... je l'aime toujours. Je ne sais pas pourquoi. Je ne sais pas comment l'expliquer. Mais c'est le cas...

Dire ces mots à voix haute faillit me faire pleureur. Je me contrôlai en présence de Zeke.

Il frotta mon dos.

— L'amour, c'est compliqué.

— Je pense qu'il va se ressaisir dans quelques semaines. Il s'excusera... et je lui pardonnerai.

— Rae, je sais que ce ne sont pas mes affaires, mais je pense vraiment que tu ne devrais pas.

— Je suis tout à fait d'accord avec toi. Mais je ne peux pas changer ce que je ressens. Je sais que s'il se met à genoux et qu'il s'excuse, je lui pardonnerai. J'accepterai ses excuses, juste pour avoir une possibilité d'être à nouveau heureuse... parce que ce que nous avions était vraiment incroyable.

Zeke n'insista pas, parce qu'il savait que je ne changerais pas d'opinion. J'étais accro à Ryker, et admettre la profondeur de mes sentiments était douloureux.

— Je comprends ce que tu ressens. Quand tu es à ce point attaché à une personne, tu as du mal à réfléchir. Tu es esclave de ses actions. Tu te dis de passer à autre chose, mais c'est tellement dur. Tu continues d'espérer. Tu continues de rêver. Et quoi qu'elle fasse, tu l'aimeras toujours.

Je pensais qu'il parlait de Rochelle, mais ça ne collait pas. Il n'avait aucune raison de vouloir passer à autre chose. Rochelle semblait parfaite pour lui, et à la manière dont elle le regardait, il était évident qu'elle tenait beaucoup à lui.

— Je ne savais pas que tu avais déjà ressenti ça pour quelqu'un.

— C'ÉTAIT IL Y A LONGTEMPS, DIT-IL EN DÉTOURNANT LE REGARD.

— Tu l'aimais, mais pas elle ?

Puisqu'il l'avait mentionnée, je pensais pouvoir lui poser des questions.

— En gros.

— Je suis désolée, Zeke.

— Ça va. Je m'en suis remis, et tu t'en remettras aussi.

— Ouais... je l'espère.

Il continua à me frotter le dos, le regard inquiet.

— Tu veux dormir ici cette nuit ? La chambre d'amis est à toi.

— Non, il vaut mieux que je rentre, sinon Rex va s'inquiéter. Il m'a vue sortir de l'appartement comme une furie.

— Je connais cet air, dit-il en souriant. Dans ces moments, il ne vaut mieux pas se mettre en travers de ton chemin.

— Il est probablement en train de s'inquiéter pour moi. C'est juste que je n'ai pas trop envie d'en parler avec lui.

— Alors pourquoi en as-tu parlé avec moi ?

— Je ne sais pas, murmurai-je. Rex m'avait prévenue pour Ryker. Je vais devoir lui dire qu'il avait raison, et il se foutra de moi.

— Rae, il ne ferait jamais ça, répondit-il d'une voix douce.

— Si. Et tu sais quoi ? Il peut. J'aurais mieux fait de l'écouter.

— Même s'il a eu raison, Rex n'en avait pas envie. Je savais aussi que c'était une erreur, mais j'espérais que Ryker me donne tort. Comme nous tous. Tout ce qui nous importe, c'est comment tu vas.

Il posa sa main sur sa cuisse. Je finis par sourire.

— J'ai vraiment de la chance de vous avoir... je sais pas ce que je ferais sans vous.

Il se pencha vers moi et posa ses lèvres contre ma tempe. Il ne m'avait jamais montré une telle affection, et j'eus du mal à m'expliquer à quel point son contact me réconforta. Pendant un instant, mon cœur cessa de me faire souffrir, et je ne ressentis que de la joie.

— On sera toujours là.

15

REX

JE M'INQUIÉTAI POUR RAE TOUTE LA NUIT. C'ÉTAIT EXACTEMENT CE contre quoi j'avais voulu la protéger. Nous avions traversé suffisamment d'épreuves, tous les deux. Nous avions eu une vie difficile, et nous avions à présent le droit d'être heureux. Je savais que Ryker ne la protégerait pas comme il l'avait promis. Je savais qu'il finirait par lui briser le cœur tôt ou tard.

Et à présent, c'était arrivé.

Je taquinais beaucoup ma sœur parce qu'elle était casse-pieds, comme toutes les sœurs du monde. Mais en réalité, c'était une des meilleures personnes que je connaissais. Elle prenait soin de moi, et elle était toujours là pour moi. Si quelqu'un me faisait chier, elle était la première à le confronter et à l'envoyer paître. Mais elle était également la première à se foutre de moi à la moindre occasion. Cela ne semblait pas très logique, mais notre relation fonctionnait de cette manière.

J'avais pris soin d'elle pendant son adolescence, et dès qu'elle avait été stable, elle avait commencé à prendre soin de moi. Elle avait investi son argent dans le bowling pour que je puisse me remettre sur pied, et elle m'hébergeait et me nourrissait toujours. Elle était ma plus grande supportrice, la seule personne au monde sur qui je pouvais toujours compter, même lorsque nous étions en colère l'un contre l'autre.

C'était vraiment de l'amour.

Et l'idée que quelqu'un profite de sa bonté, de son optimisme et de son bon cœur me mettait en rogne.

Je voulais aller chez Ryker et lui démonter la gueule.

Putain, j'en crevais d'envie.

Mais je savais que Rae n'aurait pas voulu ça. Elle préférait que je n'intervienne pas et que je ravale mes insultes. Elle ne voulait pas que je prenne sa défense, car elle était tout à fait capable de se protéger toute seule.

Elle rentra enfin après minuit.

Je bondis du canapé et manquai de trébucher sur l'accoudoir en me précipitant à sa rencontre.

— Qu'est-ce qui s'est passé ?

Son regard triste me fit comprendre qu'il ne s'était rien passé de bon.

— Je suis désolé, Rae. Vraiment.

Elle me raconta ce qui s'était passé, que Ryker s'était comporté comme un con et qu'elle avait ensuite été chez Zeke pour qu'il la réconforte. Elle était rentrée une fois qu'elle s'était sentie un peu mieux.

J'aurais voulu lui dire de nombreuses choses, mais je savais qu'il valait mieux que je les garde pour moi. Je n'arrivais pas à croire que Ryker soit resté si longtemps avec elle pour la rejeter si brutalement. Il la traitait comme si elle l'avait trompé, alors qu'en réalité, elle n'avait fait que lui avouer ses sentiments.

Le regard de ma sœur trahissait son épuisement et sa tristesse. Elle ne pouvait plus donner le change devant moi. Je lisais en elle comme dans un livre ouvert, et pouvais voir son cœur brisé.

— Je pense qu'il reviendra vers moi dans quelques semaines et qu'il me demandera pardon. Du moins, c'est ce que j'espère.

Je n'arrivais pas à croire qu'elle puisse même envisager de lui pardonner. Ma sœur ne se laissait pas marcher sur les pieds, et je ne comprenais pas qu'elle se laisse faire de la sorte. Mais la confronter maintenant ne servirait à rien. Elle avait besoin d'un ami. Elle avait besoin de se sentir entourée et en sécurité.

— Je suis désolé, Rae.

Je me répétais, mais aucune autre phrase ne semblait appropriée à ce moment.

— J'imagine que tu avais raison..., soupira-t-elle. J'aurais dû t'écouter, Rex.

Avoir raison ne m'apportait aucune satisfaction. J'avais souhaité me tromper un million de fois. J'avais espéré que Ryker s'en tienne à sa parole et se transforme en prince charmant pour elle.

— Ce n'est pas vrai. Ne dis pas ça.

— Si, ça l'est. Et on le sait tous les deux.

Elle se dirigea vers sa chambre, Safari sur ses talons.

Devais-je la suivre pour lui parler ? Ou la laisser tranquille ? Je ne savais pas quoi faire.

Après être resté planté sur place pendant quelques minutes, je finis par la rejoindre dans sa chambre.

— Je suis là si tu veux parler, Rae. Je voulais juste que tu le saches.

Elle était allongée sur le lit avec Safari, le dos tourné.

— Je sais.

— Je peux faire quelque chose ? Je pourrais te ramener quelque chose de chez Mega Shake.

C'était son snack préféré. Chaque fois qu'elle avait besoin de se remonter le moral, j'allais lui acheter quelque chose là-bas.

Elle ne se retourna pas et resta immobile. Elle avait gardé ses vêtements, et caressait distraitement son chien collé contre elle.

— Non merci, Rex. Je n'ai pas faim.

— Très bien...

— Ça va aller, dit-elle d'une voix étonnamment assurée. J'ai juste envie de rester un peu seule.

Si je pouvais croire en une chose, c'était en sa force. Elle avait traversé de nombreuses épreuves et s'en était toujours remise. Elle se trouvait au trente-sixième dessous, mais elle avait assez de caractère pour remonter la pente. Elle l'avait toujours fait, et le ferait toujours.

— D'accord. Je sais que tu t'en sortiras, Rae. Tu t'en sors toujours.

— Je vais le baffer tellement fort que je vais lui retourner le cou, décréta Jessie.

Elle avait abandonné son verre pour laisser sa colère s'exprimer. Elle ne l'avait pas touché, alors qu'elle en serait habituellement à son quatrième verre.

Kayden ne touchait pas à son verre non plus. Au lieu d'être venimeuse comme Jessie, elle paraissait triste et restait silencieuse.

— Pauvre Rae... elle ne mérite pas ça.

— Non, pas du tout.

Zeke balaya le bar des yeux d'un air absent. Il était plongé dans ses pensées, pensant à la douleur d'une personne qui lui était chère.

— Ce n'est pas logique. Pourquoi réagir si mal parce qu'une femme t'avoue son amour ? demanda-t-il avec colère en se tournant vers nous. Je peux comprendre qu'il soit un peu mal à l'aise, mais de là à la quitter ? Ce n'est pas logique.

— Je ne comprends pas non plus, dis-je. Ce ne sont que des mots. Ils ne changent pas vraiment la relation. Ce n'est pas comme si elle le lui disait tous les jours non plus.

— Elle lui a même assuré qu'il n'avait pas besoin de lui dire la même chose, ajouta Jessie. Elle lui a laissé le choix. Ce n'est pas comme si elle lui avait posé un ultimatum.

— Elle m'a raconté qu'il lui a dit qu'il ne l'aimerait jamais, dit Zeke. Et que c'est pour ça qu'il ne pouvait pas être avec elle. Mais ce n'est pas logique non plus.

— Merde, s'écria Kayden. C'est rude.

— Non, dit Jessie. C'est une phrase de connard.

Zeke secoua la tête.

— J'ai vraiment eu du mal à me retenir de l'appeler pour lui dire ma façon de penser.

— J'ai vraiment eu du mal à me retenir d'aller lui casser la gueule, déclarai-je.

J'avais imaginé la scène quelques fois. Un peu trop souvent, en fait.

— Et le pire, reprit Zeke, c'est que Rae pense qu'il viendra s'excuser dans quelques semaines lorsqu'il sera calmé. Qu'il lui demandera pardon et lui dira qu'il regrette. Et qu'ils se remettront ensemble, comme si de rien n'était.

Kayden secoua la tête.

— Je ne pourrais pas lui pardonner. Il a été trop horrible.

— Je ne pense pas qu'il reviendra, dit Jessie. Tu ne redemandes pas une chance à quelqu'un après lui avoir dit des choses pareilles.

— J'espère qu'il ne reviendra pas, dis-je. Ça a été dur pour Zeke et moi de lui laisser une chance la première fois. Mais c'est mort maintenant.

— Putain, c'est clair, confirma Zeke.

— Où est Rae ? demanda Kayden.

— À la maison, elle regarde la télé, répondis-je. Elle m'a dit qu'elle avait besoin d'être seule, et j'ai préféré vous prévenir pour qu'elle n'ait pas à le faire elle-même. Ça a déjà été assez dur pour elle de nous le dire, à Zeke et moi.

— Je comprends, assura Jessie. J'ai juste envie de lui faire un câlin, mais je suis sûre qu'elle préfère être seule, pour l'instant.

— Je lui ferai livrer des fleurs demain, déclara Kayden. Avec un petit mot de réconfort.

— Peut-être qu'on pourrait tous lui envoyer des fleurs, proposa Zeke. Pour lui rappeler qu'on est là et qu'on l'aime, même si ce n'est pas le cas de Ryker.

— C'est une bonne idée, dis-je. Ça coûte combien, des fleurs ?

J'étais toujours fauché.

Zeke savait déjà ce que j'allais demander.

— Je m'en occupe, Rex. Tu n'auras qu'à signer la carte.

— Merci, mon pote, dis-je en lui tapant sur l'épaule. Je te rembourserai bientôt.

— Je sais, répondit-il. Je le rajouterai sur ta note.

16

RAE

DEUX SEMAINES PASSÈRENT SANS AUCUNE NOUVELLE DE RYKER.

Je pensais qu'il finirait par me contacter pour s'excuser. Je m'attendais à ce qu'il réalise ce qu'il avait perdu lorsqu'il m'avait cruellement jetée comme si je n'étais rien pour lui. Je croyais qu'il comprendrait qu'il avait commis une terrible erreur.

Mais ce ne fut pas le cas.

Rex m'observa comme un faucon pendant ces deux semaines. Il avait même préparé le dîner lorsque je rentrais à la maison, et comme par magie, l'appartement était toujours propre. Il s'en était foutu pendant toute l'année qui venait de s'écouler, mais à présent que je traversais une épreuve difficile, il assurait.

C'était vraiment gentil, alors je ne le saoulais pas sur le sujet.

Tout le monde passait à l'appartement presque tous les jours. Ils passaient sans raison particulière, pour jouer à des jeux ou regarder la télévision avec moi. Kayden et Jessie ne me posèrent aucune question sur Ryker, et je compris que Rex et Zeke leur avaient déjà tout raconté.

En fait, personne ne me posa de question sur lui.

Personne ne me demanda comment j'allais, ni si je n'étais pas trop triste.

Personne ne me regarda avec pitié.

Ils se comportaient comme si tout était normal, et c'était exactement ce dont j'avais besoin. S'ils m'en avaient parlé constamment, je n'aurais jamais pu passer à autre chose. C'était une bien meilleure approche.

Rochelle ne passa pas, et je supposais que Zeke préférais que nous soyons juste entre nous. Il n'avait pas besoin de faire ça, parce que j'appréciais vraiment Rochelle. Et c'était une femme : j'étais certaine qu'elle avait connu sa part de peines de cœur.

Nous jouions au Baccalauréat, et je venais enfin de gagner une manche.

— Ouais ! Prenez-ça, bande de gros nuls.

— Quelle gagnante agréable..., souffla Jessie en souriant, avant de boire une gorgée de vin.

Je jetai les cartes dans la boîte et sortis un autre jeu.

— J'en ai assez de perdre contre Zeke tout le temps. Il faut que quelqu'un le remette à sa place.

— Alors c'est personnel, dit Zeke en posant les coudes sur la table.

Il était vêtu d'un t-shirt à manches longues qui mettait ses bras en valeur. Il portait une casquette des Mariners, comme la plupart des amateurs de sports de la ville. Il me lança un regard jovial et compétitif à la fois.

— Je pense que tout le monde en a marre que tu gagnes tout le temps, dis-je.

C'était vrai ; personne n'aimait les premiers de la classe.

— Je ne gagne jamais, se plaignit Rex. Je suis trop nul.

— Hé, ce n'est pas vrai, protesta Kayden, comme une mère consolant un enfant. Tu es le mec le plus intelligent que je connaisse. Tu es juste doué dans d'autres domaines.

Elle posa sa main sur son biceps.

Il regarda sa main et sourit.

— Peut-être que tu as raison...

Elle retira brusquement sa main comme si elle s'était brûlée.

— Bon. Installez le nouveau jeu. Je vais préparer des margaritas, dit-elle en se relevant.

Je savais que j'avais perdu l'homme que j'aimais, et c'était toujours difficile à accepter. Mais s'il n'était pas revenu à présent, il ne le ferait pas. Ce moment difficile m'avait aussi aidée à réaliser à quel point j'étais chanceuse. J'avais des amis qui étaient comme ma famille, et ils savaient être là pour moi, comme j'étais là pour eux. Même dans les moments sombres, ils étaient mon rayon d'espoir. Et je compris que j'avais des soleils personnels, qui me suivraient partout où j'irais – me réchauffant constamment.

C'était la première fois que je trouvais l'énergie pour m'habiller et m'apprêter pour sortir. Jessie m'avait acheté une robe dans sa boutique préférée et demandé de la porter. Elle était vraiment belle, une petite robe noire avec un décolleté plongeant dans le dos. Jessie connaissait mes mensurations et elle savait comment rendre quiconque magnifique.

Zeke s'approcha de la table avec un autre lemon drop, qu'il plaça à côté de mon verre presque vide. Il se posta près de moi, vêtu d'une chemise et d'un jean.

— Tu avais l'air d'en vouloir un autre.

— Merci, mais je n'ai pas besoin que tu t'occupes de mes boissons.

Il l'avait fait toute la soirée, s'assurant que mon verre ne soit jamais vide.

— Hé ! Les amis ne laissent pas leurs amis avoir soif.

Je bus une gorgée du cocktail.

— Et bien, merci. Il est délicieux.

— De rien. Je ne m'attribue pas le mérite de son goût. Je ne l'ai pas préparé.

— Non, mais tu l'as apporté jusqu'ici. Il est probablement devenu meilleur en chemin.

Il me lança son sourire charmant qui faisait craquer toutes les filles.

— C'est vrai.

— Où est Rochelle ?

— Oh, elle avait un truc de prévu.

Je savais qu'il mentait. Je pouvais le lire dans son regard.

— Zeke, tu n'as pas besoin de cesser de l'inviter à cause de moi. Ça ne me dérange pas de vous voir être amoureux. J'aime beaucoup Rochelle. C'est un plaisir de l'avoir dans le groupe.

Chaque fois que je voyais Zeke avec Rochelle, je souhaitais que Ryker m'aime de la même manière. Bien sûr, dans ces moments, je ressentais aussi une intense jalousie.

Zeke finit par me regarder dans les yeux.

— D'accord.

— Merci.

La pauvre Rochelle n'avait pas à se retrouver exclue du groupe à cause de moi.

Jessie donna un coup de coude à Rex.

— Mate-moi le cul de cette fille, là-bas. Putain, même moi, elle m'excite.

Rex tourna la tête si vite que j'entendis un petit craquement.

— Quoi ? Où ça ?

Il s'arrêta brusquement et jeta un coup d'œil à Kayden avant de se reprendre :

— Je veux dire... j'ai vu mieux.

Jessie plissa les yeux.

— Tu vas bien ?

Je devais avouer que même moi, je trouvais son comportement étrange.

— Tu as vu mieux ? répétai-je en regardant la fille. Non, Rex. Je ne crois pas.

Zeke la regarda d'un air appréciateur.

— Si je n'étais pas en couple, je lui demanderais son numéro.

Rex haussa les épaules et but une longue lampée de bière.

Kayden but une gorgée de vin.

Jessie continuait à regarder la femme de l'autre côté du bar. Soudain, ses yeux s'écarquillèrent et son sourire disparut.

— Oh..., dit-elle en se levant et en s'approchant de moi. Viens aux toilettes avec moi.

— Pourquoi ?

Je n'avais pas envie d'y aller, et nous n'étions plus des lycéennes.

— J'ai besoin de toi pour me maquiller, répondit-elle en me prenant la main et en me tirant.

— Ton maquillage est parfait, comme d'habitude, dis-je en dégageant gentiment ma main. Pourquoi es-tu si bizarre ?

Rex se retourna et son visage se décomposa.

Kayden faillit recracher son verre.

Zeke regarda sa montre.

— Merde, je n'avais pas vu l'heure. Il est tard, on ferait mieux d'y aller.

Il était vingt-deux heures à peine.

Il se passait quelque chose.

Des yeux, je fis le tour du bar, et je découvris immédiatement ce qu'ils tentaient de me cacher. Ryker se tenait au milieu de la foule, son bras passé autour de la taille fine d'une jolie brune. Il lui souriait et semblait passer une agréable soirée en sa compagnie.

— Merde, dit Rex en baissant la tête et en fermant les yeux.

En les regardant, j'eus l'impression de voir la scène au ralenti. J'avais reçu ce sourire tant de fois. Il me souriait ainsi juste avant de m'embrasser, souvent au coin de la bouche. Je me souvenais de sa grande main musclée posée sur ma chute de reins. Il me serrait fort, comme s'il ne voulait jamais plus me lâcher.

À peine deux semaines de séparation, et il se remettait déjà en chasse. Et vu l'étincelle dans ses yeux, ce n'était pas sa première sortie. Il s'y était remis depuis un moment, peut-être même avant que nous soyons officiellement séparés.

Je n'arrivai pas à détacher mon regard de la scène, même si elle me dévastait. Elle me faisait remettre toute notre relation en question. Il m'avait fait l'amour et je lui avais dit que je l'aimais... et il m'avait larguée. Personne n'avait jamais été aussi cruel envers moi. Et voilà qu'il était déjà passé à autre chose, et qu'il ramenait du monde dans ses draps, ces draps dans lesquels j'avais dormi presque toutes les nuits.

Ça faisait mal.

Putain, ça faisait mal.

Ryker entraîna la fille à sa suite et son regard se posa sur moi. Il s'arrêta, surpris. Clairement, il ne s'était pas attendu à me croiser, pensant sans doute que j'étais chez moi en train de le pleurer dans mon lit. L'espace d'un instant, je discernai sa culpabilité de se faire surprendre avec une nouvelle conquête. Mais il se retourna et continua à marcher, sa main passée autour de la taille de la fille. Ils nous dépassèrent et se dirigèrent vers la sortie.

Tout le monde resta immobile et se tourna vers moi, attendant ma réaction. J'eus le sentiment d'être une bombe à retardement. Comme si à tout moment, le mauvais fil pouvait être coupé et je pouvais exploser.

Je ne pus masquer ma souffrance. Je l'aimais toujours, même maintenant. Je rêvais encore de lui. Il me manquait toujours. Lorsqu'il m'avait dit qu'il ne m'aimerait jamais, il devait être sincère. Sinon, il ne pourrait pas déjà être en train de passer un bon moment.

Peut-être que je n'avais vraiment rien représenté pour lui.

— Excusez-moi.

Je pris ma pochette et commençai à m'éloigner de la table.

— Oh là, attends, s'écria Zeke en agrippant mon poignet. Rae, il n'en vaut pas la peine.

— Si elle veut lui jeter un verre à la figure, elle a le droit, protesta Jessie.

J'essayai de me dégager, mais il était trop fort.

— Rae, je lui défoncerai volontiers la gueule, si tu veux. Mais n'y va pas toi, continua Zeke en me tirant vers lui.

— Lâche. Moi.

Je le fixai avec des yeux brûlants, prête à le réduire en cendres.

Zeke me rendit mon regard furieux avant de me lâcher.

Et j'avançai.

Je sortis du bar et arrivai sur le trottoir. J'étais légèrement vêtue, et je fus transie par l'air froid de Seattle. J'étais reconnaissante envers Jessie d'avoir veillé à ce que je sois magnifique ce soir. Je préférais qu'il me voie sous mon meilleur jour alors qu'il draguait une autre fille.

Je le repérai en train de marcher vers sa voiture, son bras toujours passé autour de la taille de la fille.

Je me dirigeai vers eux, sentant mon cœur tambouriner dans ma poitrine, l'adrénaline parcourant mes veines. J'avais du mal à respirer, anticipant ce qui allait suivre. J'attendis volontairement qu'il l'installe dans sa voiture avant de m'approcher. Cette femme ne me connaissait pas. Elle ne connaissait probablement même pas Ryker. Elle ne méritait pas ma colère. C'était juste une innocente, heureuse de ramener un mec aussi sexy que Ryker.

Il se retourna et s'arrêta en me voyant. Son air coupable réapparut, comme s'il se détestait pour ce qu'il venait de faire. Les bras le long du corps, son visage resta stoïque. Mais je pus le lire dans ses yeux.

J'AURAIS VOULU CRIER.

J'AURAIS VOULU LE FRAPPER.

J'AURAIS VOULU PLEURER.

Mais je n'en fis rien. Je me redressai, la tête haute, et le regardai dans les yeux. D'une voix puissante qui ne tremblait pas, je dis calmement :

— J'ai de la peine pour toi, Ryker.

Son regard s'adoucit. Il ne s'attendait pas à ce que je dise ça.

— Tu vois ces personnes ? demandai-je en désignant mes amis, qui s'étaient réunis à une dizaine de mètres sur le trottoir.

Ryker leur jeta un coup d'œil.

— Ce sont des personnes qui m'aiment. Et que j'aime. Ryker, tu n'as personne. Tu ne partages ta vie avec personne. Tu n'as personne à qui confier tes secrets. Tu es sombre et solitaire. Je me suis ouverte à toi, je t'ai aimé parce je pensais que tu pouvais changer. Mais dès qu'il s'est passé quelque chose d'un peu intense, tu as eu peur et tu t'es enfui. Si c'est la vie que tu veux mener, alors je suis triste pour toi. Ne t'en veux pas de m'avoir brisé le cœur. Sois triste pour toi-même, qui n'a jamais eu la chance de ressentir de l'amour.

Je le fixai sans ciller, me tenant très droite. Il me dépassait d'une tête, mais je me sentais puissante comme une montagne. Il m'avait blessée. Il m'avait réduite en pièces. Mais j'étais toujours debout. Je respirais toujours. Je porterais des cicatrices, mais j'avais survécu.

— Je trouverai un homme capable d'aimer une femme comme moi. Je trouverai un homme assez sûr de lui pour ne pas avoir peur. Et je peux te promettre que tu ne seras jamais cet homme, soufflai-je en reculant d'un pas, sans le quitter des yeux. Tu as fait la plus grosse erreur de ta vie, Ryker. Je te le promets.

— Tu as été géniale !

Rex ouvrit la porte et nous entrâmes tous à l'intérieur.

— Ouais, vraiment, renchérit Zeke. Tu l'as remis à sa place sans même élever la voix.

— Je parie qu'il se sent comme une merde, dit Jessie en secouant ses cheveux. À mon avis, il n'arrivera pas à bander ce soir.

— Cette conversation le hantera toute sa vie, rajouta Kayden. Si quelqu'un m'avait dit ça... j'aurais pleuré.

J'appréciais leurs commentaires, et même si j'étais fière de mon comportement, je ne me sentais pas vraiment mieux. Je ne me sentais pas plus forte. En fait, je me sentais vidée. L'adrénaline avait quitté mon corps, et je devais faire face à la triste vérité.

— Merci, les copains. Je me sens déjà mieux.

C'était un mensonge. Mais je voulais qu'ils pensent que j'allais mieux pour qu'ils cessent de s'inquiéter pour moi. Je ne voulais pas qu'ils connaissent le vide qui perçait mon cœur et semblait sans fond.

— Bon, je suis vraiment fatiguée. Je vais aller me pieuter.

— D'accord, dit Jessie. Moi aussi. Je te ramène ? demanda-t-elle à Kayden.

Kayden échangea un petit regard avec Rex avant de se tourner vers Jessie.

— Ouais, volontiers.

— Je pense que je vais y aller aussi, dit Zeke.

Il se tourna vers moi et leva la main.

— Tope-là. Tu as été géniale.

Je lui souris et tapai dans sa main.

— Tu es une vraie dure à cuire, rajouta-t-il.

Il me serra entre ses bras immenses, et me relâcha avec un sourire affectueux.

— On se voit demain ?

— Ouais, bien sûr.

— Je dois voir Rochelle ce soir. Elle sera heureuse de savoir que tu vas mieux. Elle s'inquiétait.

Zeke ne nous avait jamais présenté une fille si bienveillante.

— C'est gentil. Dis-lui que j'apprécie sa sollicitude.

— Je le ferai.

Il me frotta l'épaule et sortit avec les autres.

J'allai me coucher avec Safari et fermai la porte derrière nous. Enfin seule, je sentis mes genoux faiblir. J'arrivai à peine jusqu'au lit avant de m'effondrer. Mes chaussures à talons me faisaient souffrir, et je les retirai. Je ne pris pas la peine de retirer ma robe.

Je savais ce qui était en train d'arriver, et je n'avais aucun moyen de l'éviter. Comme une avalanche, qui se faisait entendre bien avant d'arriver, la douleur démarra au fond de ma poitrine. Elle remonta lentement dans ma gorge et dans mes yeux et ma bouche.

Une larme chaude roula sur ma joue, et je sus que ça ne faisait que commencer.

Je ne pleurais jamais si je pouvais l'éviter. C'était un signe de faiblesse. C'était admettre que j'avais laissé quelqu'un m'atteindre. Mais cette fois, je ne pus m'en empêcher. En le voyant avec cette femme, j'avais craqué. Malgré mes paroles, mon cœur était brisé. Ça faisait mal. Ça faisait mal, putain !

J'étouffai mes sanglots pour que Rex ne m'entende pas. J'entendais la télévision dans le salon, et il la regardait probablement.

Safari se colla contre moi et posa sa tête sur ma cuisse. Il me regarda en gémissant, partageant ma douleur.

Je caressai sa tête et sentis mes larmes couler sur sa truffe.

— Ça va aller, Safari. J'ai juste besoin de pleurer.

Je pleurai parce que j'avais perdu Ryker pour toujours. Je pleurai parce qu'il se foutait de m'avoir fait du mal. Je pleurai d'avoir cru en un homme qui ne le méritait pas. Je pleurai parce que je lui avais offert mon cœur – et qu'il n'en avait pas voulu.

Un jour, j'irais mieux. Mais pour l'instant, mon cœur était brisé.

Et il le resterait pendant longtemps.

L'HISTOIRE CONTINUE DANS LE TOME 3

Cliquez ici pour acheter Rayon d'Amour.

Cher lecteur,

Merci d'avoir lu Rayon d'Espoir. J'espère que vous avez aimé le lire autant que j'ai aimé l'écrire. J'apprécierais énormément que vous preniez le temps d'écrire votre commentaire. C'est le meilleur soutien que vous puissiez apporter à un auteur. Un tout grand merci !

E. L. Todd

À PROPOS DE L'AUTEUR

Vous voulez me suivre partout ?
Souscrivez à ma lettre de diffusion pour recevoir des infos sur mes nouvelles parutions, des petits cadeaux et ma newsletter mensuelle tordante. Vous recevrez tous les ragots croustillants du moment.
Abonnez-vous dès aujourd'hui.
www.eltoddbooks.com

Facebook :
https://www.facebook.com/ELTodd42

Twitter :
@E_L_Todd

Maintenant, vous n'avez plus aucune raison de ne pas me suivre.
Au boulot.

ÊTES-VOUS UN DE CES FANS GÉNIAUX ?

Je sais à quel point je suis chanceuse d'avoir des fans géniaux, vous savez, le genre de fans prêts à donner leur vie pour vous. Ils me soutiennent en toutes circonstances. Ils adorent mes romans, et ils adorent les faire connaître. Leur plus grand souhait est de me voir faire partie des meilleures ventes sur la liste du New York Times, et ils sont prêts à tout pour ça. Et même si ça demande beaucoup de travail, j'y prends aussi énormément de plaisir. Quel meilleur moyen pour se faire des amis que d'entrer en contact avec des personnes qui partagent votre passion ?

Dans ce cas, faites une demande d'inscription sur le groupe Facebook. C'est un groupe fermé, donc vous aurez du mal à le trouver sans le lien. Le voici :

https://www.facebook.com/groups/1192326920784373

J'espère vous y retrouver, ÉLITE !

Printed by Amazon Italia Logistica S.r.l.
Torrazza Piemonte (TO), Italy

28092555R00155